戸隠《とがくし》紅葉《くれは》妖伝《ようでん》

宮越 葉子
MIYAKOSHI Yoko

文芸社

目次

戸隠紅葉妖伝

第一章　呉葉《くれは》誕生

第五十六代、清和天皇の貞観八年（八六六）の時代、平安京の御所（大内裡）の外苑、外廻りからこの物語が始まる。

広大なる三十万坪と云われる大内裡の内苑には、清所門、宣秋門、建禮門、建春門、朔平門、と五つの御門があり、高塀で囲まれており、その外が外苑であり、その外苑と市街の境は、十尺有余の石壁が、遠々と四方に続き蛤御門、堺町御門、寺町御門ら九ヶ所の門と功通しと称する通路を、随所に配しているのである。

その御所の外は都大路が東西南北に伸び、都大路に面して、公卿屋敷が建ち並んでいた。都大路と御所の石壁とを外廻りと称し、警備頭を筆頭に、従卒三百余名が昼夜交代にて警備の任に当たっていた。

その従卒の一人に会津の捨丸という男がいた。年齢は最早《もはや》五十才を過ぎ、絶えず無性髭を生やし、眼光も鋭く動作は粗暴であった。

常に猜疑心強く、同僚達二、三人が話し合っているのを見るなり「オイ俺の悪口を云ってるんやろ」と相手の一人の胸倉を鷲掴みにして睨《にら》みつけるといった按配で、同僚誰一人として話しかける者とてなく常に孤独であった。

同僚の従卒仲間には当然ながら、上司の警備頭に対しても上目遣いに相手の顔を凝視する。

「会津、俺の顔が珍しいか、貴様の目は何処《どこ》まで気味悪く出来ているのじゃ、俺の顔を見るナ」とどなられて初めて目を逸《そら》すのである。上司連中も捨丸には近付かなかった。

捨丸自身も皆から嫌われている事は一にも二にも自覚はしており、生来の性格はどうしようも無いと時には自己嫌悪に陥るが、否、俺は何も他人に迷惑なんぞかけていねエ、世間の奴らが俺を避けるんじゃ、奴らが悪いんじゃ、どいつもこいつも皆が俺を嫌がっている。捨丸はそういう物の解釈しか出来ぬのである。その反動か警備中にも時折り思い出したように、通行人に不満や憤怒を爆発させ、当たり散らす怒号が聞こえる。それは毎日の如くであり捨丸の振りかざす六尺の警棒とその髭面に恐れをなし這這《ほうほう》のていで逃げ去るのである。しかしながら反社会的行動とは裏腹に、家庭における捨丸は全く人が違った好々《こうこう》爺《や》であった。

会津の捨丸の住家《すみか》は御所より西北、加茂川沿いにあった。当時の加茂川は現在の堀川通りであり洛北、雲ケ畑より大きく湾曲して川幅一丁に及ぶ大河であり、その川の中心は大河にふさわしく滔滔《とうとう》と流れ、両岸は広大な河川敷であった。そしてその河川敷の両岸に人間の背丈より大きな葦が繁茂し延々と葦林が続き、そして樫の木、くぬぎの木その他種々雑多な雑木林が続いており、その樹々の中に民家が点在しその民家も段々と密度を加え街並を形成していた。河原の葦林や雑木林は人々が死ねば死体を捨てる場所であり、風葬の地であった。住居を作るには葦や雑木林の樹木は有り余る程あり自由に伐採出来たが、随所に人骨、髑髏《しゃれこうべ》と云われる頭骸骨が点在し、庶民には当たり前の事であり何ら不思議な事ではなかった。町では未だ肉の付着した人間の腕を犬が咥《くわ》えて走っている姿を見かけるのも常時であった。

扨《さ》て話は捨丸の家族に戻るのだが、捨丸の長子笹丸は二十九才、その妻菊世は二十八才、目鼻立ちの整った美人である。笹丸は大工職人で十六年の経歴があり、一人前以上の腕の持ち主であり仕事に事欠かなかった。性格は父親捨丸に似ても似つかぬ温厚そのもので素直で人に好かれ、大工の棟梁からも特に目を掛けられていた。従って近隣や捨丸親子を知る人々は、粗暴で反社会的な捨丸にどうしてこのような良い子が出来たのか、と首を傾げるのである。笹丸、菊世の夫婦仲も睦まじく二人の間に呉葉《くれは》と呼ばれる可愛い盛りの五才女児の一粒種がいた。母親に似て大きく円《つぶら》なパッチリとした目、幼いながらも整った端麗な鼻筋と品位ある下顎の線と首筋、幼児には大きいくらいの形の良い唇。近隣の人々から「ベッピンチャンの呉葉チャン」の愛称で呼ばれ時折、「お芋《いも》を煮たから呉葉チャンに食べてもらって」とか「苺を摘んできたので呉葉チャン食べて」と女房達が届けてくれるのである。鬼爺と呼ばれる捨丸も呉葉が生まれる一年前、老妻に先立たれ孤独を味わっていただけに呉葉の誕生を喜ぶ様《さま》は異常な程であった。「菊世でかしたぞ、可愛い孫娘が出来たワ、俺の孫じゃ、俺の孫じゃハハハ……」髭面にポロポロ涙を流して喜んだのである。それから毎夕毎晩、勤務が終ると一目散に我が家に帰り、まだ目も見えない赤ん坊の枕元に座り込み、孫娘の顔を見つめて「あっ手が動いた、動いた」。月日が経ち「お爺さん、今日呉葉が初めて笑いました」「何イ、呉葉が笑った、本当か、それは、おお、呉葉が笑うた、笑うたが」捨丸は目を細めて笑いながら如何にも幸せそうであった。

他人には笑み一つ見せた事の無い、否、むしろ恐れられる程の鬼面も孫娘の前には全く普通の好々爺に変身してしまうのである。呉葉一才の誕生日が過ぎヨチヨチ歩きが始まると、夜勤明けの日は必ず呉葉の両手を持って「嬢や歩け、嬢や、歩け」と口吟《くちずさ》んで家の近所を歩くのである。その時の捨丸の顔は常人の、否、それ以上に幸せそのものであった。駄菓子屋に入り、飴棒を呉葉にしゃぶらせ自己もしゃぶり、行き交う人々にニタリニタリと笑いながら歩く姿に、人々は全く奇異とも驚きとも何とも云えない感を与えられるのだった。しかしながら年配の人々は「鬼の捨丸も孫娘には勝てないワナ」「そらそうや、捨丸もやっぱり人の子やテ」、人情の機微を知り尽した人々はそう囁くのである。呉葉三才に成長し益々母親譲りの美しさの片鱗が現れてきた。「笹丸、菊世、こりゃとてつもネエ美人になるデ」と得意気に笑うのである。夕飯に飲んだドブロクが心地良く酔いが回り

「嬢ヤ、爺が肩車してやろうナ」「ウン、ジジ、カタグルマ」「おお、乗るか乗るか」捨丸は呉葉を肩に乗せ「呉葉御前のお通りやデ、お通りやデ」と狭い部屋を歩き回った。呉葉はキャア、キャア、と嬉しいのか奇声を上げて爺の頭をもみじの手でパチパチと叩いて喜ぶのである。捨丸の生涯で最も喜びの充実した日々であった。「俺はまるで夢を見ているんやろうか」と一人言を呟《つぶや》くのである。

光陰矢の如し、月日の経つのは早いもの。呉葉は五才に成長していた。オカッパの前髪が良く似合い、まるで市松人形が歩いているようだと近隣の女房達から可愛がられた。「菊世さん、今夜一寸《ちょっと》御馳走作ったんヨ、呉葉チャンを貸してネ」このような調子で近隣の離れた家の女房まで借りに訪れるといった按配である。こうして呉葉を中心に幸せな日々が続いた。そして又五年の歳月が流れた。会津家にとって大凶運が迫ってこようとは誰一人として気付かなかったのである。孫娘呉葉への祖父としての溺愛は笹丸、菊世夫婦の最も充実した幸せの年月であったが、それは長い人生にとっては束の間の儚い夢の日々であったであろう。普通の人間なら耐え忍ぶという理性心が、事態に臨んでも波風立てずに乗り切れるものを、孫娘への人並な子煩悩、平凡なる爺に見えたのは一体何だったのか、その心の裏側に棲む悪鬼の如き本能は一体何なのだろうか。二重人格では済まされぬ反社会的な犯罪者本能が大悲劇を生むのである。

ある夜、仕事から帰宅した笹丸は夜勤明けで呉葉と遊んでいる捨丸に向かって「ナァ親父さん、以前から考えていたんやが呉葉も大きくなった事やし、この二間の狭い住居では四人の暮らしはとても無理やで、丁度仕事の帰りに二間の貸家が見つかったんや、ここから北三丁じゃ、親父さん、そこへ移ってもらえんやろうか？」

「何やて、この家を出ろと云うのか」捨丸は笹丸を怒りあらわに睨みつけた。

「いや決して追い出すわけやないがナ」「馬鹿やろう、追い出しじゃ、追い出しじゃ。俺ァ行かねェ、行かへんど」「親父さん、子供の様に駄々こねねえで落ち着いて聞いておくれナ」「俺ア、呉葉と別れて一人で暮らすなんぞ辛抱出来へん、俺行かへんど」「親父さん、無理は承知で頼んでいるんや」「毎日の飯《めし》はどうするんや、俺がてめえで飯を作って食えと云うのか、俺ァよう作らんぞ」「親父さん、飯は毎朝毎晩食べに帰ったらいいやナイカ。頼みじゃ、この狭い部屋で長い事窮屈な寝起きして来たんや。向こうへ行ったら親父さん大の字で寝られるんじゃ、気楽なもんやが」「うん、それはそうやけど」「呉葉は何処《どこ》も行かへん、晩飯に帰ったら、ゆっくり遊べるがな」「うーん」

「お爺さん、内の人が無理を云って堪忍どす、無理云うて謝ります」菊世は両手をついて捨丸に申し訳ないと哀願の顔で見上げた。

　捨丸は呉葉を抱きしめ「ナァ嬢や、お前の父《てて》や母はこの爺に出てゆけと云うんじゃ」「ジイ、ジイどこへ行くの」「うん、この家から三丁北やて」菊世は慌《あわ》てて、「お爺さん、この家から出てゆけてそんな事云うてしません、出てゆけて、それだけは云わんといて下さいな」と許しを乞うような、弁解するような悲しげな顔をして捨丸を見るのだった。「嬢や、嬢やは他所《よそ》の子の五倍も十倍も美人じゃて、大きくなったら必ず天下を動かす偉い女子《おなご》になるんやで」と又重ねて「必ず立派な人になるんやで」「ウン。ジイ、ジイ、くれはは立派な人になるわ」「おう、よう云った、よう云った」捨丸は呉葉の滑《なめ》らかな顔、顔中を舐め回した。「ジイ、オヒゲいたいよ、痛いヨ」呉葉は笑いながら悲鳴をあげた。そして捨丸は布団とは名ばかりの長い綿布二枚と枕《まくら》、着替えを入れた風呂敷包を持って出て行った。「お爺さん、夕飯は必ず帰って来て下さいよ、待ってますよ」菊世の声を後にして。

第二章　應天門炎上

平安京大内裡（宮中御所）外苑警護士百三十名と外廻り警備従卒三百名の定期異動と昇進、役変りが毎年四月、月始めに行われる。退職を願い出ていた者は発令時より依願退職を認められ、その員数だけ警備従卒志願者より厳重審議の上、新規採用され、発令時より勤務に就くのである。又、過去一年間無事故無欠勤の者には僅かながら賞金が授与された。一年を通じて最も成績優秀な従卒の中から二十名が外廻り警備より外苑警護士として身分昇格され、月々の手当も増額されるのが慣例であった。会津の捨丸も、毎年昇格が見送られるという苦汁を呑んできたのである。従卒の中でも最も古参の自分が外苑警護士に格上げされるものと秘かに期待し、必ず今年こそは、と信じていた。

その日、早暁より春霞が京の都をすっぽりと包み込み、薄雲のたれ込めた日であった。都水路の外廻り警備本部の前の道路に、三百名の従卒が整列して警備頭の訓示と辞令を待っていた。会津の捨丸の相変らず髭面の恐面《こわもて》の顔も、その列の中にあった。中間色地に雲の模様を黒で染め上げた陣羽織を着た警備頭の一人が踏台の上から隊列を見下ろしていた。最初に依願退職者の名前が呼び上げられ、名前を呼ばれた者は列から離れ、警備頭の前に一列に並び、退職願許可辞令を受け取り、隊列に向かって一礼してから経理頭より僅少ながら退職金を受領して、任務が解かれる。次に外廻り警備係より外苑警護に格上げの者の名前が呼び上げられた。警備頭、影山己之助が白地に蠟《ろう》色の鱗の無双染の陣羽織を着用し、三尺高い踏台の上から「本年も慣例通り昨一年間に於ける最も成績優秀な者で、外廻りより格上げ外苑警護係に選ばれた者の名前を申し渡す」

三百名の従卒は息を殺して自分の名前を呼ばれるのを期待して耳を欹《そばだ》てた。

原田松二郎、前へ

西山恭助、前へ

岩田山猪三、前へ

小倉充三、前へ

伴内太吉、前へ

次々と呼ばれた者は警備頭の前に二列に並び、次の指示を待っていた。捨丸はじっと足許の土を見詰めていた。今に自分の名前が呼ばれると信じ、一言も聞き逃さじと。しかし、二十名の名前が呼び終ったが遂に会津捨丸の名は警備頭影山己之助の口からは出なかった。捨丸は唇を噛んでいた。どうしてだ、どうして一番古参のこの俺が昇格されないんじゃ、クソ、クソ！　捨丸は思い切り唾を足許に吐きつけた。腸《はらわた》は煮えくり返っていた。そして、踏台に立つ影山警備頭を上目遣いに睨みつけていた。四、五年前から今年こそは、今年こそはと忍耐強く待ってきたのである。同僚の一人が「捨丸、今年こそは外苑勤めになるやろ、影山へ何か付け届けをしとけや」捨丸はそれもそうだと思い、五合徳利二本を影山の住居に持参したのがつい三ヶ月前の事だった。捨丸は拳を握り恐ろしい程の眼光で影山を見上げていた。式が終り昼になった。石垣を背に一人で菊世の作ってくれた握り飯を食っている捨丸の側へ、付け届けをすすめた同僚が近付いて来た。「捨丸、今年もあかなんだナ、気を落とすナ、又来年を待てヨ」の声が終らぬうちに捨丸の憤怒の握り拳が男の鼻柱を激しく殴りとばしていた。男は一間も飛んでぶっ倒れた。夥《おびただ》しい鼻血が吹き出していた。

勤務が終り、夕刻捨丸は家へ帰って来た。呉葉を暫く相手にすることが怒りを忘れさせたが、何時《いつ》ものの三倍も濁り酒を飲んだ。ほろ酔い気分で一人住居の長屋に帰って来た。灯もつけず暗闇のまま布団の上に大の字になった。小半刻も経っただろうか、頭は益々怒りの為に冴えてきた。寝付かれず幾度も幾度も寝返りを打った。考えれば考える程、影山への噴怒が憎悪に変わって行くのをはっきり心に意識した。笹丸ら家族と夕食の折は呉葉の可愛さにしばし気が鎮まるであろうが――時には笑顔が出るものの、一人寝の床では毎夜の如く影山への憎悪が高まるばかりで寝付かれぬ夜々が続いた。

勤務は常に立番であり、各自の警備配圏を絶えず歩きながら不審者の尋問をし、身体検査も時に応じて行うのである。義務づけられた上記の警備も無視して石垣に座り込み頭を抱えて考え込む事が多くなり、同僚からしばしば注意を受けたが、その都度相手の男に殴りかかり「お前もか、俺を落としたのは」と怒号をあげた。影山さえいなければ俺はとっくに警護士に出世しているんじゃ、影山が俺を憎んで格上げから何時も外してしまうんじゃ、捨丸はそう信じた。そう思い詰めると、凡てが影山の策謀であると確信していく自分の心を抑える事は出来なかった。恨み骨髄に徹した捨丸は、何とかして影山を失脚させてやりたい、影山をこの世から抹殺するしかない、影山さえいなければ、自分は出世出来るんじゃ、そう信じて疑わなかった。さてどうして影山を抹殺するかである。捨丸は、勤務中も御所への往復の道すがらも又一人寝の床に横たわってもその事ばかりが頭から離れず考えあぐみ、寝つかれぬまま策略を考えぬいた。何時もなら勤務が終れば真っ直ぐに笹丸の家へ帰り、好物の濁酒を飯茶碗に三杯は飲み飯にし、終れば小半時呉葉と遊び、長屋へ帰って行くのであるが、この夜は影山の住居へ向かったのである。予《かね》て三ヶ月前、昇格を願いて酒を届けた故に道順は解っていた。

千本墓地がある。千本の卒塔婆《そとば》が林立しており、広大な地域の墓地であった。現在の千本今出川であり、当時（平安京）からこの南北の都大路を千本大路と呼称し、現在の千本通りである。その墓地より南方十丁に大内裡、宮中大儀式殿、豪壮華麗な大極殿が朱雀大路の中央に天を突くが如く聳えている。その正殿は朝堂院と称し（中台、八省院）、大極殿では、当時八省百官の朝参が行われ、即位の大儀式や諸般の政治が行われていた。その千本大路より西に向かって露地があり、かなり奥に影山の住家《すみか》があった。捨丸は日が暮れるのを待って影山の家の辻向かいの露地に入り、影山宅の気配を窺っていた。最早暗黒であった。人一人、否、犬の子一匹通らぬ静寂である。息を殺して根気よく身を屈めてその家を見据えていた。半刻も待ったであろうか、人の足音が聞こえてきた。

酒気を帯びているらしく、一人言をボソボソと呟きながら引戸を開けて中へ入って行った。障子越しにカチンカチンと三度目に灯がついた。暫くして灯も消えた。寝たのであろう、又暫く時刻が経った。そっと足を忍ばせ、障子に耳を当て、中の気配を窺った。大きな影山の鼾《いびき》が聞こえてきた。すぐに寝込んでしまったらしい。忍び足で軒伝いに裏へ回ったら出入りの引戸が夜目にも見えた。裏はかなり広い空地であった。空地の彼方に卒塔婆が林立しているのが夜の闇にも見えた。墓地を通り抜け、裏からこの家に侵入出来ると、捨丸は確信し、暗闇の墓地へ消えて行った。帰路、灯がついている居酒屋へ飛び込んだ。店には職人風の中年男が二人細かく裂いたするめを肴に酒を飲んでいた。「親父、酒だ」茶碗酒を立て続けに五杯飲んだ。空腹に芋酒は酔いを増した。捨丸は簡単に影山の家へ侵入出来ると思うと、計画が成功した様な気になり、鋭い眼光を柔《やわ》らげ、ニタニタ笑いながら又一杯二杯と酒をあおった。「大願成就」「大願成就」との一人言に、居酒屋の親父は恐面《こわおもて》の髭面を横目でチラチラ見ていた。毎月七の日が影山の勤務休みである事はよく知っていた。しかし、一晩でも良い、影山夫婦が家を空けてくれる必要があった。予て考えていた事を実行するのみ。影山の郷里は近江の守山と同僚から聞いていた。捨丸は九のつく日が勤務休みである。翌早暁、まだ暗闇の空を見上げながら家を出た。駆けるが如き早足であった。東山粟田口の獄門台を未だ警卒が来ない内に通らねばならない。京の東口関所がある。気がせいた、駆けた。肉の腐った異様な臭気が鼻をついた。獄門台に並べられた四つの首を薄明りに横目で見ながら通り過ぎ、九條山の峠を越えた山科の村落が見える頃、東の空が薄桃色を帯びてきた。村落の中程まで来た時、逢坂山の空は薄朱の雲が浮かび、山頂から陽光が射してきた。捨丸は初めて一息ついた。道端の樹木の根に腰を下ろし腰に下げた竹筒の水を一息に飲んだ。旨い、水がこんなに旨いとはとつくづく思った。

四月とは云え加茂川の北方より京の街を縦断し粟田口、九條山、日岡から竹鼻へ一息に駆け歩きして来たのである。身体中が汗ばんでいた。今日中に守山まで行き都へ帰らねばならない。捨丸は手拭で丹念に汗を拭いて再び歩き出した。逢坂山の峠茶屋で握り飯を作らせ、歩きながら口にほおばった。大津に入り瀬田の唐橋を渡る頃、お昼に近い時刻であった。唐橋を渡りながら北方の琵琶湖の水面が真昼の陽光でキラキラと輝いていたのが目に痛い程強く焼きついた。守山まで一刻(二時間)の道程、捨丸は足を速めた。守山は戸数五十余の一集落だ。影山名を探すのにそう手間はかからなかった。それは村落の中心部より少し離れた周囲が畑の中にあった。近くの民家に入り、その家の老母より影山家の状況を聞いた。それによると、影山の父は六年前死去しており、現在年老いた母親が一人僅かな土地に粟や芋など作り、ひっそりと生活しているとの事、息子は母親思いで、二ヶ月に一度は帰って来るとの事。捨丸は影山の郷里の模様をつぶさに知る事が出来た。これだけ知れば守山に用はない。急ぎ帰路についた。大津寄りの草津に立ち寄る為である。草津は東海道の道筋でかなり栄えた町であり、戸数も守山の六倍もある。捨丸は飯屋に入り酒を注文した。酒を飲みながら主人に紙、硯、筆を持って来させた。かなりの時をかけ考えあぐんだ。「かげやまどの　あんたのははうめさん　やまいおもくいつしぬやもしれんいちにちもはやくきておくれ　となりのものより」と書いた。四つ折にして飯粒で両端を貼り付け、もう一枚の半紙で包み、飛脚屋の居所を聞き、その店を出た。飛脚屋を探すのは手間どらなかった。草津の大通りの大きな看板が人目を引いた。かなり大きな店構え、何人もの使用人を使って商いをしている店と感じられた。御所外廻り警備頭、影山己之助へ直接手渡すよう、飛脚屋の番頭に依頼し、料金を支払いその店を出た。京への帰路を急いだ。

我が家に着いたのは夜もかなり更け、深夜に近かった。翌朝、寝不足で今日は休みたいと思ったが、影山の動きがどうしても知りたいと思い、目をこすりながらいつもの通り家を出、笹丸の家に立ち寄った。「嬢や、起きてるか」「まだ寝てますワ」菊世が返事をした。「親父さん、昨日はどうしたんや。一度も飯食べに来やへんで」笹丸が髭面を見て云う。「いや何じゃ、急に思いついてナ、男山八幡にお参りに行ったんや」「あっそうか、それはよう参ったナ」

　笹丸も機嫌良く相槌を打った。何時もの通り、菊世から弁当を受け取り勤めに出て行った。

　毎朝の点呼で警備頭影山から、その日の各従卒の勤務場所が云い渡されるのである。その日、捨丸は御所の南側丸太町大路の勤務であった。外廻り警備頭の常在している本部は御所の北側にあり、影山の消息は全く解ろうはずがない。必ず今日、飛脚が本部に手紙を届けるに相違ない。だとしたら、明朝夫婦で出発するであろう。明日の夜決行だナ、捨丸はその夜、床に入ってそう思った。案の定、翌朝の点呼に影山の姿は無かった。従卒頭の道端欽三が影山の代理として代行していた。その夜、夕飯を済ませ、呉葉と暫し遊んだ後、自分の住居に戻り、夜が更けるまで床に横になり深夜を待った。

　子の下刻（午前〇時）にもなっただろうか、万一夜道であっても用心の為、黒い布で頬被りして抜き足で家を出た。全くの静寂である。遠く加茂川堤の雑木林から、時折鳥の夜鳴が聞こえてくる以外は何の音も無い。下見に行った帰り道を逆に進んで町々を通り抜け、千本卒塔婆の林を縫って影山の家の裏空地へ出た。

　そこで腰をかがめ辺りの気配を窺った。暗黒の空に一陣の冷たい風が流れた。足音を忍ばせ影山住居裏戸前に立った。内側の引戸に差し込み木が入っていればどうやって入るかナと思いつつ引戸を引っ張ってみた。雑作もなく開いた。暗闇の部屋へ手探りで歩いてゆき、狭い部屋の事、片隅の箪笥に手がかかった。暗黒の部屋も目が馴れてくると、多少見えるものである。上段から引出しを引張り中へ手を入れ、感触で中の品物が判断出来た。次に下段をまさぐり、如何にも男物と思われる着物のごわついた感覚の羽織らしきものの手触りに「これや、これや」と捨丸はニタリと笑った。そっと上の着物を崩さぬように引っ張り出し、きちんとたたまれた固い衿の手触り、まぎれも無い影山の陣羽織である。これで目的は達したも同然、一瞬そう思った。陣羽織を小脇に抱え引出しを元通りに閉じ、忍び足で再び裏戸を閉じ、空地を小走りに千本卒塔婆の林へ消えて行った。それから四日の日数が過ぎた。影山は三日目から朝の点呼に出ていた。影山夫婦は守山の母親の家に二泊して帰って来た事になる。その日は昼過ぎから雨になった。

始めは小雨が平安京の町々をぬらしていたが、夕暮れになるに従い本降りとなり、梅雨のはしりか雨足は夜になる程激しさを増しつつあった。笹丸の住居より戻り、床に横になり、天井の一点を凝視しながら捨丸は「今夜決行しよう」「この大雨に都大路は人一人歩く者は無いだろう、今夜の機会を逃しては決行出来る日は無い」そう腹を決め、身支度を整え、草履の紐をいつもより特別固く締めた。蓑を着込み陣笠の紐も固く締め、住居の裏戸を開け、激雨の辺りを見回したが大粒の雨が大地をたたきつける音のみである。捨丸は裏道から表路へ走り出たが、全く無人の町である。町の道を斜めに縦断し、家並の裏道へ抜け又表通りに出るという走行であった。千本通りに出、その南方朱雀大路の中央に聳える暗黒の豪雨の中でも見える巨大建造物、大極殿その南一丁の所に天突くが如く空に聳えている應天門である。

　この豪雨は近年稀に見るものであった。捨丸は激しい雨の中を走ったが人一人出喰わさない。心が勇んだ。敵陣に飛び込んでゆく戦士のようだと、自分が勇ましくさえ感じつつ、闇雲に走った。そして應天門の大柱の下に立って周囲を見回したが、警備従卒の姿は一人とてない。天の助け、そうだ、天は俺に味方していると一瞬そう思った。暗黒の上を見上げたが何も見えない。少なくとも六十尺の上には楼閣が縦横に張りめぐらせているであろう。捨丸は蓑を脱ぎ、背負っている風呂敷包みを下ろした。太い輪巻きにした縄を取り出し、その先端に鉄の太い大きい釣金が固く結びつけられている。長い縄を地に渦のように垂らし、鉄の釣金を力まかせに暗黒の天井に投げ上げたが手応えは無い。同時に自分の身体を大柱の影へ避けた、と一瞬カチンと大きな音を立てて金具と縄は落下したが、その音も激しい降雨の地に叩きつける音にかき消される。幾度も幾度も根気よく縄を天井に放り投げ、やっと七回め、欄間に金具が引っ掛かった。ホッとした。腰から手拭を引き抜き、顔中の汗を拭いた。一息つくと、天井から垂れ下がっている縄を全身の力を両腕にかけてぶら下がってみたがビクともしない。金具が欄間に完全に食い込んでいるのを確信し、風呂敷包から一尺程の寸法で折った枯木の大束を腰に括りつけ、天井から垂れている太い縄に飛びついた。両腕に力を込め一握り、一握り交互に両腕を上へ上へと登って行った。雨の勢いは應天門の大屋根瓦に叩きつける音、豪雨は一向に弱まる気配は無い。激しい雨の音も捨丸の耳には入らなかった。唯、全身、次の行動への張り詰めた緊張感だけであった。片手がやっと欄間に届き、続いて両手でぶら下がり全身の力を腰にかけ、そこで一息つき、何も急ぐ事は無い、長い間の計画だ、必ずやり遂げねば、と頭の底にもう一人の自分が呼びかけていた。これだけ入念な謀り事、影山警備頭を陥れる為だ、煮えくり返る程の恨み、この恨みだけは晴らさねば、影山さえ失脚し全く別人が警備頭になれば自分の待遇も良くなろう、昇格も叶うであろう、唯、影山への恨みを晴らすだけだ。捨丸は欄間のもう一段上、横の張り木と十文字に交叉した場所が一番良いと考えて、下段の欄間の上に両足を踏ん張って立った。暗闇の大天井も暗闇に馴れてくると目も見えてくるものだ。足許が五十尺も高い場所、一歩でも足を踏み外せば真《ま》っ逆様《さかさま》に地面に叩きつけられる。慎重な上にも慎重に動き、十文字の従柱に自分の身体を太縄で幾重にも括りつけ、こうすれば高い場所でも両手が使える。腰にぶら下げている枯木の小枝束を欄間と欄間の間に細い縄で括《くく》りつけ、又もう一束を三尺離れた欄間に括りつけた。その枯れた小枝の間に懐から無数の紙片を詰め込み、又懐より火打石を取り出し、カチンカチンと打った。五、六回打った時、指に挟んだ薄紙に火がついた。メラメラと燃える紙を急ぎ小枝に詰めた紙に燃え移すと、瞬く間に火は枯木を燃やし始めた。燃える枯木を一本引き抜き、もう一つの枯木の束にも火を付けた。辺りの空間は炎で明るくなり、真っ赤に色彩された欄間の天井一面が炎で真紅に映えて、枯木の炎は完全に燃え広がり、欄間に火が付き燃え始めたのである。捨丸はこれで凡て仕事は終ったと思った。身体に括りつけた縄を素早く解き、垂れ下がった縄に両手でつかまり、一息に下り、ホッとして上を見上げると、大天井の欄間は既に火が回り始め炎が横すべりに舐め広がりつつある。

大建造物の大屋根の内側、欄間の火災である。この豪雨の中、外部から何の異常も現れていない。ゆっくりと蓑を羽おり、門柱の陰に寄ると、しのつく雨と暗黒の世界、人の気配は全く無い。大きな仕事を成し遂げた満足感で笑みさえ浮かんでくる。五十尺の大天井を見上げると楼閣は最早周囲三間に及ぶと思われる火が燃え広がっていた。大願成就である。自分の心に云い聞かせるかのように暗黒の雨中へ身をかがめ應天門から半町離れた高塀廂《ひさし》に風呂敷包みに入れておいた影山の陣羽織を引っ掛けて、高塀を伝い、走りに走った。

我が家の前に立って初めて西南の方角の空を見、ようやく小降りとなった應天門。彼方の空は朱色に染まり、遠く離れたここからでもメラメラと天に向かって炎が上がり、火の粉が激しく夜空に飛び散っている。周囲の住居は静まり返って、唯聞こえるのは雨の音のみであった。捨丸はニヤリと笑った。影山を陥し入れる為、執拗《しつよう》なまでの執念を燃やした実行で、そして成功した。足音を忍ばせ、我が家の引戸を開けて台所の水壺から手酌でガブガブと水を飲み、ウマイと思わず口にした。雨と汗でずぶ濡れの身体を丹念に拭き、洗い下ろしの着物に着替え、そして部屋の隅にある一升徳利を引き寄せ、飯茶碗に並々と入れ、芋酒を一息に飲んで床に横になった。心の底から湧き上がる満足感、大願成就、捨丸は沁《し》み沁《じ》みと思ったのである。

扨て應天門では激しい雨の中、大火に人々が気付いたのはかなりの時刻が経ってからだった。大極殿、この巨大なる建造物の東南端に警護詰所がある。警護司令、その配下に警護頭三名と警護従卒総勢百五十名、警護体制は大内裡と変わりなく、常時昼夜兼行で警護されている。夜警はぐっと縮小され、常時五十名であった。この夜は近年稀に見る豪雨であり、警護頭が部下の身を案じて、雨が小降りになるまで詰所で待機を許可したのであった。温情溢れる警護頭の配慮が仇《あだ》になった。大きな火災になると炎が渦を巻き、不気味な唸り音がするものであるが、激しい雨の音にかき消され、詰所の従卒も気付かなかった。欄間に火が付いてから楼閣全体に燃え盛るまでおよそ半刻（約一時間）経っていたが、楼閣が焼け崩れるのに又半刻経過していた。焼け崩れると同時に大屋根の一部にポッカリ大きな穴が空き、大瓦諸共《もろとも》、大音響をあげて地上に落下した。詰所の警護頭、従卒達が同時にその豪音を聞き、一瞬従卒達はお互いの顔を見合わせた。と同時にはじかれたように警棒を持って表に飛び出した。戸外はあたり一面真っ赤で真昼の明るさ「何だアレは」「火事だァー」「火事だ」「火事だゾー」従卒達は驚きふためき唖然とした時「應天門が燃えている」「こりゃどうした事じゃ」警護頭を先頭に應天門まで走った。最早目の上に巨大な炎が迫って、巨大な炎の柱が一部焼け落ちた大屋根から吹き上げているのだ。唸る大火柱の音、警護頭や従卒達は茫然と、唯天突く巨竜のような真っ赤な炎を見上げるばかりである。先刻までの大豪雨は少しは弱まったとは云え、大地に叩きつける雨の音は激しく、衰えを見せてはいなかった。雨の暗黒の空一杯に炎の柱、渦巻く大火災の間からバツン、バツンと音を立て、大きな火花が炸裂し、見上げる従卒達の頭上に四散した火の粉と盛んに燃える大きな建材が無数に落下してきた。従卒達は「らァー」と喚声をあげて逃げ散り、警護頭は従卒達に「最早手の施しようがない、お前等火を被るな、大怪我をするぞ、門から遠く離れろ」従卒達は四方に散って門を遠巻きにした。朱雀大路には住民達が黒山の如く遠くから、かつて見た事の無い大火災を見上げ「ウォー」「ウァー」と思い思いに喚声をあげた。平安文化の粋を凝らし、皇室財産の有り余る財源に物を云わせ、豪壮、華麗皇室の偉大なる財産、應天門はただ間もなく焼け落ちるのを待つばかりである。歴代天皇年代記に記録されている。

　第五十六代清和天皇貞観八年六月（西暦八六六年）應天門炎上す。尚その年に特記すべき事項として、比叡山の最澄に伝教大師、丹仁に慈覚大師、時の天皇より諡号《しごう》を与えられるとある。延暦十三年、桓武天皇、長岡京より遷都され、平安京にて院政を施行される。それから六十三年後、應天門が消失した。又それより十年目にして貞観十八年（西暦八七六年）大極殿炎上。安元三年と治承元年、三度の火災に遭遇、遂に再興されず現在に至っている。

尚補足すれば、明治二十八年（西暦一八九五年）に平安遷都千百年を記念して建築されたのは、平安京大内裡の正庁である朝堂院、大極殿、正面の應天門である。当時の三分の二規模で再現された。それが現在、左京岡崎の平安神宮であり、勿論御祭神は桓武天皇である。

一方應天門炎上。夜の大豪雨も翌日は嘘の如く雲一つ無い紺碧の好天気となった。会津捨丸は一刻の睡眠だけで何時もの通り笹丸の家で朝食し、弁当を菊世から貰い、平常通り勤務に出た。上機嫌で珍しく同僚に「大変な雨だったナァ、今日は良い天気ヤ」「あぁ、良い天気になったナ」と別の同僚が「会津、昨夜應天門が焼けたの知っているか」「何、應天門が焼けたと、そりゃ大変な事や」「そうやナ。桓武天皇さまがお造りになった日本一の大門が焼けるとはナァ。しかもあの大雨の中でナァ」「会津、お前見なかったのか。あの大きな火を」「知らんのや、良く寝たもんや」「へぇ、あの大きな火事を知らんでよハハハ」三、四人の同僚が笑った。何時もの通り警備頭より勤務地の指示を受け四方に散って行った。捨丸は勤務地に行く途中、町角で彼方此方に庶民が四、五人の群をなし、大火の話声を耳にし、その人々を横目で見ながら急ぎ足に同僚と共に勤務地に向かった。俺のやった大仕事、誰一人として知る者が無い、影山が囚われの身になると思うと心底喜びが込み上がるのだった。思わずニタリと笑みが顔に出てくる。同僚達は横目で捨丸の髭面を見、その不気味さに「何を考えているのか、捨丸は」と訝《いぶか》しがるのである。

第三章　處刑、八つ裂の刑

應天門炎上の早暁、まだ明けやらぬ雨後の朝靄の中、大極殿警備詰所より警備頭が早馬を駆け、御所に面した院政高宮、屋敷街の東南の一角にある検非違使之尉《けびいしのじょう》、大伴剣持の門を慌ただしく叩いた。大伴剣持は寝耳に水とはこの事、無意識に下袴を付け陣羽織を着ていた。従卒に「馬引け」と叫び、早馬の警備頭と共に丸上町大路を一目散に西走した。二名の従卒も懸命に馬の後を走った。検非遺使の見た光景は應天門の大屋根の大部分が焼け落ち、大屋根の倍以上の天空に突き上げる巨大な炎の大柱であり、最早大炎の中心は大きな火の渦が幾つも幾つも大きな無気味な唸り音を上げていたのである。馬上より唯茫然と見上げていたが、俄かに馬が恐怖の嘶《いなな》きをあげ暴れ出した。大伴剣持は急ぎ馬から飛び下りた。従卒は自分の腹帯を解き、馬に目隠しをしたが、それには目もくれず唯巨大な炎を見上げているばかりだった。成す術となく検非違使とは云え、朱雀大路一杯に溢れた多くの火事見の群衆と同じ存在でしかなかった。大伴剣持は自宅に戻らず、そのまま検非違使庁に入った。恐らく卯《う》の上刻であろうか、流石《さすが》今朝は庁勤務の高官、従卒に至るまで庁役員二百余名殆《ほとん》どが出勤していた。庁と應天門とは五丁とも離れておらず、恐らく平安京始まって以来の大火であり、平安京全域から展望出来、庁の自室に座った大伴剣持は茫然として思考力を失いかけている状態であった。しかし、脳裏に浮かぶ最初の考えは宮中、摂政関白からの呼び出しよりも先に、検非遺使自身宮中に参殿し大事故を奏上《そうじょう》せねばとの事であった。宮中に対し何と言奏上すべきか、その考えしかなかった。平安京の治安を守る最高責任者である検非違使の役は、彼自身泣きたい程の気持ちであった。事もあろうに平安京最大の文化の象徴であり、皇室、貴族、院政役員は云うに及ばず、京の庶民一人一人が誇りとしていた應天門という大建造物、それを焼失してしまった、京の街から恐るべき大罪人を出してしまったのである。検非違使之尉大伴剣持として皇室に対し、又、平安京に住む百万の住民に対し、何と申し開きをするべきか言葉さえないのである。いっそ朝廷に申し訳なさに自害を果て、謝罪と致そうかとふとそんな考えが脳裏をかすめた。長時間憔悴し切った長官の姿を、高官部下達は心配気に見守っているばかりであった。高官の一人が大伴剣持の側に跪《ひざまず》き「長官のお気持ちは痛い程解ります。しかし、時刻も早や己の刻（午前九時～十時）に御座いますれば」と宮中参殿を注進したのである。検非遺使の尉はふと我に返り、渋々立ち上がり、別室衣裳の間にて衣冠束帯を着用し、宮中御所入内の正装した従者二名を引き連れ、検非違使庁を後に乗馬の足も重く、大伴剣持は終始首うなだれた姿であった。検非違使庁の高官達は「一日も早く放火犯人を捕縄せよ」と庁から特命を受けた。伝令の早馬が平安京三十ヶ所に及ぶ警邏《けいら》詰所に飛んだ。犯人探索の警邏卒が動員され、その数千名余りに及び、全員が街全域に散って行き、都大路一軒一軒から露地の隅々まで虱潰《しらみつぶ》しであった。

ましてや應天門周辺の朱雀大路の各店舗や住居への探索、聞き込みは厳重かつ苛酷《かこく》をきわめた。翌日二人の警邏卒が或る店舗の主人より、應天門炎上の最中北の端の高塀で、何か着物らしい物を拾って走り去った者がいたとの情報を得た。二人は急遽警邏本部にその旨を報告した。着物らしいものは何を意味するか、上司達は皆首をかしげた。「もしや放火犯が自分の衣類を脱いで逃げたか」「いや、あの夜は大豪雨、濡れた上衣の上にもう一枚でも着るもの、自分の衣類を脱ぐ筈はない」と長官は口をはさんだ。高官は「その通りで御座います。あの大雨、全身ずぶ濡れの筈、何で着衣を脱いで逃げようか」会議召集された者一同が頷いた。「ともあれ犯人か、火事見物の者か、その衣類らしき者を持って逃げた者を徹底的に探せ」長官は集合した部下十名に下知した。部下はそれぞれ己《おの》が統率している警邏卒に命令を下し、邏卒は又四方に散った。虱潰しの家宅捜査であった。命を受けて三日目。二人の邏卒が烏丸大路の露地奥隅にある住居に、士分の浪人を突き止めた。邏卒は浪人の住居から浪人に以つかぬ立派と云える陣羽織を発見した。早速浪人を連行、警邏司令部の取調べ室にて尋問が始まった。浪人は実に簡単に、素直に白状した。それによると浪人は豪雨の中を友人の紹介で仕官の道を依頼する為、或る下級武士の宅、今出川大路七軒小路より帰宅の途中、應天門近くになって辺りは真昼のような明るさで、これは大変な事だと思い走り、門の真近まで来ると御門の内部は火の海で、火事現場に居合わせては、あらぬ疑いがかかるやも、そうなれば身の破滅と急ぎ走り去る途中、火の明るさで高塀にかけられた小袖に気付き、何の考えもなしにその小袖を小脇にして、自宅へ走り帰ったと申し述べたのである。自宅に戻りよくよく見れば、小袖と思いきや立派な陣羽織。貧困の身、これだけの陣羽織なら、捨値で売っても妻子を養うに一ヶ月は保《も》とうと秘かに隠して良き買い手を探そうと思っておりました。誠に申し訳なき事を致しました、と申し述べた。警邏司令は供述の浪人を凝視していたが、一応疑いが晴れるまで拘留すると云い渡した。翌日司令補が拘留された浪人を取調室にて再度尋問を始めた。昨日の浪人の供述書に一通り目を通しているが、司令補は初めて尋問するかの如く供述を問い質した。浪人は昨日警邏指令に話したと全く同じ供述に何の淀みも無く、終始一貫して筋が通っているのである。司令補は司令と協議の上、三十叩きの刑にして釈放した。さて警邏司令は困惑の苦しい思いをその顔に表していた。都中の陣羽織の着用を許されている高級官吏から役付武士、下級役付は一体何人いるのであろうか、恐らく三千は下らないであろう。下は御所警護頭から上は検非違使、その膨大なる人員の数から、陣羽織の所有者を見つけるのは容易な事では無い。又、下級役付は一応簡単に調べても、上級高官はどのようにして調べるか、火中の栗を拾うような事になりかねないのである。警邏司令藤枝内記に苦悩の長い日々が続いた。大伴剣持より「犯人の捕縛はまだか、一日も早く捕縛せよ」との厳しい命令である。司令は副司令、司令補五名を集め協議し、その結果下級役付職や、下級武士等を一人一人丹念に家宅捜査を地道に続けるしかなく、陣羽織着用資格者の名簿を作成する必要がある。それにはあらゆる職種の官庁高官の協力が必要であった。

警邏司令は長官名を以て各界、高官宛に名簿提出を要請した。一応下級官吏、下級武士に限定した故もあり、中三日目に大方名簿帳が警邏司令官宛に届けられた。その何十冊にも及ぶ人名を地区別に書き改めるのに、昼夜兼行で丸二日を要した。その結果司令補五名と三十名の邏卒長が各班に分かれ、邏卒二名ずつを引き連れ、各地区別の名簿帳を持って何十班にも及ぶ班が、警邏司令本部より平安京の街々へ飛び出して行った。昼間は勤務や就労の為、悉《ことごと》く留守宅ばかりであり、その家の妻女や老人達に、お上よりの特別命令により家宅捜査する旨の長官名一片の紙、板壁に貼り付け、衣類箱や箪笥を無雑作に開け、引出一つ一つ陣羽織の有無を調べるのである。陣羽織があるのを司令補か邏卒長が見定めると、その家は捜査打ち切り、事件と関係無しと名簿の住所氏名に赤線が引かれ、その家を退去、次の家に向かうのである。下級官吏や武士達は殆どが長屋住いの者が多く、従って捜査は実に手際良く進展し、三日後、千本卒塔婆より西南五丁の小路から露地に入った影山己之助の家で、急転直下終止符を打つ事になるのである。朱雀大路のほぼ中心に近い五条大路北東角にある警邏司令本部より副司令二名が早馬にて検非違使庁へ走り、重要犯人逮捕の報告、伝達を行った。司令藤枝内記は下級官吏の中より犯人が挙がった事で安堵の胸をなで下ろしていた。警邏司令本部の多くの取調官の中でも屈指鬼の異名を持つ鬼堂左紘木が取調べに当たる事になった。

「影山己之助だナ」「ハイ」「職種と階級は」「ハイ御所外廻り警護頭を務めております、しかし何故私奴《わたくしめ》がこのような所に呼ばれるんですか、腑に落ちませんが？」鬼堂は顔面一杯に怒りを表し、握り拳を力一杯机に叩きつけ、「バカ野郎、これは何だ！」と机の下より陣羽織を鷲掴みにして、荒々しく机上に叩きつけた。「ハア、これは……私の陣羽織、これが何故ここに？」「白ばっくれるのもいい加減にせい、應天門の火付けはお前の仕業《しわざ》じゃー」

「いえ滅相《めっそう》もない、私は知りません、何かの間違いや」「馬鹿野郎、何かの間違いだと、焼け落ちた應天門の現場に落ちていたんだぞ、これが」鬼堂は陣羽織をつかみ上げ、激しく影山の顔面を横なぐりに叩きつけた。

「お前が火付けの大罪人じゃ」

「私は火付けなどしていません」

「していません、よう云うワ、お前以外に、じゃア、一体誰がしたと云うんだ」

「私じゃない、私は知らん、私は知らん」

影山は蒼白の顔を激しく震わせ、首を左右に振り涙声になっていた。「なァ影山、嘘を云い張っても何時かはバレるんだ」「嘘じゃない、嘘じゃない、私は知らん、私は無実や」「何が無実だ」鬼堂は大きな握り拳で影山の顔面を思い切り殴りつけた。影山の体は背後の板壁にふき飛んだ、とその顔めがけて二、三発拳が飛んだ。影山は地面に叩きつけられ、鼻血がバッと飛び散った。影山は暫く動かなかった。「これで白状せにゃ明日からは拷問じゃなァ」鬼堂はパァッと唾《つば》を地面に吐き捨て、荒々しく扉を閉め、ガチャガチャと音を立て施錠して取調室（土牢）から出て行った。平安京の時代である、犯罪者には極端な厳罪主義で司法は臨んだのである。被疑者の不在証明（アリバイ）など認められる時代ではなかった。

朝廷のおわす新京で無頼の徒や悪の横行は断じて見過ごすな、疑いのある者とて厳罪である。延暦二十年、征夷大将軍に任ぜられた、坂上田村麻呂猛将の厳命であった。それより六十五年過ぎた現在（貞観年間）も坂上大将軍の厳罪主義が脈々と受けつがれているのだ。否、むしろそれより千百五十年の近世まで続けられた。

影山己之助にとりて青天の霹靂《へきれき》であった。思いもよらぬ禁裡放火犯の罪状を着せられ、幽《かす》かな天窓からの明りしかない薄暗い土牢に閉じ込められ、鬼の如き取調官に、人間の人格も誇りも剥ぎ取られ、大罪人の汚名を与えられた現在の自分の置かれている立場が全く信じられぬ事であった。悲しみを通り越して唯、我が身が情けない、泣きたい気持ちで暗黒の土牢に一睡もせず考え込んでいた。考えても考えても解らぬ事ばかり、何で、どうして……悪い事一つするでなし、毎日毎日生真面目一徹で生きてきた心算《つもり》であったのに、何故、このような災難に遭わねばならないのか、一晩中思い悩みながらも泣き続け、四十才も過ぎてから、どうしてだ、どうしてだ、長い長い夜が明けたのか土牢の天窓から明りが射し込んできた。頭が朦朧としているのを感じた。天窓に明りが射してから何刻の時間が経った事であろうか、二、三人らしい足音が聞え、錠を開ける音、昨日とは別の顔ぶれの取調官が中央に腰掛け、他の二人はその左右に腰を下ろした。

取調官は影山を正面土間に座らせるなり開口一番、

「昨日の調書を読むと、知らぬ存ぜぬ、無実だとあるが」と問いかけた。「ハイ、私は全く知らぬ事で御座います。昨日も何度もそう申し上げましたが聞き入れてもらえません、ハイ」

影山はともすれば、ぼやけてくる意識の中で精一杯云い切った。「本当に知らんと云うのか。では、どうしてお前の陣羽織が現場にあったのだ」取調官は影山の顔を凝視し睨みつけるように云った。「盗まれたのだと思います」

「思いますとはどういう事か」

「全然知らなかったので」

「盗まれたと気が付いたのは何時か、届けは出したのか」「ハイ、いえ、それは四月初めの定期異動の折、着用致しまして、その後は箪笥に入れた儘でありまして、昨日まで盗まれたとは気付きませんでした、ハイ」「取り出しはせんかったナ」「ハイ」「うん」

取調官は影山の顔をジッと見据えていたが、「暫く待っておれ」左右の取調官と共に土牢を出て行った。どれ程の時間が経ったであろうか。影山はじっと土間に正座した儘、今朝の申し開きが聞き届けてもらえるかどうか、不安と焦慮の長い時間が続いた。何とか助かりたい、私は何も知らないのだ、きっと疑いは晴れる、否、晴らさねばならない、自分の無実はどんな事があっても取調官に解ってもらわねば、影山は脳裏でそう決め込んでいた。

警邏司令本部、会議室では司令始め司令補数名と取調官数名とにより、長い時間をかけて協議が行われていた。禁裡への放火犯という最重要被疑者の云い分を真っ直ぐに認める事は警邏司令の権威にかけても出来る事では無い、と司令の藤枝内記は云い切った。司令補達は検非違使之尉に放火犯逮捕を報告、上奏しただけに被疑者の云い分を聞く事は出来ないと云い切った。又、最初に取調べに当たった鬼堂左紘木は「真犯人と云えども、我が身が助かりたい為には最後まで嘘を押し通すのは必定、徹底的に厳重取調べを行い、自白に追い込みたい」と司令に言上した。又、重ねて疑わしきは罪すべきとの原則は通すべきで、とも言上した。結論として他に被疑者が出ない現在、やはり影山を重要放火犯として厳重取調べを実行し、自白をさせる事こそ先決と衆議一決したのである。その日の夕刻、影山には初めて粟の混じった重湯の夕食の椀が一杯与えられた。ああ、これで俺は釈放されると淡い望みともつかぬ気持ちであったが、土牢に入れられて以来、一滴の水も与えられていなかっただけに、渇き切った喉に無意識に椀を口にドクドクと重湯を飲み干していた。ホッとしたのも束の間であった。半刻も経ったであろうか、夜のとばりが下りた頃、幾つもの荒々しい男の足音が聞こえて、扉を開ける荒々しい金具の音。

鬼堂左紘木取調官を先頭に取調補佐二名が入牢して来た。一人が手盆にのせた油皿に火を付けた。牢内は淡い明りで人の顔が見える程度になった。鬼堂取調官は影山の前に棒立ちになり「影山已之助、よく聞け、捜査会議に於いてお前が禁裡、應天門放火の真犯人と断定した。速やかに自白するよう勧告する。これより再取調べを行う」と云い終るなり正面の椅子に腰を下ろした。漸くして、苛烈なる尋問が夜を徹して行われ、真犯人とされた影山は最大の窮地に追い込まれる事となった。

……

一方、会津捨丸は毎日が上機嫌であった。鼻唄まじりの勤務である。影山警備頭が重要放火犯として逮捕された事は、警備陣中に大きく噂が広がり、その話題で持ち切りであった。捨丸にすれば正に大願成就であった。やっと影山に対する復讐は完全に出来たわけである。大声で、俺は影山をやっつけた、俺は影山を罪人にしてやったぞ、と叫びたい衝動に掻き立てられ、浮き立つ気持ちを抑えるのが精一杯であった。同僚に対してもかつて見せた事のない笑顔の髭面であった。同僚達は不思議でならない。影山警備頭が重要犯人として逮捕という前代未聞の大事件に唯、驚きというだけの感情しかないのだ。同僚達には突然の異変の如く、捨丸の上機嫌な笑い声が不思議としか思われぬと囁き合うのだった。

捨丸はその噂も馬耳東風で、勤務が終れば居酒屋に入り「祝い酒じゃ」「祝い酒じゃ」と叫びながら、幾杯も茶碗酒をぐい飲みし、見知らぬ同席の客にまで「まあ一杯どうじゃ、俺の酒飲んでくれや」と徳利を客の目の前に突き出し、それに釣られて差し出した茶碗にドクドクとついでやり「飲めや、飲めや」と云いながら自分の茶碗にも何杯もつぎ、ガブガブと飲みながら「大願成就」「大願成就」と、何処で覚えた言葉か知らぬが、無学の捨丸には盆と正月が一緒に来たような目出たさと嬉しさであった。今頃は暗い牢屋で影山はきつい拷問を受けているやろと思うと、これ程の喜びはなかった。捨丸は朱雀大路随一高級人形店で普通の庶民にはとても手の届かぬ高価な京人形を買って、大手を振り、笹丸の家へ帰ってきた。「呉葉御前《ごぜん》よ、爺じゃ」表口で遊んでいた呉葉は爺にとびついて「ジイお帰りナチャイ」捨丸は小脇に抱きかかえた大きな紙箱を呉葉の可愛い顔に近付けて「ホーラ呉葉よ、爺の一世一代のお土産じゃ」「ジイ、何お土産テ」「人形じゃ、立派な金持ちの嬢しか持たない人形じゃ」そう云いながら箱包より取り出したのは、金襴の衣裳を着た市松人形であった。

捨丸が二、三年の間に少しずつ貯め込んだ金を全部はたいて買ったもの。「ワア、ジイ、市松人形、嬉しい、嬉しい」「おっそうか、嬉しいか、良かった、良かったナ」「ジイ、嬉しい、呉葉の宝物にする、宝物人形よ」「呉葉そんなに喜んでくれるのかワハ……」捨丸はポロポロ涙を流して、孫娘の喜ぶ顔を見、思わず抱き寄せ、呉葉の頬を舐め回した。
「あぁ俺は何と幸せ者か、俺はもう何時死んでも不足は無い、思い残す事は無い」嬉し涙と垂れる鼻水でグシャグシャの髭面の中で、ふとそんな思いが一瞬かすめた。反骨の捨丸、自分でも嫌になる程他人に対して反社会的な粗暴な行動と執拗なまでの憎悪の感情を持っているのであるが、それが孫娘呉葉が成長するに及び、肉親の動物的本能が人間の優しさを表したのであろうか。本来憎悪の復讐心が満たされた今、最早捨丸の心底には、もうどうでも良いという無欲の感情が大きく伸びつつある事は事実であった。

……

影山は苛酷な拷問責苦《せめく》の連続に、最早心身共に限界の窮地に追い込まれていた。鬼堂左紘木取調官と二人の取調補佐の峻烈極める尋問と、白状せよ、お前以外に真犯人は無い、私が付け火しました、と白状せよ、唯それのみの繰返しであった。連日連夜に及ぶ拷問と責苦に睡眠と一時も休養のない、長い長い昼夜が続いた。影山は次第に意識が朦朧としつつあった。水責めの為、全身泥まみれ、石置きの刑に下半身の皮膚は破れ、鮮血がその傷口から溢れており、逆さ吊りの刑の為、荒縄が両足首の皮膚に食い込み、肉が破れ、血が湧き出ており、頭髪は元結が切れ、水と泥にまみれ、ザンバラ髪に伸びた泥まみれの髭、土間に数限りなく叩きつけられその面は血と泥に汚れ歪み切り、泣く気力もなく、土間に横たわったその哀れな姿、ヒイヒイと喉笛が幽かに鳴っていた。警邏司令の首脳達は自白せずとも処刑に持ち込む腹心算《はらづもり》であった。影山は朦朧として、半ば失いかけようとする意識の中で死を願う心が湧いてきていた。この長い苦しみより抜ける道は、死あるのみ、と失いつつある意識がそう思っていたのである。死が何もかも救ってくれる。凡ての苦痛から、この地獄の道から逃れるのは死以外に何もありはせん。影山の心の底に早く楽になりたい、と死への願望が徐々に動き出しているのは事実だ。夜も昼も区別の無い暗い土牢は正に地獄の世界である。その中で止む時刻とて無い、間断なく鞭が、竹棒が容赦なく血まみれの顔面や胴体に飛んできた。早朝より夕刻まで続けられた拷問もその日は終ったのか。先に取調官が出て行き、後から二人補佐が大きく溜息をして「あァ疲れた、疲れた」異口同音に云いながら土牢を出て行った。拷門を加える取調官も大変な重労働である事に違いなかった。その後は不気味な程の静寂である。半死状態の影山は、唯土間に横たわっているだけであった。何の思考力も最早失っている生ける屍であった。番卒から飯食茶碗一杯の水と、粟粒の浮いた重湯の椀とが土牢に差し入れられた。影山は無意識の中で、何か入れられた事を幽かに感じた。そして一刻半（三時間）程過ぎたであろうか。横たわっている影山は幽かに動いた。喉はカラカラに渇き、喉笛がヒイヒイ鳴っていた。力を振りしぼり、両腕で土牢の入口まで闇の中を這った。そして戸口の茶碗にそっと触れ、両手でその碗を口へ一口一口流し込んだ。その水のお陰か、わずかに気が戻り、残りの水を一息に飲み、重湯まで一気に飲み込んだ。疲れ切った全身に少しずつ意識が戻るような気がした。

彼はどうしてこんな羽目になったのか、何も解らぬ事ばかり、自分の無実は到底聞き届けてはもらえない。毎日毎日の拷問、俺は殺されるか、もう助かる方法は何一つ無い。この苦痛から抜け出て、楽になりたい。所詮、後一日一日拷門に堪え抜いても、いずれは放火大罪として打首になるだろう。もう俺の命運も尽きた。一杯の水と重湯で少し気を取り戻しかけた彼の考えであった。無実を晴らさずに、放火犯の汚名を着た儘死ぬのは何としても無念である。だがもうこれ以上、死の責苦に堪える力は俺には無い。欲も徳も無い、早く楽になろう、冷たい土に顔をうずめながら、影山は腹を決めたのである。最早早暁に近い時刻だった。

その朝、警邏司令本部では、司令を主席に司令補や鬼堂取調官五、六名が昨夜までの取調べ状況と今後の対策を協議していた。「拷門をかけてもう三日経ちますが、何分渋とい奴ですから、今日は口を割らしてみせます、ハイ」鬼堂左紘木は司令に最敬礼してそう結んだ。その時である。邏卒の一人が会議室に転がり込んで来た。

「申し上げます。影山が死んでおります」

「ナニ、死んでる」一瞬全員総立ちになった。鬼堂以下取調官全員弾《はじ》かれたように土牢に殺到した。開かれている扉に飛び込むなり、足下に俯伏《うつぶ》している影山の身体を足先で仰向けにした。影山は口から夥《おびただ》しい血を流しており、咀《か》み切られた舌の半分が下顎《あご》に血まみれで付着していた。「監視が行き届かなかった事、申し訳次第も御座いません」鬼堂取調官は藤枝司令に向かって深々と頭を下げた。苦り切った顔の司令は、鬼堂を睨みつけ無言で荒々しく土牢を出て行った。司令は司令室に入るなり「馬引け、馬引け」と大声で叫んだ。「ハイ唯今、唯今」馬丁が飛んで走った。司令は急いで陣羽織を着用した。有官武士は上司高官への上奏には礼装、陣羽織の着用が常識であった。司令は馬丁の引いて来た栗毛にとび乗り、一鞭当てた。警邏本部は広大なる都を守る為に都の中心、即ち都の最南端、京への入口、羅生門と、焼け落ちた應天門とのほぼ中間地点、朱雀大路と五條大路の角地にあり、ここより検非違使庁まではさほど時間はかからなかった。藤枝司令は検非違使之尉、大伴剣持に恭《うやうや》しく最敬礼の後、應天門放火犯、影山己之助、土牢にて自殺の模様を言上したのである。検非違使之尉から遺体の処分等、種々下命を受けたと思われる。その二日後、都大路の随所に高札が立てられ、通行の人々は目を見張った。多くの庶民達がその高札に群がっていた。

「去る六月二十五日深夜、大禁裡、應天門に放火、全焼せしめた大罪人影山己之助、斬首の刑に処した。その首は粟田口獄門台に晒すものなり　貞観八年七月十五日

警邏司令本部　司令藤枝内記」

その翌日、噂を聞いた会津捨丸は勤務が終るや笹丸の家にも寄らず粟田口へ急いだ。獄門台に着いた時には最早、夕闇が迫っていた。晒台には、ザンバラ髪の生首が三つ並んで

いた。夕闇の中に落日の薄明りが、樹々の葉の間から生首の顔の半面を蒼白く照らし、片半面は影で暗く、不気味と云うより鬼気迫る陰影である。三つ首の真ん中に蒼白な泥と血まみれの汚れ切った顔、捨丸は一目で影山である事がはっきり解った。肌に粟が生じ、両足がガクガクした。そして全身わなわなと震えがきて、その震えを押し静めようと拳を固く握りしめ、影山の首を凝視していたが、いたたまれぬ思いで、人垣の間からその場を逃げるように立ち去った。捨丸は帰路沈み込んでいた。大願成就とは云え、余りにも大変な事になってしまった。人間一人殺してしもうたワ。憎み切った男であっても、何も殺す心算は無かった、とそう思いながら、影山に対して酷《ひど》い事をした、惨《むご》いことをしたものだ。影山を陥れ、警護頭の役を降ろせばそれで良かったのだ。影山の代わりに自分を認めてくれる警護頭が来てくれることだけを願っての策謀だったのだ。無実の罪で首切られ獄門台にその首を晒される。こんな酷い事になろうとは想像だにしなかった。

捨丸の髭面は自分の足許を見ながら、トボトボと我が家の方向に歩いていた。影山が哀れに思い浮かぶ心が湧いてくる。その意識に益々気が落ち込み、沈んでくるのである。「アーァ」大きく溜息をついた。長い間の敵が晒し首という極限の苛酷な結末を見た今、己れの成した大罪に、冤罪の汚名を着せられた影山が不憫でならぬ感情が深くなっていくのを意識していた。目の前に、薄明りの中、居酒屋と書かれた障子が目に留まった。捨丸は人柄に似ず、静かに障子の引戸を開け無言で椅子に腰を下ろした。居酒屋の主人はこれも無言で、飯茶碗に濁酒を一杯にして捨丸の前に差し出した。一息に飲み干し、主人の顔を見た。主人は馴れたもの。又、並々と大徳利から捨丸の茶碗にそそいだ。それも一息に飲み干し三杯、四杯と椀を重ねた。空腹に何杯かの酒は全身に一気に酔いが回る。沈みがちな気持ちが酒の酔いで少しは大らかになっていた。影山の晒し首など忘れよう、他人事だと、ふとそう思った。「おやじ、金をここへ置くぞ」居酒屋を出て、再び帰路を歩き始めた。酒の勢いか、段々と気持ちが大らかになってきた。「ハハ……復讐は終ったんじゃ、俺が勝ったのじゃ、ハハ……俺が勝った、勝った、ハハハ」大笑いしながら笹丸の家へゆっくり歩いて行った。

その夜、悶々として眠れぬ長い夜の時間が続いた。影山の苦痛に歪んだ顔、空を睨んだ見開いた目が見据えているように思われ、酔いの覚めた頭には恐ろしさだけが残り、ワナワナと震えが全身に走った。それを払い除けるように「俺は勝ったんだ、俺が勝った」と声を上げて叫んでいた。翌朝、勤めの道すがら、「この儘じゃ俺は気が変になってしまう。そうじゃ何時も晩飯前に三、四杯酒飲むが、今夜から一杯だけにし、寝る前に充分飲む事にしよう。酒の勢いで一息に熟睡出来るだろう。寝てしまえばこっちものじゃ。影山の生首め、よく寝込んだものに襲いかかる事もあるまい」と一人頷いていた。

一方笹丸、菊世夫婦は親父の態度が何か今までとは大分変だと気付いていていた。

何か物に怯えているような、呉葉を抱き上げる顔も恐面《こわもて》の髭面も今までの真からの笑顔でなかった。何か髭顔が引きつっている笑いであった、と笹丸は感じていた。影山の處刑高札があがった日からとも思われる。勘の働く笹丸は、何かある、影山の晒し首が粟田口の獄門台に上がったのと何か関係があるに違いない、と随分考えたが思い当たる節は何一つ思い浮かばなかった。

　捨丸は勤めの帰り、五合大徳利を二本買い込み、その夜、寝酒に大茶碗で五杯も六杯も飲み、床に就いた。酒の勢いで熟睡した筈であった。丑の刻（午前二時）か捨丸は暗黒の河原を一人歩いていた、と、夜空に一瞬目のくらむような閃光が走った。思わずその光を見上げると、その光の塊が次第に人間の顔に変化して捨丸めがけて飛んできた。近付いてくるカッと目を開けた血と泥に汚れた首、アッ、影山の首だ、とっさに思った捨丸は、飛んでくる首を避けるように両手で思わず顔をおおい、逃げるように走った。走りながら背後を振り向くと、尚も生首は追いかけるように飛んで来る。捨丸は走った、逃げた、一目散に河原を走った。暗黒の河原を何回も転げながら、狂った如く走った。

「影山、許してくれ、俺が悪かった、俺が悪かった、許してくれ」と叫びながら走った。又、木立ちの根にしたたか足を取られ、大きく転倒したが、素早く起き上がり、空を見たその眼前に噴怒と恨みを持った表情で汚れた影山の首が迫ってきた。捨丸は逃げた、走った。「許してくれ、俺が悪かった」と絶叫していた。床の上で七転八倒して悪夢を見ていたのである。全身ビッショリ寝汗に濡れて、何とも云えぬ形相で身悶《みもだ》えていた。

その翌朝より捨丸の態度に変化が起こった。勤めに出る何時もの服装でない着のみ着のままの、寝汗に濡れた寝着そのまま、乱れた衣着で足許がフラフラと目的の無い歩き方、目はうつろで視線は定まらなかった。頭髪は七転八倒の身悶えの為、元結が切れ、乱れに乱れてバラバラである。放心状態の足許が鴨川の雑木林へ入って行った。ザクザクと落葉を踏む音、小鳥の鳴き声すらその大きな足音で止まってしまった。「影山、許してくれ、許してくれ」と狂ったように叫びながら雑木林の奥深く、よろめき歩いて行った。

足の指先に何かが当たりよろめいた。捨丸は見るとはなしに足許を見た。人間の首である。未だ腐肉の付着した首を手でつかみ上げ、うつろな目でじっとその首の顔を見つめた。「影山か、こら、お前が影山か、許してくれ、俺が悪かった」と云いながら、その首を抱きかかえるようにして歩いた。捨丸は完全に狂ってしまっていた。風葬で雑木林に捨てられた遺体が、野良犬にその肉を食い荒らされ、散乱した死体の首や手足であろうか、彼はそのうつろな目で、これも腐肉のついた片腕を拾い上げ、右手で抱きかかえていた生首を懐に入れ、「影山、これはお前の腕か」と叫んで林を抜け、河原に走り出た。捨丸の幻覚の目に、再び影山の生首が空を飛んで彼の目前に迫ってきた。ウワーと恐怖の声を上げて、手に持った腐肉の腕で近付いてくる生首を払いのけるように、その腕を左右に振り回していた。河原から川の中へジャブ、ジャブと鴨川を走り抜け、東岸の土手を駆け上り、街へ走り出た。早朝の街は大騒ぎとなった。勤めに出る武士の人々、商いの両天秤をかついだ人、託鉢の僧衣の坊、川魚を一杯に入れた笊《ざる》を抱えた人、子供を連れた女房など都大路はかなり人々の往来が盛んである。その行き交う人々の中へ、人間の腐った片腕を振りながら、物凄い形相の髭面男が狂って割り込んできた。「許してくれ、俺が悪かった」その言葉を繰り返し絶叫しながら、行き交う人々はワァッと散った。

恐怖の余り、その場に気絶して倒れる若い娘、何だあれハ、人々は皆、顔を蒼白に引きつらせた。狂った男はその場を走り去ったが、それを目撃した人々は皆亜然として走り去った男の後ろ姿を見送っていた。しかし、捨丸が当てもなく走り行く先々で阿鼻叫喚が起こった。捨丸は口から泡を出し、よだれを流し、顔面汗まみれで、ある街角でぶっ倒れてしまった。

六十に手の届く捨丸は狂ったとは云え、最早体力の限界であった。全身大きく息をはずませ、肩は大きく波打っていた。鷲掴みの腐肉の片腕を離さぬ彼の手首も、わなわなと震えていた。そして、俯伏《うつぶ》せの捨丸の脇に、懐からころがり落ちた半分髑髏《しゃれこうべ》化した腐った肉のついた生首があった。通行人達は恐る恐る、狂人の倒れている態《てい》を遠巻きにして見つめていた。程なくして巡邏卒が二人、通行人の通報に駆けつけてきた。どけ、どけ、遠巻きの人々をかき分け、狂人の側に立ち、じっと見下ろしていたが、一人の巡邏卒が足で狂人の脇腹を蹴り上げ、俯伏せの身体を上向きにした。狂人はうつろに空間を見つめ荒い息遣いである。「お前は何者じゃ」と叫んだ。狂人はワナワナと震えながら、ウウー、ウウーと唸っているばかり。「世間を騒がしやがって」もう一人の巡邏卒が叫んだ。暫く二人の巡邏卒は、眼下の狂人を見下ろし、処置に困っていた。大勢の群集は遠巻きに円を作り、不安気に見守っているばかりである。と、都大路の方から轡《くつわ》の駆ける音が近付いてきた。群集は四方に散った。荒々しい馬の蹄の音、ドウドウという声と共に、狂人の側で馬から飛び下りたのは警邏司令本部よりの取調官、鬼堂左紘木である。鬼堂は暫く狂人の泥と汗にまみれたザンバラ髪の髭面を見下ろしつつ、二人の邏卒から状況を聞いていたが、狂人の息遣いも少しずつ治まってくるように見えた。臭い、鬼堂も邏卒も鼻をつまんでいた。狂人のしっかり握った腐肉の片腕から湧き出る悪異臭である。「オイ、この腕、何処かへ捨ててこい、臭くてたまらん」「ハ、ハイ」邏卒の一人が固く握った狂人の手の指を力を込めて、指一本一本開いて、その腐った腕を取り上げて行こうとすると、狂人の身体の横に転がっている髑髏を足で蹴り、「これも持って行け」邏卒はそれを拾い上げ、一目散に鴨川の方へ走って行った。鬼堂は眼下の狂人を睨みつけるように「お前は何者だ、名前を云え、名前を」と大声で怒鳴った。

狂人はウーンと唸り声を発し、目を見開いた。激しい息遣いも消え、錯乱状態も多少治まったのか、キョトンとした目つきで鬼堂を見上げた。「お前は何者だ、名前を云え！」鬼堂は再び怒鳴った。暫くして「俺か！」狂人はじっと上から見下ろす鬼堂の顔を見ていたが、その目をそらし、今度は左右を見た。大勢の人々が自分を見ているのだ。「俺は何でこんな所にいるんじゃ」「オイ、起きろ」鬼堂は狂人の脇腹を蹴った。その声にゆっくり起き上がった。足がよろよろした狂人が再び膝をついた。「お前の名前を聞いているのじゃ」捨丸は正気を取り戻したのか、鬼堂を見上げて「俺の名か、会津の捨丸じゃ」「お前は走りながら影山許してくれ、俺が悪かったと口走っていたそうじゃが、それはどういう事か？」

「俺が影山を殺したのじゃ、影山を」

「影山とは、おととい晒し首になった男の事か？」「そうじゃ」彼は素直に答えて鬼堂を見上げた。「これは奇怪な事を云う男じゃ、何か仔細がありそうじゃ、本部で詳しく話を聞こうじゃないか」と云いながら邏卒に眴《めくばせ》した。邏卒は素早く、捨丸の腰帯と縄を結びつけ、「会津と申したな、歩け」鬼堂の乗った馬の後から、邏卒の引っ張る縄にボソボソとついて行った。

……

一方笹丸の家では、笹丸、菊世夫婦には寝られぬ一夜であった。親父は一体何処へ行ったのか、昨日は朝勤めに出た儘、夜になるも帰らず、虫の知らせと云うものか、夫婦共々何か胸騒ぎがして、どうしても寝付かれず、何か恐怖に似た不安の長い夜が明けてしまった。呉葉は最早十二才。物の善悪が解るようになっていた。「トト、ジイはどこへ行ったの」つぶらな瞳を丸くして、父笹丸に問いかけた。

「それが解らへんのや、今夜は帰って来るやろ、心配せんとき」

「そんならええけど」と頷いた。しかし菊世は「あんた、今日は仕事を休んで、お父さんを捜してみたら、捜しに行って下さいな」

「いや、今日は休めぬ仕事があるんや、今日一日帰ってこなんだら、明日は捜そうや」

「そうどすか」このような会話が夫婦の間に交わされた後、笹丸は大工道具を肩に家を出て行った。

警邏司令本部に着いた鬼堂取調官は、馬から降りるなり「此奴を土牢に放り込んでおけ」邏卒に命ずるなり司令室に入って行った。

上司囚獄司、滝口徹宇に今朝からの事の次第を報告した。幽かな天窓からの明かりだけの薄暗い土牢に放り込まれた捨丸は、土間に座った儘、虚《うつ》ろな目でじっと空間を見つめているだけだった。昨夜から今朝にかけての錯狂乱に、身体は疲労の限界を通り越していた。座った儘、眠っていた。半刻も経つであろうか、突然ギァーと声を上げた。再び悪夢に襲われたのであろう、眠っている彼の目前に、再び影山の生首が迫ってきたのである。捨丸は弾《はじ》かれたように両手で目の前の生首を払い除けるかのように、両手の掌を激しく左右に振りながら、よろつきながらも立ち上がった。そして無意識に逃げるように走った瞬間、狭い土牢の事、土壁に体が激突してもんどり打って倒れた。「俺が悪かった、悪かった、もうこんでくれ、こんでくれ」と叫びながら、両手を左右に払い除ける仕草を、激しく繰り返しながら、のた打ち回っているのである。捨丸の大きな絶叫に、邏卒三、四人が土牢に駆けつけると、何か訳の解らぬ奇声を大声で喚《わめ》き散らし、七転八倒している泥まみれ髭面の男、三人の邏卒は男の側に近付き見下ろした。一人が急いで土牢を出て行き、大きな桶に一杯の水を抱えて、土牢に入るなり狂人の頭から桶の水をぶちまけた。全身ずぶ濡れの狂人の口から奇声が止まり、虚ろな目を空間に向けた。そしてつぶやくように「俺が影山を殺したんや」邏卒の一人が「影山とは誰の事じゃ」「うん粟田口の道のことじゃ」

「獄門台の新しい首の事か」「うん、そうじゃ」

「あの首はたしか應天門の付け火の犯人じゃったナ」

「あの影山じゃ、俺の上役や、俺が殺した」

「馬鹿云え、あの犯人は打首になったのじゃ、それをお前がどうして殺したのじゃ」

「上役を呼べ、お前ら下っ端に云ってもわからん」

「此奴《こやつ》！」邏卒の二人は出て行った。暫くして取調官鬼堂が入って来た。

「今朝の狂人じゃな」「俺は狂人じゃないや」「狂人じゃない？　朝早くから喚きながら都大路を走り回って、それが狂ってないと云うのか」「ああ、それは影山の生首が俺に向かって飛んでくるんや」

「うん、先程から影山、影山と口走っているが、影山の生首が飛んでくるとはどういう事か」「影山が俺を恨んで生首を飛ばすんや」「打首になった首が何故お前に飛んでくるのじゃ」「云う、云う、水をくれ」鬼堂は邏卒に眴した。邏卒の持って来た手桶の儘、水を貪《むさぼ》るようにゴクゴクと飲み続けた。

思う存分水を飲んだ故か、捨丸は気分が落ち着き多少冷静になった。

「さあ、じっくり聞かせてもらおうか。まず、お前の名前と職業だ！」

「俺ァ、会津の捨丸と云うんや、仕事は御所外廻り警備の役じゃ」

「おっ、それじゃ、四日前應天門火付け犯の打首になった影山己之助の部下か」

「そうや」

「影山、許してくれ、俺が悪かった、と喚いていたが、お前が應天門に付け火したのか」

「そうや、俺が火を付けた」

「間違いないな、お前が火を付けたんやな」

「影山には悪い事をした、影山には恨みがあった、それで影山の仕業にしたのや」

「應天門は国の宝じゃ、天子様の建物を焼いたらどんな罪になるのか知っているのか」

「……」

捨丸は顔を下に向けて無言である。

「八つ裂を知っているか」

「八つ裂、知らん」

鬼堂取調官の顔を見上げて

「八つ裂でも何でもしてくれ、もう生きていたくないんや、死にたい、死ねばもう影山の生首を見ないですむ」

「そんなに影山の生首が怖いか」

「怖い、恐ろしい、寝ると直ぐ恐ろしい首が飛んでくるんや」と身震いして、濡れた着物の襟を合わせるその手が大きく震えている。

鬼の取調官と云われる冷酷無情の鬼堂もやはり人の子、この髭面の恐面で頑丈なる男も、己れの犯した大罪の意識から幻覚を見、それに打ち震えているのが哀れに思えてきた。

その夕刻、捨丸には大盛りの粟飯が与えられ、粟粒一つ残さず平らげた。

鬼堂取調官より現在までの状況が、警邏司令、藤枝内記と同席の囚獄司、滝口徹宇に報告された。しかしその夜も更けた子の刻（午後十一時から十二時）熟睡した筈の土牢の男は、又幻覚の夢の中に飛んでくる生首の恐怖に、一人狂って大声を上げているのが、不寝番の邏卒控部屋まで聞こえてきた。邏卒達はもう驚かなかった。「應天門を焼いた大罪人だ、ほっとけ、ほっとけ。充分に苦しむが良いや」であった。再び半狂乱の夜が過ぎ、錯倒にさいなまれた捨丸の歪《ゆが》み切った顔が夜明けを迎えた。

取調べは辰の上刻（午前七時）から始められた。警邏司令部司令藤枝内記、囚獄司滝口徹宇の二人が高台から見下ろす中庭である。

取調官、鬼堂左紘木、取調官、中嶋恭介、二人が交替で詳細に会津捨丸と上役、影山己之助との関わりから尋問を行った。

　罪人捨丸の左右に一名ずつ、能筆が捨丸の発言を一言一句たりとも聞き洩らさず記帳していった。中庭に引き出される前に邏卒から大桶三杯の水を頭からかけられ、濡れた全裸の身体を拭き、新しい着物に着替えさせてもらい、頭髪も一まとめに結んで、一応さっぱりした姿で水も充分飲ませてもらった為もあり、捨丸はかなり頭がはっきりし、冷静な態度で取調べに応じる事が出来た。捨丸の態度が実に素直であった為、取調官二名にとって楽な供述調査だった。捨丸の潜在意識の中に、早くこの恐怖と狂乱の苦痛から逃れたい一心であった。それ故に早く死にたい、死ねば一切の苦しみから逃れられる。ただそれだけの願いしか頭に無いのだった。尋問を受けるよりも自ら進んで記憶を探りながら話していった。午の刻（正午）になり、取調べが中断され、粟の重湯を与えられた。ゴクゴクと喉を鳴らして「旨い、旨い」と云って食べた。午刻の後、未の刻（午後一時）より取調べが続行され、酉の刻（午後五時〜六時）には大方終了という按配で、應天門炎上の真相は解明された。能筆二名が速記した調書を再三に亘り読み、繰り返し、もう一人の能筆が正しい紙に清書して行く。検非違使に提出するには一句も間違いがあってはならない、殆ど徹夜の作業であった。二百枚に及ぶ調書が出来上がったのは戌の刻（午前七時）だった。

　警邏司令本部より一直線、朱雀大路北の端、焼失した應天門手前二丁にある検非違使庁へ、警邏司令藤枝内記は馬を飛ばした。

検非違使之尉に仕える直属の能筆が二百枚に及ぶ調書を、重要なる部分だけ抜筆し十枚程度の調書に縮少して、検非違使之尉に提出した。斯《か》くして大罪人への処刑断罪を下すのである……。

扨て、笹丸の家では丸二昼夜、三日目になっても帰らぬ父親の身を案じ、昨日から仕事を休み、捨丸の住居周辺から東西南北歩き回り、通行人にそれらしき者の姿を見かけなかったかと聞き、また勤め先、今出大路まで南下し、御所外廻り勤務の従卒一人一人に消息を聞くのだが、何分とも三百余名の従卒の数、捨丸を知らぬ者も大勢いるわけだ。知らぬと答える。烏丸大路から南下し、八人目の従卒が、まだ警備頭に報告はしていないがと前置きしながら、おとといの朝、勤めに出る途中、髭面の捨丸らしき男が狂ったように、何やら訳の解らぬ事を喚きながら、走って行ったのを見たというのである。どうもあれは会津の捨丸に違いない、と思いながらも、勤務時刻に遅れてはならじと急いだという。笹丸は三、四日前の親父の不審な態度が気になっていただけに、親父の身に何か変事が起こったに違いないと思った。何処へ捜しに行けば良いのか、思案に暮れた。何としても父親の消息が知りたい。急ぎ南下した。四條大路を東に二丁程の所で、通行人の女房に声をかけた。笹丸はこの女房から驚くべき父親の行状を聞かされたのである。信じられないと思いながら、何度も聞き質《ただ》したが、髭面の恐面の五十がらみの男と、終始狂乱の狂態を目撃していた女房の言葉を信じないわけにはいかなかった。笹丸はガックリと肩を落とした。

警邏の上役であろう、馬に乗った役人の後から、二人の邏卒に縄をかけられ引かれて行ったと云う。女房が立ち去った後も、笹丸は忙然とその場に立ちすくんでいた。多分、朱雀大路五條にある警邏本部の牢に入れられているに違いない、と笹丸は想像した。

思わず涙がポロポロと頬を伝った。どんな親であろうと彼には実の親である。牢の中で、親父は一体どんな目に遭っているのだろうか。彼は親の身を案じ、泣きながら立ちすくんでいた。どうしようもない、笹丸は気を取り直し、何も悪い事はしていない、唯、気が狂ったとすれば、いずれ放免されて帰って来るに違いない、心配しても始まらない、帰るしかないと、トボトボ、気弱に帰路へ歩き出した。

それから二日目の朝、辰の刻（午前七時）、粟粥一杯と尾頭付き小鰯の干物一枚が、邏卒によって牢内の捨丸の前に置かれた。

「おい、捨丸、これがお前の最後の朝飯じゃ。じっくり味わって食えや」邏卒の顔を見上げて彼の汚れ切った髭面がニヤリと笑った。

邏卒は余りの無気味さに一瞬の間もなく土牢から出て行った。もうとうに死罪を願っている捨丸にとって、余りにも長い時間であった。むしろ苛《いら》立ちさえ覚えていた。

「オーイ、役人、早よう殺してくれ」と幾度も絶叫していた。未の刻（午後一時）頃だろうか、うつらうつらと眠気に誘われた時、俄《にわ》かに大勢の足音が聞こえ、捨丸はハッと頭を上げた。三人の邏卒が土牢に入って来た。

「会津の捨丸出ろ」邏卒の一人が大声で叫んだ。土牢の表、警邏司令本部の中庭に、囚獄司滝口徹宇が陣羽織姿で突っ立っており、その背後に取調べに立ち会った司令補や上役達が立ち並んでおり、その周囲に取調官、鬼堂左紘木始め取調官三名が立っていた。恐らく、警邏司令本部の上司全員が出動している事になる。上司の一人が引き出された捨丸の前に進み、命令書を目の高さに持ち上げ、一段声を張り上げて「会津の捨丸、禁裡、應天門に付け火なし、これを全焼せしめ、御上《おかみ》を恐れぬ天下の極悪大罪人、並びにその大罪を己れの上役になすりつけ、その者を死に至らしめし悪業、前代未聞の大罪にて、六條河原に於いて八つ裂の刑に処するものなり」と一息に読み上げた。その役人の顔をじっと見ていた捨丸は「早よう殺してくれ」と叫んだ。と同時に、三名の邏卒が捨丸の側に近付き、一人の邏卒が「立て」と命じた。よろよろと立ち上がった時、二人の邏卒が捨丸の両腕を背に回し、荒縄で両手首を何重にも巻き、十文字に頑丈に括り、その縄の先を己の腰に巻いた。又一人の邏卒は、彼の腰に五重に巻き、これも己れの帯に通して、その端を手に幾重にも巻きつけた。そうして捨丸の身柄は、司令本部前朱雀大路に引き出された。大路には、既に五十余名の邏卒達の行列が待機していた。捨丸はその真ん中に入った。罪状の高札を持った役人を先頭に、騎馬上の陣羽織着用の囚獄司、滝口徹宇、次にこれも騎馬上の司令藤枝内記、罪人の前後に取調官、鬼堂左紘木等四名、又、上役人五名、邏卒の列が続いた。捨丸処刑の行列が朱雀大路を南下して行く。往来の激しい朝の大路、行き交う人々は皆、足を止めその行列を見た。その行列の後より老若男女庶民の群が、天下の大罪人の處刑を見んものと、ゾロゾロとついて行った。道幅二十八丈（約八十四米）広大な朱雀大路、時折吹く旋風が大路の土埃を巻き上げ、前方が見えぬ程だった。その朱雀大路を北に向かって歩いていた、笹丸の同僚大工職人が南下してくる行列に出くわした。彼はその先頭の高札を素早く読みとったが、まさかと思った。「会津の捨丸」と書かれている。その行列に足早に近付き、罪人を確かめようと目を皿にした。厳《いかめ》しい役人に取り囲まれて後手に縄をかけられた髭面の男、「アッ、笹丸の親父や、こらえらいこっちゃ」と叫ぶなり、脱兎の如く、朱雀大路を北へ向かい一目散に走った。

「早く笹丸に知らせんにゃ」五條大路より四條大路を、さらに丸太大路とかなりの道程である。丸太大路を東に折れ、又南北の小路、路地を走り過ぎると、もうすぐそこは卒塔婆の千本林である。その千本林を目の前に見て、東へ走るとそこは笹丸の住む路地の家並である。大工職人は転げ込むように笹丸の土間へ飛び込んだ。笹丸夫婦は仰天した。朝から気も重く仕事に出る気も起こらず、親父の安否を気遣い、悶々としていた矢先であった。大工の同僚は息荒く、事の次第を早口に喋りまくり、笹丸夫婦に報告した。何はともあれ、一刻も早く刑場に行って親父か否か、この目で確めねばと。笹丸は何を思ったのか、土間で遊んでいる呉葉をやにわに抱きかかえた。菊世は驚き、娘を抱き戻そうとした。「菊世、離せ、あんなに可愛がっていた親父じゃ、もしそれが事実なら、せめて親父の最期を呉葉に見せておくのや」と云うなり、娘を抱き上げて表へ飛び出して行った。同僚もその後を追った。

……

平安京が創造営され、街造りが始められた時は、既に天子が院政の賢所、平安京御所の造営と同時に、京の中心主要道路として、唐の西安を模して造営された平城京の朱雀大路を、そのまま平安京に造らせた。御所周辺に文武次官の御屋敷群が建立され、朱雀大路も又、その路並みに官庁や、大きな商家が建ち並び、一般庶民の住家も密集していき、大きな街が形成されていった。しかしながら、鴨川の川下はまだ未開の地であり、当時何十丁に亘り、川の周囲は人一人住む家とて無い荒廃ぶりだった。故に罪人の処刑に適しており、六條大路の終着地点、六條河原の河川敷を処刑地として定められたのであろう。

延歴十三年（七九四）平安京、創建より貞観八年（八六六）までの七十二年間に一体何百、何千の罪人が首打たれ、処刑された事であろうか。六條河原の刑場は、雑木林や雑草がとり払われて、整備されており、その土地面積は一千坪に及ぶ広大さである。その刑場西側の土手には、一丁に及ぶ竹矢来が続いており、一般庶民が自由にその処刑を見物する事が出来た。罪を犯した者は、このように処刑されるという、世の人々への戒めの検非違使庁の計らいであった。

笹丸達が六條河原に着いたのは半刻後、申の刻（午後三時）頃であった。大勢の見物人が竹矢来に幾重にも重なり合っていた。笹丸親子は人垣を分けて、竹矢来から刑場を見た。中央に後手《うしろ》に頑丈な縄で括られた捨丸の地面に座った姿を見た。その顔は最早生気無く、青ざめて、やや薄笑いの感さえする髭面の口元からよだれが流れており、目は虚ろで空間を凝視しているだけ。「あっ親父さん」と叫びたい衝動をグッと堪え、生唾をグッと飲み込んだ。余りにも変わり果てた父の姿だった。呉葉も竹矢来の竹を小さい紅葉のような手で固く握り締め、「ジイ」と呼びかけたが、笹丸が急いで幼い娘の口を手で押さえ、その顔を見、己れの顔を左右に振った。娘はうんと頷いた。幼いながらも、自分の爺という声を出してはいけないと直感したのであろう。唯無言で円《つぶら》な瞳を大きく見開き、舐めるように可愛がってくれた爺の姿を凝視していた。笹丸は刑場の模様を見回した。初めて見聞きする異状な雰囲気。親父捨丸から二間程の間隔を置いて十名の邏卒が、周りを取り巻くようにに片膝を地につけている。その正面と覚《おぼ》しき数段高い土盛りの緑地帯に、金色の刺繍を一面に描かれた雲の柄陣羽織を着用し、金色の鍔《つば》を光らせた武将髭の御大将と思われる囚獄司滝口徹宇が、采配を手に、戦陣用の床几《しょうぎ》に大きく両足を開いて腰掛けており、その右側に囚獄司と殆ど変らぬ立派な陣羽織の、警邏司令藤枝内記が床几に腰掛けており、その背後左右に上役人五名、その両端に取調官、鬼堂左紘木外四名も床几に腰かけ、背後左右、円型陣の如く邏卒五十名が立っていた。

笹丸達が刑場に着いて半刻も経った頃であろうか、モォーモォーと牛の鳴き声が群衆の彼方から聞こえてきた。群衆は一斉に牛の鳴き声の方向を見た。博労《ばくろう》に轡《くつわ》の縄につながれた、見るも大きな雄牛が見物人の間から刑場に入って来た。その牛の後から、又一頭、そして又一頭、計四頭の牛が中央に並んだ。警邏司令が左端の取調官に目で合図をした。取調官は背後の邏卒に「直ちに杭打て」「ハッ」四人の邏卒が、予《かね》て用意していた太い丸太の一尺程の杭を、二名の邏卒が一本ずつ掛矢《かけや》（大きな木槌）を持った、もう二名の邏卒が刑場中央へ走り出た。間髪入れず、二人がそれぞれ杭を両手で持ちささえ、二人の邏卒が掛矢を打ち込んだ。河川敷の上に深く打ち込まれた杭。今度は六名の邏卒が一斉に飛び出し、二名は座り込んでいる捨丸を立たせ、一人は真っ黒の布で目隠しを素早くした。又一人の邏卒は捨丸の身体を両杭の間に俯伏せに寝かせた。その間、邏卒達は博労に命じ、四頭の牛を移動させ、二頭は捨丸の頭の方へ牛の尻を向け、二頭は大きく開いた両足へ牛の尻を向けたと同時に、他の邏卒が捨丸の身体に荒縄で何重も巻きつけたその縄を、両杭に幾重にも括りつけた。それが終ると、罪人の両手首にこれも何重にも巻き括り、その縄を三重四重にして、牛の胴体にこれも何重にも巻きつけ、頑丈に括りつけた。もう二人の邏卒は、同時に罪人の両足首にこれも幾重にも巻き、その縄をこれも後ろ向きの二頭の胴腹に巻きつけた。これにて処刑の準備は完了した。邏卒達は、何度も己れの仕事に手抜かりは無いか点検し、自分の立番の位置に戻った。邏卒のなすがままの罪人は時折、ウーンウーンと唸り声を上げていた。処刑の準備を悉《ことごと》く見究めていた囚獄司は、横の警邏司令に無言で合図した。司令は頷き、立ち上がり、内懐から取り出した死刑命令書を開き、一段と声を張り上げ「これより處刑命令書を読み上げる。会津捨丸、畏れ多くも禁裡應天門に付け火なし、これを全焼せしめ、朝廷に対し奉り、何と御申し開き為し得ようぞ、御上を恐れぬ天下の極悪大罪人なり。尚、その大罪を己れの職務上司になすりつけ、その者を死に至らしたる所業、前代未聞の大罪にて、六條河原の刑場に於いて八つ裂の刑に處するものなり　貞観八年七月二十日　警邏司令本部司令　藤枝内記」

と一息に読み上げ「今より刑を執行する」又一段と大声で刑場一帯に聞こえるように叫んだ。大勢の見物人、群衆の中には平安貴族とその女官もいた。比叡山横川の聖《ひじり》も、その光景を見守りながら、念仏を唱えていた。刀を腰にした武士も何名かいた。旅の夫婦者、野良仕事の百姓も、鴨川のしじみ売りの老人も、あらゆる職業の人々、何百人が固唾《かたず》を呑んで唯、沈黙して見守っていた。その中で無言の儘、ワナワナと全身を震わせながら、竹矢来を両手で固く握りしめ、顔面を引きつらせ、両眼からはとめども無く涙を流しながら唇を噛んで、事の成り行きを凝視しているのが笹丸であった。

「なんでや、なんでこんな事になったんや」「何でこんな事に」声にならぬ声で叫んでいた。その足許で、幼き呉葉がこれも凝視して、身動《みじろ》ぎもせず、小さな紅葉の手が、矢来の竹を固く固く握りしめている。囚獄司が床几から腰を上げ、仁王立ちになるや四人の博労を一瞬見下ろし「やれ！」と絶叫と同時に、右手に持った采配を力強く横に振った。囚獄司の号令一喝、四人の博労は一斉に手にした丸太棒を牛の尻に強く打った。牛は四頭共、一斉に前足を高く上げ、天に向かって目を大きく見開き一目散に走った。「ギァー」と絶叫して、身体からバァーとものすごい血飛沫《しぶき》が周囲に飛散した、と同時に罪人の両手が、大きな肩の肉塊が体から引き裂かれ、その二本の両腕が牛の引っ張る荒縄共、空に飛んで行った。と同時に、両足も又それ同様、両脇腹の肉を引き裂き、両足の付け根より衣服共、空をふっ飛んだ。滝のように、その身体から血飛沫が左右にとび続けた。

「ウァー」「オオー」「キァー」幾百人の竹矢来向《むこう》の見物群衆が絶叫した。初めて見る残酷無比な八つ裂の刑を、目の前に見たのである。唯、驚きと悲しみともつかぬ響きのこもった嘆声であった。笹丸はワァッと大声で号泣していた。方々に起こった女房達の泣き声に笹丸の声は掻き消された。女の泣き声と一緒に何百の群衆の大きななどよめきが刑場を圧した。

気絶して倒れる幾人かの娘、女房達、蒼白の公家や女官達は両手で顔をおおい、地に伏せてしまった。旅の聖が、唯一心に遺体の方に向かって祈り続けていた。両手、両足の無いざっくり破れた肉の裂け目から、ドクドクと大量の血が吹き上げていた。罪人の首の付いた胴体の周囲は血の海である。その血が地面の底地を小川となって流れていた。処刑を終始、見定めていた囚獄司や、警邏司令、上役人、取調官その取調官の一人が立ち上がり、腰の太刀をゆっくりと抜いた。罪人に近付くなり大上段に構えるや、「エイッ」と一息に振り下ろした。

胴体と云うよりも、大きな肉塊に付いていた首が一瞬、空間に飛んだ。その凄惨な爺の血まみれの姿を、またたきもせず凝視し続けていた呉葉は、囚獄司と警邏司令を幼いながらも青ざめた顔で、精一杯の憎悪を込めて睨みつけていたが、「大きくなったらジイの仇《かたき》を取ってやる、仇討ちしてやる！」幼き女の子と思えぬしっかりした言葉が、その可愛い唇から出たのである。「仇を取ってやる、仇を取ってやる」小さな両手で撓《しな》りつく程、矢来の竹を握り締め何度も何度も叫んでいた。

その夜である。沈痛の笹丸夫婦は夕食も取らずに、唯二人が向かい合って座ったまま首を垂れ、長く沈黙していた。呉葉は母親から渡された握り飯を、小さな手に持ったまま、幼き心には余りにも残虐な、可愛がってくれたジイのバラバラになった死に様《ざま》が、小さなオカッパ頭に焼きついているのであろう。握り飯を口にしようともせず、唯うつむいて考え込んでいるのである。その時、表の入口の戸にガンと大きな叩きつける激しい音がしたと同時に
「天下の大悪人、出て行け」

「そうや、出て行け、出て行け」

男の大声に続いて、大勢の男のわめき散らす声と一緒に、石つぶてが板壁に激しくぶつかる音がした。夫婦は思わず顔を見合わせ、頬を強ばらせた。

「出ていけ、この街から出て行け」

大勢の罵声、女房達の癇高い声が際立って聞こえてきた。呉葉は母親に抱きつき震えていた。笹丸は「八つ裂にされた極悪人を父に持った身の不運、最早この街にはおられん」とそう思っていた。笹丸親子は、唯じっと堪え忍んでいるしかなかった。早暁、近隣の人に顔を見られぬように家を出た。笹丸の仕事場、建築現場に来た。大工仲間は未だ誰一人として来ていなかった。笹丸は昨日の仕事の遅れを取り戻すのと、親父の事を忘れようと一人で働いた。しかし次々と現場に出労した大工達は笹丸を一瞥《べっ》しただけで、笹丸の挨拶の言葉に応える者は一人とて無い。「天下の大罪人の息子」という嫌悪の態度が露骨に表れていた。笹丸は無言で働きながら、最早、誰も相手にしてくれなくなった、と思わざるを得なかった。その夜も笹丸の家に投石が半刻続けられた。夫婦はまんじりともせず、笹丸はまだ暗い内に家を出た。天下の極悪人であっても、自分には実の父親であると幾度も自分に云い聞かせながら、まだ明けやらぬ都大路を急ぐのであった。六條小路より河原に出た。おとといの父親の八つ裂の刑という、前代未聞の大事件と大群衆の大喧噪が、まるで嘘のように誰一人いない静まり返った河原は、おとといの事が幻想のように思われる。笹丸は親父が杭に縛られた場所に立った。辺り一面野草が真っ黒に変色していた。人間の全身の血を、この大地が吸い尽くしたのである。ふと、彼は野草の一点を凝視した。それは大人の手半分程の大きさの血が、真っ黒に凝結した肉片であった。懐から汗拭きを取り出し、その肉片を包んだ。

「親父さん、成仏してくれよ」

「誰も怨むんじゃないい、親父さん、みな自分の蒔いた種や」一人言を云いながら彼方此方《あちこち》に散乱している肉片を、四つも五つも拾い集めて布に包み「成仏してくれ、成仏してくれ」と呟き、落ちこぼれは無いかと夏草を手で掻き分け物色していた。ふと人の近付く気配を感じた。背後を振り返ると、腰に刀を帯びた四十がらみの男が立っていた。「おい、そこで何をしておるんだ」「いえ、通りすがりの者ですが」彼は慌ててその場を急ぎ足で立ち去った。その男がもし役人なら、處刑された罪人の縁者と知れたら、どんな咎《とが》めを受けるやも知れぬ、と咄差に思った。笹丸は、ようやく明け切った七月の碧い空を見上げた。都大路往来の、行き交う人々の数が増すのを恐れて、中通りや露地を駆けるように歩いた。千本卒塔婆群を通り抜け、北山（現在の船岡山）へと登って行った。彼にすれば、少なくとも最後の親孝行の心算であろう。捨丸の首は、粟田口の獄門台に晒されている事は、見に行かずとも解り切った事。バラバラになった両手両足、胴体は恐らく、晒し首の罪人達が葬られる獄門台の裏墓地であろう。笹丸は懐に入れた親父の肉片だけでも、手厚く葬ってやろうと考えたのだ。北山の大きな松の木の下に、折った木枝で小さな穴を掘った。その穴へ肉片を深く埋めた。

「親父、成仏してくれや、決して人を怨んではならんぞ」繰り返し繰り返し呟きながら、掘土を穴へ両手ですくっては入れ、すくっては入れして、せめて今日一日親父の側にいてやろうと彼は思った。そして人間の頭くらいの山石を拾ってきて、土盛りの上に置いた。笹丸だけの、せめてもの親父捨丸の墓標であった。

その夜も笹丸の家に投石が始まった。親子三人は息を殺して、その罵声と投石が鎮まるのを待つしか術は無かった。それは連日に亘っての平安京庶民群衆の叫びであった。あらゆる都の貴賤を問わず、都に住み、生活するあらゆる階級の人々にとって、羅生門と共に、應天門は誇りであり、都人一人一人が自慢の大建造物であった。その大きな誇りが、一狂人の手により、炎上、灰燼《かいじん》に帰したのである。

都人一人一人が怒り心頭であるのは当然とも云えるのだ。その大罪人が処刑されたにしても、その家族も同罪であると一般の都人はそう考える。その夜、群衆の投石が終り、人々は暗闇に去って行った。笹丸夫婦は明日こそ都を出よう、故郷信州へ帰ろうと話し合っていた。京の大異変を知らぬ人々の住む草深い山間の僻地は、暮らし易い事であろう。夫婦は旅の仕度を始め、菊世は道中食べ物に事欠かぬ様、握り飯の粟飯を炊き始めた。夜も更け、静かさを気遣うように、コツコツと表の引戸を叩く音がした。笹丸はこの夜遅く何人《びと》であろうかと、不安気にゆっくり引戸を開けた。「アッ、親方」笹丸一家の身を案じてか、大工の棟梁が訪ねて来たのである。

「笹丸よく聞けよ。天子様の應天門を焼いた大罪人の子とは一緒に働く事は出来ん、と皆が云うんや」

「親方、よく解っております。誰も口を聞いてくれません。もうこれ以上、ここで暮らす事は出来ません。明日信州へ発ちます」

「おお、そうか。腹を決めたか、信州へ帰れば凡て忘れる事が出来るじゃろ」

「親方、世間をはばかりますので明朝、寅の小刻（午前四時）、親方のお宅へ御挨拶に参上して、おかみさんにもお礼申し上げたいと思っております」

「あっそうか、お前のような腕の良い職人を失う事、わしには大きな痛手じゃが、お前の身にどのような災難があるやも知れない、都を出た方が無難じゃと思う」

「親方、長い年月御世話になりました。有難う御座いました」と両手をついて深々と頭を下げた。幼き呉葉も母親に倣って、小さな両手を前に並べ、顔を床にすりつけていた。

「おっ呉葉ちゃん、お前は可愛いの、これから長い旅じゃ、道々おやつも欲しかろう」

親方は懐中より紙包みを出して、呉葉の手に握らせ「これはわしからのおやつ代じゃ」

「笹丸、これは今月分の給料じゃ、そしてのう、これはわしの餞別じゃ」そう云いつつ二つの紙包を笹丸の前に差し出した。

「親方、このように仰山な金子を頂きましては」

「よいよい、貰っとけ、長い旅じゃ、金はいくらあっても足らんぞ」

「有難い事で、それではお言葉に甘えて頂きます」夫婦は深々と親方に頭を下げた。

翌早暁、街の人々が寝静まった闇の表へ忍び足の如く、呉葉の手を引き、後から菊世が遅れずと続いて歩いた。近くの親方の家に立ち寄り、懇《ねんご》ろにお礼の言葉を述べた後、今出川大路を東へ、東へ高野川沿いに大原口から朽木、小浜へ、若狭への道を選んだ。漸《ようや》くして、長い長い、故郷信州への旅が始まるのである。

第四章　再び都へ

信濃の国、祖山《そやま》の里平出《ひらいで》（現在の戸隠村）、上祖山に住みつき早三年の歳月が流れた。平出は丁度飯縄山《いいづなやま》が真正面に見える村落であり、飯縄山は当時、修験道場の始祖役《えん》の行者によって信濃の国で最初に開かれたという、飯縄権現を祀った霊場であった。笹丸、菊世夫婦の一粒種、呉葉は十五才、絶世の美女と云われる容姿がようやく整ってきていた。

両親はこの娘を何とか世に出したいと常日頃念願するようになっていた。

この平出に卓越した琴の名人、越志楽堂という楽人が居住していた。楽堂は都で著名な楽人として一世を風靡した時代もあったが、老妻の死を境に地位も名誉も捨て、老妻の遺骨を持って都を後にし、生まれ故郷のこの地に骨を埋めるべく、老弱の身で隠遁生活を送っていた。或る日笹丸親子がこの楽堂の門を叩いた。

楽堂は呉葉のあどけなさが残る顔をじっと見つめていたが、うーんと唸りに似た声を出した。そして死土産にこの子を立派な琴弾きに育て上げようと云い切った。呉葉の隠された音楽的才能を見て取ったのであろうか、十五才の呉葉は毎日毎日楽堂の庵に通い続けた。

楽堂の見込んだ通りであった。天賦の感の良さと云うのか、最初の基礎を身につけるにはそう長い日はかからなかった。そして三年、楽堂の身命をかけた渾身の指導の下に、呉葉はほぼ一人前の琴弾きとして成長していた。

一方、笹丸夫婦は娘呉葉に琴を買い与える為、人の倍も働いた。信濃の国の名匠に作らせ、二年の月日を要した。呉葉の喜びようは小躍りするばかりであった。楽堂の家から帰ると、終日琴を流麗に弾いていた。その頃より師から新しい曲目の譜面を貰うと初見で楽々とその曲を弾きこなす程の腕になった。

「この娘は恐ろしい程じゃ、都に出ても決して恥ずかしくない、もう何も教えるものは無い」楽堂をして三年目にそう云わしめた。

呉葉が終日琴を弾いていると、時には近隣の人々が笹丸の家から流れる美しい音に聞き惚れて何時までも立ち去りかねた。老師楽堂から、琴と共に都人の礼儀作法を厳しく教えられた故を持って自ら気品をも兼ね備えていたのである。笹丸、菊世夫婦の喜びは一通りではなかった。これだけの娘、都へ出ればきっと、と将来を期待するのも当然と云えよう。

呉葉十八才、花も恥じらう美しさ、絶世の美女の言葉こそ、呉葉の為にあると云える程であった。その年の秋、笹丸夫婦は意を決し都へ上る事に決めたのである。両親と共に旅立つ呉葉、彼女に憧れを持った村の若者達や女友達大勢が名残を惜しんで山越えの峠まで送ってきた。信州の十月は錦秋の季節であり、全山紅葉の一年で最も美しい風景を展開するのである。二人の娘が「これ呉葉さんにお餞別ヨ」と真っ赤に色付いた紅葉《もみじ》の一枝を一本ずつ呉葉に手渡した。「まあ綺麗、紅葉ね、美しい餞別やわ」側の父親笹丸は「呉葉、その紅葉にちなんで、くれはの呼名はその儘で呉を紅に変えてはどうかな」「父さま、それは良い考えだワ、考えだワ、今日から紅葉《もみじ》で紅葉《くれは》にします」。見送りの娘達や若者達は皆手をたたいて喜び合った。そして懇ろに別れを告げて峠を下って行った。

長い長い旅の後、若狭より都へ入り北上から西山麓沿いに、七年前の大事件を思い笹丸には京の都大路を歩く事は流石に気が引けた。西山沿いから伏見へ出て木津川沿いに南下した。そして山城の国八幡村、石清水《いわ》八幡宮の登り口辺りにある一軒の室屋《むろや》を見つけ、借り受けた。熟練した大工の笹丸がその家を茶店に改造するにはそう日数はかからなかった。

店には緋毛氈をかけた一間に床几が三台並べられ、それは休息客より正面に見える次の間で、その真ん中に着飾った紅葉《くれは》が琴を弾いているのである。両親が娘を出来るだけ多くの人々に見てもらいたく、紅葉の天賦の美貌と優れた琴の美しさを誇示する為であった。

街道を通る旅人も近隣の人々も暫く立ち止まり、娘の美しさと琴の調べに聞き惚れ、見惚れ何時までも立ち去らぬ人もいた。中には茶店に入り陶酔し切っている老人、旅人も少なからずいた。笹丸の計画は見事図に当たり、終日茶店は客の絶える事はなかった。

第五章　栄光への道

　茶店を開いてから一ヶ月、笹丸夫婦と紅葉にとって、意外にも早く幸運の道が開かれた。石清水八幡宮は、京都府綴喜《つづき》郡八幡町に位置し、源氏の氏神と伝えられ、桓武天皇直系の末孫の六孫王である左大臣、源経基《つねもと》卿は天皇の側近、公卿の中でも宮廷屈指の実力者であった。その経基卿のお妃、滋子《しげこ》は源家隆盛、武運長久を祈念の為、毎月詣でをしていたのである。石清水八幡宮（別名男山八幡宮）起源は山中の清水を神として祀ったことにあると云われる。

　後、石清水寺が出来たが、貞観二年（八六〇）に奈良大安寺の僧、行教が宇佐八幡宮を勧請して護国寺と称し、貞観十八年（八七六）には宇佐に準じて神主の永置をこい、石清水八幡宮、護国寺料として朝廷から四十二石が下賜、国家鎮護神として現在まで尊崇されている。

　左大臣、源氏の祖六孫王経基卿のお妃様とは云え門前町で輿を降りねばならなかった。それは高い石段を登り切ったその又高所に、八幡宮は鎮座しているからであった。

お妃様滋子はこの年三十七才、女盛りは過ぎてその身に脂肪が乗ってきていた。高い石段を登るのはお妃にすれば大儀であった。若い膝女二、三人に手を引いてもらい、背中を押してもらって石段を一段一段登っての参拝であった。本宮司以下権禰宜《ごんねぎ》五名にて、宮司が神前に祝詞《のりと》奏上、源氏繁栄の祈請文奏上等、お妃を先頭にその後に側女、膝女七名と従卒五名が跪《ひざまず》き、いんぎんに祈念するのである。

毎月詣毎に相当なる金子を神納し、宮司に、丁重な礼を尽くし少々の時刻休息の後、下山するのであった。お妃は輿に乗り込もうとしたが、流れくる美しい琴の調べを聞いた。お妃は側女にあの琴の主を見てくるよう命じた。側女はその茶店へ入ったが程なく帰って報告した。「その琴を弾く娘に会ってみたい」側女の案内で茶店に入りお妃は初めて琴を弾いている紅葉を見たのである。お妃は思わず、「ホワー」と嘆息した。この世にこれ程器量の整った美しい娘があろうかと心の中で思った。お妃はお茶を一服所望し、緋毛氈の床几に腰を下ろし茶をすすりながら美しい琴の音に聞き惚れ、琴弾く気品ある娘の顔をじっと見つめていた。暫くして側女が紅葉の側に近付き小さな声で何事か囁いた。紅葉はハタと琴より手を離し、ゆっくり立ち上がり土間に下りお妃の膝元に跪き「紅葉《もみじ》と書いて紅葉《くれは》と申します。未熟な私の曲を高貴なお方様のお耳にお留めして誠にお恥ずかしゅう御座います」紅葉は土間に両手を揃え三つ指にて深々と頭を下げた。その紅葉の様子を見ていたお妃は「年若いのに行き届いた挨拶、大儀であります、大変気に入りました。益々励みますように」と笑顔で紅葉を見下ろしたのである。

「有難う御座います」紅葉は再び深々と頭を下げた。笹丸、菊世は土間の隅に小さくなり跪き、事の成行きをハラハラと見つめて、両手を土間につき何度も頭を下げていた。お妃は紅葉の顔を見つめながら名残り惜し気に茶店を後にした。

それから十日も経ったであろうか。左大臣源経基卿の近侍使者二人が茶店へ訪ねて来た。お妃滋子の話を聞いた経基卿は、一日も早く召し抱えたいとの希望であったのである。大層なる下賜金と、貴族館《やかた》で着用の衣裳一式を持参され、笹丸夫婦の前に差し出し、「過日、我が主人、左大臣様のお妃様、八幡宮参拝の折、紅葉様のお人柄と琴の優れた演奏にいたく感動せられ、是非とも公卿館に召抱えたいと左大臣様も熱望遊ばされ、本日お妃様の側女としてお召抱えの件、伝達に参った次第にて。左大臣の御意をくみ取られ、何分の御配慮下され置かれますよう」

笹丸親子は身震いしながら平伏して聞いていたが、恐る恐る御使者に
「光栄で御座います。何卒宜しくお願い申し上げます」たかが大工の身分、公卿様の御使者に満足させるだけの挨拶の言葉とて頭に浮かぶ筈はなく、唯夫婦共々頭を下げるばかりであった。使者は更に言葉を加えた。

「お召抱えの儀、快く御承諾頂けたものと推察致します。尚七日間の準備期間を持ちまして今日より七日目にお迎えに参りますれば、親子の名残り充分に惜しんでいて下されます

よう」「ハッ、ハイ有難い事で御座います」

三人の使者を送り出した夫婦は抱き合って喜び合った。「紅葉に早、出世の道が開かれたんや」菊世は「うん、うん、そうよネ」

両親の喜ぶ姿に紅葉もつい誘われて喜ぶのだった。紅葉は御下賜の美しい大菊の柄の衣裳を肩に両袖を通して「お父ゥ、お母ァどうェ」「おっこれは美しい、お姫様のようじゃ」親子三人は招来した喜びの頂点にいた。長い間の苦労がやっと実を結んだと笹丸夫婦は心からそう思った。

約束通り七日目、再び経基卿の近侍三人と滕女二人が茶店を訪れた。その滕女二人からきらびやかな衣裳を着せてもらった紅葉に、両親は唯うっとりと我が子の優雅な美しさに見惚れるばかりだった。

暫くして一刻の後、美しい衣裳の紅葉は、簡素ながら黒漆の輿に乗せられ、喜びと別離の悲しみ、涙で濡れた母の顔、父の顔見送りの中、静かに八幡村を後に木津川の橋を渡り、平安の京へ発って行った。気丈夫な紅葉である、両親の見送りには一滴の涙がその美しい頬を伝った。しかし木津川を渡ってからは、お公卿様の生活はどのようなものか、その中に大工の娘の自分が溶け込んでお仕えする事が出来るであろうか。紅葉の小さな胸に希望と不安が交叉し自分の将来はどうなるのかと千々に心が乱れるのであった。

輿は伏見街道より九條、羅生門を通り朱雀大路を北上、焼失した應天門跡を右に取り、烏丸大路を北上、御所の北側、源経基卿館に入った。午の刻（正午）八幡村を発って四つ刻（約八時間）後、戌の下刻（夜八時）であった。その夜は旅の疲れもあり遅い夜食を頂いた後、紅葉の為に用意された寝所へ通された。一人淋しく床に就いた紅葉はこれからお仕えするお妃様の御主人、左大臣様は如何なるお方であろうかと考えめぐらす内に深い眠りに入っていった。

翌朝、巳の下刻（午前十時）側女の指示に従い、豪華な調度品が置かれた経基卿の部屋に招かれた。正面上段の間に左大臣が座っており、その左側にお妃様が座っていた。

左大臣経基卿はこの年四十五才、鼻下に美しい髭が良く整えられ、実に円満なる笑みを湛えていた。男盛りの中に気品ある精気溢れる貴公子であった。側女に導かれた紅葉は三つ指にて右大臣様の前に深々と頭を下げていた。「紅葉とやら、苦しゅうない、頭を上げよ」左大臣の声がした。紅葉は恐る恐る顔を上げた。

「おお、これは美しい娘じゃ、これを縁に長くお妃に仕えてくりゃれ」

「有難きお言葉を賜りまして、紅葉、恐れ多い事で御座います。身命をかけてお仕え致します」

「おおこれは、これは、充分なる挨拶じゃ、気に入ったぞ、行く末長くお妃に仕えてくりゃれ」

暫くして紅葉《くれは》は左大臣お妃の身回りの世話を司る側女として仕える事になった。こうして一ヶ月がまたたく間に過ぎ去った。

ようやく公卿館の生活に慣れた或る日、左大臣は貴族、公卿諸公を集め、酒宴を開く事になった。招かれた客は約十名程、院政に携わる公卿のほぼ全員に近かった。

藤原公、近衛公、九条公、冷泉公、三条公、二条公、堀河公、六条公、白川公、鳥羽公等、酒宴が開かれてから小半刻（一時間）も経ったであろうか、経基公は思い出したように、酒宴の御世話をしている側女に紅葉を呼べと命じた。側女達が宴の部屋の片隅に琴を運び入れた。公卿方の見守る中、紅葉が身をかがめるように部屋に入って来て片隅から公卿達に無言の儘頭を下げた後、琴の前に座り、ゆっくりと指先に琴爪をはめ、落ち着いた指さばきにて「都の春」を弾き始めた。そのゆるやかな春の野山を想い巡《めぐ》らすような美しい琴の響きと共に次第に曲は流動を増し、春の小川の流れの囁きに変わり、そして靄たなびく春の野山を描写して琴の音は終った。うっとりと、諸公達は、盃持つ手を休めその調べに聞き惚れていた。琴の音が終っても皆は、シーンと静まり返っていたが、やおらしてから藤原公が「いや素晴らしい演奏であった。これ程の上手を聞いたのは始めてでおじゃる」と。

「いや美しい琴の調べじゃ」

「その通りだ。巧みである」

「素晴らしい」諸公の口々から讃嘆の声が囁かれた。九条公が、「左大臣、羨ましい限りじゃ、美しい琴の名人を側女に持たれて」

近衛公が「いま一曲、所望じゃ、聞きたい」

左大臣はさも満足気に、紅葉にいま一曲と目で指示した。紅葉は一礼して再び弾き始めた。今度は始めから玉を転がすような早い曲で紅葉の最も得意とする曲「水のたわむれ」である。紅葉自身が我が弾く琴の音に陶酔しているかのようであった。聴き酔いしれていた諸公の中から「ウーン」と感嘆の声が幾度も漏れた。酒宴が終り招かれた公卿達は皆、褒め讃える数々の言葉を残して左大臣、お妃、紅葉の見送りを後に、左大臣邸を辞去したのである。経基公は客が辞した後、お妃や側女を遠ざけ紅葉一人を側に侍らせ紅葉の酌にて、「紅葉よ、今宵は素張らしかったぞ、公卿達皆、そなたの琴に惚れ込んだ様子じゃ、大層な面目を施したものよ、嬉しい限りじゃ」と満面に笑みを湛え、上機嫌で紅葉の酌で幾杯も盃をかたむけた。「そなたも飲め」と盃を白魚の如き手に持たせ、公自ら酒を盃にそそいでやった。恐る恐る一口ずつ飲む紅葉。

「今宵は特別に嬉しいのじゃ」と一杯二杯と公からそそがれた盃を重ねた紅葉はすっかり上気し、頬は桃色に染まって気分はうつろに、初めて口にした酒ですっかり心地良く酔っていたのである。公は紅葉の身体を両手で抱きかかえ、優しく顔をすり寄せ、「可愛い、紅葉よ、可愛い紅葉よ」とつぶやきながら、己れの寝所に連れ行き、そっと布団の上に寝かせた。公は酒の酔いも手伝い、手荒く紅葉の美しい唇を吸った。紅葉は夢心地であった。

得も云われぬ甘い感触であった。公のなされる儘に身をまかせていた。公はゆっくり紅葉の帯を解き着物を左右に開き、又、下帯も解き下着を左右に開いた。そこには紅葉の肌全体に染まった桃色の裸身があった。公は思わず「美しい」と絶句した。年若き娘の肌はこれ程、美しいものか……と暫し見とれるばかりであった。程良くお椀を伏せたように盛り上がった桜色の乳房、公は両手で柔らかく乳房を撫でていたが、急に舐め回し吸っていた。紅葉には何もかも初めての出来事であり、唯々、夢の中の世界に酔心していた。何時の間にか裸身になった公が紅葉の裸身に重なってきた。

彼女は下腹部に一瞬、痛みに似たものが走ったが、それも甘い男の温かさに消され、心地良い肉体のうずきに似た喜びだけであった。公は紅葉の裸身を強く抱きしめ、二人の身体は一つになったまま何時までも離れなかった。

次の夜、経基卿が紅葉の部屋を訪ねて来た。彼女は昨夜の甘き、しびれるような肉体の快楽を思い出し、公のお顔を見て顔を赤らめた。その上気した顔を見られぬよう小袖で顔を伏せた。公はニコニコ笑いながら、座っている彼女の側に座し、背に手をかけた。彼女は自然と美しい顔を上に向け、つぶらな瞳を、ゆっくりと閉じた。公の唇を受ける為である。公は満足気に彼女の唇に熱い口づけをした。紅葉は昨夜の素肌感触の快楽が忘れられなかった。自分からスルスルと帯を解き裸身となり公に抱きついた。公の喜びは頂点に達した。公にとりて男女の全裸での交わりは貴族社会ではかつて無い事であった。紅葉によって全裸の交わりの何と快楽の頂点である事か、公は生まれて初めての喜びであった。紅葉にとっては公との交わりが全裸である事が当然であり、それが当たり前の事と思っていたのである。

翌朝、お妃様の命により、側室らしい金襴の衣裳が与えられた。一人の側女と二人の膝女が紅葉の身の回り一切の世話をする事になり又、側室としての部屋を館の奥に決められた。望外なる日々の御手当金も定められた。こうして紅葉は完全に公の側室となった。

次の夜も又次の夜も公は紅葉を抱いた。

紅葉は公の熱烈なる愛撫に応えるかの如く、精一杯の媚態にて接した。公は彼女にすっかり心酔し心まで奪われる程であった。

紅葉も又、好色の体質が開花したのである。狂おしい程公の彼女の肌を求める愛情に、彼女も又それに負けずと応待し、美しい素肌をぶつけて絡み合った。公と彼女との愛の交接は限り無く益々深まっていきお互い惚れ抜いた仲となり、公なくして、紅葉なくして一日も生きられぬ日々が続いた。

こうして数ヶ月が経った。

或る日、宮中昇殿より帰館した公は、紅葉を己《おの》が部屋に呼んだ。一段高い御座台に座っている。紅葉は側女を伴い平伏した。

「おお、紅葉」微笑みを湛えた公は彼女を見下ろし「本日より紅葉御前《くれはごぜん》の名称を与える。よってこれから紅葉御前と名乗るが良い」

「ハイ、左大臣様、身に余る光栄に御座います。仰せにより本日より紅葉御前と名乗らさせて頂きます」

「ウン、それが良い。美しいそなたに相応しい呼び名じゃ」経基公はさも嬉しそうに愛《いと》しい目つきでじっと彼女を見つめていた。

一方、左大臣館から月々大層なる金子が扶養料として笹丸夫婦の許に届けられた。夫婦は将来を娘に賭けた大きなる夢が叶えられたのである。夫婦の幸福感は、絶頂に達していた。笹丸は宇治川辺に瀟洒な屋敷を建てた。茶店は人手に渡し遊び暮らしの身分となった。

三年の歳月が流れた。紅葉は気高さがそなわり、その美しさは益々磨きがかかり、上品な色気が加わって絶世の美姫の誉《ほまれ》も高く、左大臣経基卿の側室として、お妃様を凌《しの》ぐ絶大な権力をも兼ねそなえ、お妃はもとより、宮中貴族社会からも認められる地位を固めたのである。

紅葉二十一才であった。

第六章　復讐

貞観十八年十一月、五十六代清和天皇が譲位され、皇后、藤原高子との間に出来た第四子貞明親王が、陽成天皇として即位され、年号元慶と改められた。

尚余分に附記すれば清和天皇は譲位された後の元慶三年五月、出家され同四年（八八〇）十二月四日崩御された。御年三十一才の若さであった。この宮中の大変事に摂政関白を始め左大臣、右大臣等、最高位の貴族等諸官は宮中に寝泊りの多忙な日々が半年近くも月日を要した。紅葉は、側室になった時からの膝女、勝尾《かつお》と夜毎、白き肌を濡らし合って、寝屋の孤独を慰めていた。その心身共に許し合った勝尾に命じ、近侍に十年前の囚獄司、滝口徹宇なる人物の消息を調べさせていた。それによると囚獄司は高位の職を三年前に退き、平安京の北西、衣笠の山麓に小さな家を建て、悠々自適の生活を送っている事が解った。

紅葉は膝女、勝尾を従え、或る日の午後、輿に乗り館を抜け出た。予てより腹心の召使い二名と輿をかつぐ四名の下足だけである。

紅葉御前の輿は約一刻の後、衣笠の山麓に着いた。そこは隣家とて無く野中の一軒だけの静かな住居であった。輿と召使い、下足は半丁余りの細い道に待たせておいた。

紅葉は勝尾と共に滝口の小さな住居の表に立った。

「滝口殿はおられるか」二回勝尾は声を掛けた。程なくして男の声が内よりした。

「オオ滝口じゃ」流石、司法のかつての権力者らしく威厳ある声である。表の入口が開かれ無精髭の六十がらみの恐面の顔が現れた。「この方は左大臣源経基卿の御側室で、紅葉御前であられる。実は重要なる所用を以て滝口殿に会いに参った次第」勝尾は微笑みを浮かべて云った。金爛の華麗な衣裳に身を包んだ紅葉も微笑んで滝口の顔を見ていた。十二才の時六條河原で脳裏に焼きついて離れないあの時の顔である。

「オォこれは、これは御前様、態々《わざわざ》と御遠方をこのような荒屋へもったいない事で御座います。粗末な部屋で恐れ入りますが、先ずはお上がりなされますよう」滝口は態度も言葉もがらりと変え丁重に、紅葉と勝尾を奥の間に案内した。部屋の正面に座った気品高い余りにも美しい顔を滝口は両手をついて目を細めて見上げた。「お茶を差し上げますので暫くお待ちを」と云って台所へ立った。そして茶碗を二つ二人の前に差し出すなり「重要なる所用と申されましたが如何なる御用で御座いますか」と二人を見比べた。微笑みだけで無言であった紅葉が初めて口を切った。「唐突じゃが実はこの者わらわの腰女になって三年。年も、二十四才になります。以前より時折都大路でお見かけする滝口殿のお馬に乗られた凛々《りり》しいお姿に思い憧れておじゃった」滝口は両手を床につき紅葉を見上げて聞いていた。

「聞く所によれば女房どのを先年失くされたとの事、さぞやお淋しい事でおじゃりましょう、それとも愛しい女性でもおじゃりましょうや」「いえいえそんな者はおりませんハイ」

「それじゃ、この者をそなたの後添《のちぞ》えにと存じ同行しましたのじゃ」

美しい紅葉の顔を見上げ
「御前様のお言葉、信じてもよろしゅう御座いますか」

「何故嘘など申しにこの遠路まで参りましょうや、この者そなたに一年も前より恋い憧れておじゃった。いじらしい程じゃ」

「本当に美しいこの方を頂けるので御座いますか」

じっと俯向いている勝尾を見て未だ疑うかのように見上げた。信じられぬ夢のような話だ。

「お疑いも無理は無い。本人のたっての望みでおじゃります。ちと早いがその証を見せましょう程に、この者を置いて私は館に帰ります」そう云って紅葉は立ち上がった。

滝口は慌てて後を追い、表の入口の床に両手をつき「御前様には何とお礼申し上げればよろしいやら。一生この御恩は忘れません」と深々と頭を下げた。

紅葉は表戸を閉めた。そして五、六間離れた木立の木々の間に身をかがめた。

滝口の部屋では、勝尾が今まで俯向いていた態度をがらりと変えて積極的に、煽情的に、滝口に微笑みかけ「滝口様、貴方様に恋い憧れておりました。何卒何時までも御側に置いて下さいませ」と媚《こび》入るように、にじり寄り膝を崩して男の体にもたれかかり、両手で抱きかかえるようになし、男の股間に手を入れた。

滝口には長い間孤独の生活、六十近い老齢とは云え精悍そのものの男である。まして若く美しい女性の誘惑に堪えられる筈がない。

欲情が堰を切って狂うように男の手が、着物の裾を急ぎ開き女の股間に入れまさぐった。女は猥《みだ》らに声を上げた。男も狂おしい程女の股間に入れた手を激しく動かした。そして感激に近い声を上げげた。女のあらわに出た乳房を狂うが如く吸っていた。暫くの時刻が過ぎた。時は良しと勝尾は帯の中に忍ばせていた小さな紙包を取り出し、側の茶碗に包の先端を裂き銀色の粉末をお茶の中にそそぎ入れた。「滝口様、のどが渇きました」そう云って、もう一つの茶碗のお茶を一息に飲み干した。そして粉末を入れた茶碗を男に渡した。男は何のためらいもなく一気に飲み干した。と、突然である「ウー」と声を出そうとしたが声が出ない。と同時に喉に両手を当て苦しみ出した。それを見ると勝尾は急ぎ走って表戸を開けたと同時に、木影に身を潜めていた紅葉が走って部屋に入った。そこには一切声を奪われ、両手で喉を掻きむしり、もだえ苦しむ滝口の哀れな姿があった。

紅葉は狂乱の男の前に立ちはだかり、

「滝口囚獄司、よく聞くのじゃ、十年前六条河原で汝の命令により八つ裂の刑で無惨な死を遂げた会津の捨丸を覚えておろう。わらわはその捨丸の孫娘じゃ、十年経った今、今こそ復讐するのじゃ」重ねて「よく聞け、今こそ復讐するのじゃ」美しい顔が鬼気迫る容貌に変わっていた。叫ぶなり懐中よりかなり大きな革袋の固く結んだ紐を解き、一気に茶色の液体を男の頭髪から、肩、背中一面に振りかけた。すかさず帯の間より小さな紙片と火打石を取り出し、カチン、カチンと火花が散ったと同時に紙片に燃えうつり男の背に落とした。すぐに男の背に火が付いた。肩へ燃え伝わり、頭髪にと火は広まった。全身火達磨となり断末魔の苦しむ声も出ず部屋中を転げ回るのみである。見下ろす紅葉は鬼面である。これにて復讐は遂げられた。紅葉と勝尾は急ぎ表へ出て輿へ急いだ。輿の側に待っていた召使いは唯のんびり欠伸《あくび》などしていた。紅葉御前の乗った輿は衣笠山麓を後にした。それから半刻、背後の山麓より一条の白煙が上っていたがそれに気付く者は無かった。唯、紅葉と勝尾だけが、今頃滝口の屋敷は火炎に包まれているであろうと無言の儘、心でそう思っていた。おじいちゃん、仇《かたき》を取りました、と紅葉は心の内でそうつぶやいていた。

警邏卒二名が翌日焼跡を調べたが、滝口の家屋は跡片も無く、燃えつきた灰の中に焼け残った幾つかの柱の断片の中に真っ黒焦げの死体が一つ転がっているだけであった。警邏卒はかつての警邏司令部、最高幹部の滝口徹宇囚獄司であったも知る筈も無く、焼けた家の住人が失火して焼け死んだ、唯それだけの事件として調書に書き上司に提出した。

それから半月が経った。紅葉御前の退屈な日々が続いたが、得意の琴を弾く時間がその怠惰な生活をまぎれさした。

そんな折、突然経基卿が帰館したのである。正室と共に紅葉も側女、膝女総勢十五名の女性達が玄関に三つ指つき出迎えた。

紅葉にとりて長い日々の淋しさであった。

部屋に戻って経基卿の来室を待った。

一刻は経ったであろうか長い時刻に思えた。公が入って来た。「左大臣様」と叫ぶなり公に飛びついて行った。「紅葉、会いたかった」二人は長い長い接吻をした。公にすれば宮中での公務の多忙に半月振りの愛しい紅葉との交わりであった。狂うように幾度も彼女の美しい肌を求め、彼女も又歓喜の声をあげた。二人にとりて快楽の極みであった。

公は何時までも紅葉を離さなかった。

その夜、久し振りに公は正室滋子《しげこ》と側室紅葉を両脇に座らせ、側女二人も同席を許され楽しい宴が始まった。正室と紅葉、代わる代わる酌を受けながら公は上機嫌であった。

「紅葉も長い日々さぞ淋しかったであろう」正室は紅葉を労るように目を細めて云った。

「御正室様こそお淋しい事で御座いました」

紅葉の言葉に「わらわは年も取っている故、何とも思いませぬが、紅葉は若いから淋しさも一入《ひとしお》であろう」正室は笑いながら云った。

公は、「よいよい、我はもっと宮中で毎夜の独寝じゃ、淋しい限りじゃったぞ、これも左大臣という役職故じゃ、仕方あるまい」

「しかしながら御上はお年もお若いのに早く御譲位されたもの」正室は沁み沁みと云った。

「うんそうじゃ、御上は以前から麿《まろ》に出家したい、仏門に入りたいと云っておられたが、やっと決心されたのじゃ」

「長いお務め大変で御座いましたでしょう」

紅葉も先程の長い時刻、左大臣の燃ゆる熱い愛撫に心より満足したかのようにまぶし気に端麗な公の顔を見上げて微笑んだ。

「今宵は久し振りの楽しい宴ぞ、のう滋子」

そう云って正室の酌を受けつつ大満足気であった。「紅葉、久し振りにそなたの琴が聞きたい」左大臣は宴半ば、紅葉に向かって云った。早速藤女達が紅葉の部屋から琴を宴の席に運び込んだ。

「左大臣様、御正室様、紅葉唯今より春の海お聞き下さいませ」

左大臣と正室に恭《うやうや》しく一礼して白魚の如き指先から美しい琴の音が響いてきた。公も、正室も皆うっとりとその音を聞いていた。

宴は深更まで続けられた。こうして左大臣の休養が終り、三日目の朝、宮中への御所車で正室、紅葉御前、側女達、貴族館一族郎党の見送りの中に出て行った。公が館を出、宮中に参殿してから十日が経っていた。

紅葉は自分の部屋に勝尾を呼び次の標的、十年前、祖父を死に至らしめた鬼堂左紘木取調官を調べさせた。勝尾の指示に近侍が内偵していた報告によれば警邏司令部の司令補佐に出世し現役で勤務しているという。どのようにして現役の鬼堂を攻略するかである。幾日も幾日も二人は部屋で策を練った。退官して一人暮らしの滝口と同じように復讐する事は出来ない相談である。まして警邏司令部の司令補佐の高官、容易くこちらの罠にかかるとは思えない、二人の智策を持ってしてもとても無理としか考えられない。どうして鬼堂を誘惑するか。二人は夜毎寝室にてお互いの恥部を求め合い狂うように愛し合った。

十日余り日時が過ぎ去った。紅葉は自分が身を張ってかかれば必ず堕ちるであろうと考えた。彼女はそれだけ自分が段々と大胆になっている事を意識していた。勝尾も「御前様は、特別に美しいお方故、どんな男でも一も二も無く誘いに乗ると思います。私も一層お手伝い致しますれば、復讐をお遂げ遊ばして」と云った。「又、そなたの手を借りねば」

勝尾は里帰りの名目で公卿館を出、朱雀大路、五條大路にある警邏本部の正門まで来たが、門左右に厳めしい髭の羅卒が二人立っており、女の身では恐れをなして遠くから鬼堂らしき人が出て来るのを待つしか無いのである。

夕方にもなれば勤務が終り門から出て来るであろうと、気永に大路を行く、役《えん》の行者を呼び止め法話などを聞いて時間を稼いだ。

早、夕闇迫る頃合となった。門前の羅卒に恐る恐る「鬼堂様は未だ本部の中におられましょうや」「何用じゃ」

　髭の羅卒は鋭い目つきで女を見下ろした。

「ハイ、鬼堂様にお目に掛かりたい御用が御座いまして……」「ああそうか、もう間もなくお帰りになるやろ」

「そうで御座いますか、有難う御座います」

　彼女は一礼をしてその場を離れた。

　朱雀大路は流石《さすが》行き交う人々も少なくなり、二十八丈の大きな道路も反対側から司令本部の門から出て来る人々が見えるのである。

　九月上旬、日没は遅い、でも酉の下刻（午後六時）であろうか、あたりは残照の影は薄暗くなりかけてきた。正門から本部勤め役人達が出て来るのがはっきりと見えた。一段厳しい髭の立派な体躯の武士が門から出て来た。きっと鬼堂に違いない。勝尾は意を決し、小走りに走り寄り背後より
「大変失礼で御座いますが鬼堂様であられましょうや」「おォ身共《みども》が鬼堂じゃが」

　と応答して振り返った。

「失礼で御座いますがお願い致したき儀が御座いまして」

「おォそうか、そのお願いやらを聞こうではないか」と歩きながら鬼堂は云った。

「鬼堂様、一寸込み入ったお話で御座います故、近くの居酒屋でもお付き合いして下さい

ませんか」

「おぉそうか、付き合おう」

時間潰しの折、最寄りの朱雀大路より路地に入った居酒屋を見つけていた。勝尾は鬼堂を誘い居酒屋への戸を開けた。店には三人の若い男が酒を飲んでいた。彼女は片隅の二人掛けの食台に腰を下ろした。明るい室内で見る鬼堂の顔は、流石は取調べ一筋で何十年も、警邏本部に勤め上げただけに鋭い眼光、厳しい恐面の髭面、まさに鬼取調官の風格だ。

勝尾は鬼堂に酒を勧めながら、この居酒屋で一番の御馳走、鮎の塩焼を作らせた。

思わぬ馳走と酒に鬼堂は相好を崩し終始にこやかに彼女を見ながら酒を飲んだ。

「ところで込み入った話とは」

「ハイ鬼堂様、誠に申しにくい事で御座いますが、私、ある大商いの屋敷の奥女中を務めております。実はお屋敷の一人娘の美しいお嬢様が貴方様の凛々しいお姿にすっかりお惚れなさいまして是非お会いしたいと、可愛想な程恋い焦がれておられまして……」

じっと盃の手を休め聞いていた鬼堂は全く意外という顔で
「信じられぬ話でござる、身共は警邏畑に入ってから人一倍の嫌われ者でしてのう。これも選んだ職業のなせる業と人生諦めておりましたじゃ」

「いいえ、そんな事は御座いません。鬼堂様から取調べを受けた罪人は怨んでおりましょうが、私共、平穏に暮らしている者は貴方様への見方が違います。悪を懲らしめる御立派なお方と尊敬しておりますのが京に住む人の考えで御座います」

「それは有難い言葉を聞くものよ。長い間の苦労が一息に吹き飛んだようだ。ああ鮎も旨い、酒も旨い、今夜は何と良き夜じゃ」

「さあ、精々盃を干しなされ」と酌を重ねた。鮎のお代わりも出た、お銚子もどんどん運ばれた。鬼堂の鋭い目つきも消え、満面にこやかであった。

「つきましては鬼堂様の御都合よろしき日にお嬢様に会ってあげて下さいまし。何時の日がよろしゅう御座いましょうや」

「美しいお嬢様が身共に恋されていると云うか？」「ハイ」

「信じられん話じゃ、こんな俺にのう、世の中にはそんな娘御もあるんじゃナ」

「信じて下さいませ、有りの儘正直に申し上げました次第に御座います」

「有難い事じゃ、有難い事じゃ、それではのう五日後の九月十三日、身共の休養日故、その日に会わしてもらおうか」

「有難う御座います。それでは十三日午後からと致しまして、何分共に年頃の娘の事で人目をはばかりますので逢瀬の家は当方で決めさせて頂きとう御座います。待ち合わせ場所は三条大路の鴨川橋東詰、時刻は未の下刻(午後二時)輿が参ります。私がその輿の側についておりますれば直ぐに解ると存じます。その輿の一丁程離れてついて来て下さいませ」

「解り申した、楽しみな事じゃ」

鬼堂は鮎の塩焼の手土産を貰い、これ程の幸せはないという笑顔を真っ赤にしてほろ酔い気分で鼻唄まじりで帰って行った。

「俺もまんざらでもないて、美しい大商屋《おおたな》の娘御が俺に恋い焦るなんてハハハ……どんな美人か会うのが楽しみな事じゃ……」

十三日未の上刻（午後一時）。

「お前さん、今日は朝から何か浮き浮きして何がありますの」

「いや何も無い、一寸出てくる」

妻女の訝《いぶかし》げな顔を後に六条大路の自宅を出た。朝から入念に顔を剃り、髪に櫛を入れ、自己の威厳を表すように陣羽織を着用し、精一杯服装を整え真新しい草鞋を履いて我ながら自慢の出来る出立ちと自負した。

三条大橋東詰に立ち西方から来る輿を待って小半刻経つと、橋の向方《むこうかた》に輿の姿が見えた。

「アッ来た、来た」鬼堂は思わずにんまりと笑った。近付いて来る輿の側に先夜の女中が微笑みかけて鬼堂に向かって無言で会釈して進み通り過ぎた。先夜奥女中と名乗った女の云われた通り、五、六間後からゆっくり、輿の後に従って歩いた。千年前の鴨川は三条大橋を渡ると広大な河川敷から雑木林になっていた。雑木林の細い道を東山麓へ進んで行った。人一人通らぬ、唯聞こえるのは野鳥の鳴き声のみ。鬼堂は、はてどこへ行くのか、と思いながらも誘われるように唯忙然と輿の後からついて行った。暫くの間畝《うね》りくねりの細道を進むと林の中に小さな家が見えた。手前半丁程の所に輿が止まり、下町風大商屋のお嬢様らしき綺羅に飾った紅葉が輿から下り、勝尾と一緒にその家へ入って行った。輿から降りるお嬢様の顔を林の間から垣間見た鬼堂は息を呑んだ。何という美しさであろうか。鬼堂はかつてこのように整った美貌の女性を見た事はなかった。これ程美しい女性が俺に恋い焦れているなんて、信じられないと心に思いながらも胸がワクワクしそこに立ちすくんでいた。

間もなく家の戸が開けられ、奥女中が鬼堂に向かって手招きした。鬼堂は軽く頷き、輿の側に腰を下ろしている下足や下女達を見下ろしながら招かれる儘家の中へ入って行った。

「さぁどうぞ、お上がり下さいませ」

奥女中が促《うなが》した。云われる通り草鞋を脱ぎ、次の間に通された。そこには赤い毛氈が敷かれ、正面に美しい衣裳の美女が微笑みながら座っていた。鬼堂は思わず正座して床に手をついた。そうせざるを得ない程、気高く気品ある美女である。鬼堂は思わず腰の陣刀をはずし、姿勢を低くし、美女を見上げるように相対した。美女をじっと見つめた。奥女中が酒器を持って二人の側に歩み寄り、

「鬼堂様、そう固くなり遊ばすな、膝を崩して下さいませ」「おっ、そうさしてもらうか」

と鬼堂は陣羽織を脱ぎ胡座になった。

奥女中の勧める酒を三杯も四杯も重ねて飲み干した。酒の故で固くなった緊張が少し緩

やかになった。

「お嬢様も一献如何ですか」とまぶし気に目を細めて云った。美女は膝元の盃を手にして
「ハイ頂きましょう」

奥女中は盃に酒を注いだ。美女は盃を口にして「ああ美味しい」と何度も盃を口にした。

「鬼堂様こそどんどん召し上がり下さいませ」勧められる儘に幾杯も飲み続けた。白昼の酒である。意外と早く酔いが回ってきた。厳しい顔も相好を崩し赤色も増してきた。美女は頃合も良しと思ってか、「鬼堂様、以前より貴方様をお慕いしておりました」鬼堂は喜びと、驚きの目で美女の顔をまじまじと見つめ、盃持つ手を止めその言葉を一言も聞き逃さじと聞いていた。

「この度、私の心にそぐわぬ御方と親の命で結婚致す事に御座います。結婚する前にかねがねお慕いする貴方様にこの身を差し上げたいので御座います。お恥ずかしい事ですが私の切ない願いを叶えて下されませ」と云って着物の両膝を徐々に開いて雪のように白い両足を露わにし、両股を開いたのである。鬼堂は目前で思いもよらぬ美女のあられも無い姿に、驚きの為か目を皿のように見開き固唾を呑んで見つめた。「さあ鬼堂様、下袴をお脱ぎ遊ばして」と袴の紐を解き始めた。男は弾かれたように急ぎ脱ぎ着物の下帯を解いた。

奥女中が男の物を愛撫していた。「さあ鬼堂様、お嬢様と交わる前にお嬢様のものを舐めてあげなされ」美女は男の前に立ち大きく開けた内股を男の前に近付けた。男は夢心地

であった。云われる儘に中腰となり美女の美しいそれを狂おしい程舐め回した。暫くして奥女中は「鬼堂様、喉も渇きましょう、一息遊ばして」事実、男は喉がからからになっていた。「おおこれは辱《かたじ》けない」と差し出された大椀の酒を一息に飲み干した。と、その瞬間、男は喉を両手で掻きむしるように「アァーウゥー」と唸り声を出して苦しみだした。

一体何を飲ませたのかと云わんばかりに奥女中の顔を一瞬見つめた。何か云おうとすれど全く声が出ない。囚獄司滝口を殺した時と同じ水銀なる液を酒に流し込んだのである。鬼堂は狂うように喉を押え部屋を転げ回った。美女は急ぎ着物の前を直し、驚く程の鋭い声で「鬼堂、よく聞くのじゃ、十年前汝の為に世にも無惨な八つ裂の刑にて死んだ会津の捨丸を覚えておろう。わらわは会津の捨丸の孫娘ぞ、今こそ祖父の仇討ちをするのじゃ」鬼堂は苦しみながらその言葉を聞き、美女の顔を見た。それはぞっとする如き鬼女の青ざめた顔だった。信じられない程の美女を相手の快楽と、性の喜びが一転、地獄の苦しみに陥ったのである。何か云いたい、何か云おうとするも声が出ない。喉を完全に潰されてしまった。唯、ラーラララーと唸りながら苦悶の啀《いが》み切った顔であった。

「鬼堂よ、死ぬのじゃ、死ぬのじゃ」と叫びながら鬼堂を睨みつける紅葉の顔は鬼気迫るものがあった。内懐から革袋を取り出し急ぎ紐を解き、多量の油を男の頭から背中の着衣に降りかけ注いだ。と同時に側女勝尾が間髪入れず火打石を取り出しカチン、カチンと紙片に火を付け鬼堂の背中へ落とした。火は見る見る着衣全体に燃え広がり頭髪にも燃え移った。苦しみにのた打ち回る鬼堂、阿鼻叫喚、地獄の苦しみ、火達磨となり遂に焼け死んでいく鬼堂左紘木司令補佐なのであった。

帰館の輿の中で「おじいちゃん、見てくれましたか、おじいちゃんの仇を討ちました。成仏して下さいナ」と心の中で祖父の霊に話しかけていた。憎い宿敵の二人、滝口と鬼堂を殺したのである。

輿が公卿館に入る頃、東山麓の雑木林から白煙が上がったが、都の人々にはその小さな煙をも大して気にする者はなかった。

後日、薪木《たきぎ》を取りに行った人が焼け落ちた小屋に燃え残木と男女の区別がつかぬ黒焦げの遺体らしきものが転がっていたのを見た。

警邏司令本部でも幾日経っても登庁せぬ鬼堂司令補佐の行方を本部捜査係、多くの人員が都中を駆け回り捜査したが、日時の徒労でしかなかった。鬼堂の妻女が涙ながらに捜査を依頼してきたが、目下行方を調査中を以て帰らせる以外は無かった。司令の槇村将元は怒りが頂点に達していた。

司令補佐の代わりはいくらでもいる。

「解任じゃ、鬼堂は解嘱じゃ」とどなり散らしていた。

司令本部の役人達は皆、異口同音に、恐らく神隠しにでも遭ったのであろうと囁き合っていたのである。

第七章　宮中月見の宴

陽成天皇が即位された翌年、元慶元年、院政もやっと軌道に乗りその年の九月二十一日、宮中に於いて月見の宴が催される事になった。召集されたのは摂政関白、左大臣、右大臣始め院政に携わる公卿十二名であった。全員妃君同伴との君命であった。左大臣源経基卿は妃君滋子、腰痛の為、床に伏していたので宮中に於いて公認の側室、美女の誉《ほまれ》高き紅葉御前を同伴して参殿した。

酉の下刻（午後六時）真っ赤に染まった夕焼雲がたなびき、夕日も西山に没するには、未だ早い時刻であった。十台以上の御所車が宣状門（別名唐門、又は公卿門と呼ばれた）から続々と入って行き御車寄に集まった。御車から降りた公卿達は皆、衣冠束帯の衣裳にて、十二単に近い妃君を伴い、昇殿して行った。

御常御殿の北側に四室から成る「御涼所」がある。暑い夏の為に設けられた御殿である。窓の取りつけ方や、その東の池、木立など納涼の為の細心な工夫が施されている。東の庭を「竜泉の庭」と云う。

一番奥の間に、陽成天皇が皇后と並び着座され、次の三間に公卿達と妃君が着座した。天皇は一段と高い玉座より、公卿諸公を見回りしておられた。一番の年長七十才に近い白髭の白髪関白、藤原公望《きみもち》卿は陛下に近付き、両手をついて、恭しく頭を垂れ、

「御上に本夕の月見の宴お招き賜りまして、公卿一同を代表し、御礼の御挨拶言上申し上げ奉ります。天皇、皇后両陛下におかれましては、麗わしき御尊顔を拝し奉り恐悦に存じ奉ります」

御上は満足気に満面に笑みを湛えられ「関白を始め諸公には日頃の院政の任務、御苦労である。その労を労う為に集ってもらった、今宵はゆっくりしてたもれ」公卿一同恭しく拝礼した。多くの女官達が馳走の膳を一人一人の前に運び込んだ。

先ず天皇、皇后が女官の酌にて盃を口にされた。それを拝見して関白、左大臣、右大臣の順に、諸公が右にならいそれぞれ女官の酌にて盃を傾けたのである。流石は、高貴な貴族の宴。大きな声で話す一人の公卿とて無く上品で静かな宴である。小半刻も経ったであろうか、関白藤原郷が隣席に声を掛けた。

「左大臣、御上に紅葉御前の琴の調べを奏上しては如何でおじゃる」

その言葉を聞いた公卿達は異口同音に、

「おお、それは良い趣意でおじゃる」「是非とも美しい琴の調べを」と賛同した。一人の公が女官に耳打ちした。程なくして二人の女官の手で琴が宴席に運び込まれた。

左大臣に促されて紅葉は静かに立ち上がり、部屋の末席に置かれた琴の側に座り遥か彼方の帝《みかど》に伏し拝し「左大臣源経基公の側室紅葉に御座います。関白様の御指命を給わりまして畏れ多くも、御上に琴を奏上せよとのお言葉に御座います。拙い調べでは御座いますが、一曲の爪弾きをお許し下さいませ」帝は紅葉を見られ、にこやかに微笑され、二度ばかり軽く頷かれた。紅葉は静かに琴の前に座り、弾き始めた。それは緩々《ゆるゆる》と水に流れるような美しい調べが暫く続き、やがて玉を転がす如き速い調べに変わった。帝は盃の手を休め目を閉じられ、うっとりとその美しい調べに聞き惚れておられる様子であった。居並ぶ諸公も又、それぞれ盃の手を止め、美しい紅葉の顔と白魚の如き指先を見つめていた。皆々琴の音に聞き惚れていた。速い曲の音が、又緩やかな調べに変わり静かに曲が終った。紅葉は御上に向かって深々と頭を下げ一礼した。

「美しい調べであった、何という曲か」

帝から問のお声があった。

「ハイ、『秋の微風』で御座います」と紅葉は答えた。諸公は皆口々に「素晴らしい、いや聞きしに勝る名人じゃ」と褒め言葉があちこちに囁かれ、再び酒宴が続けられた。公卿達は重ねる酒に皆ほんのりと顔を朱に染めていた。小半刻も経つと天皇、皇后は玉座を立たれた。「皆の者、心ゆくまで名月を楽しむが良い」お言葉をお残しになって諸公の拝礼の中「御涼所」を後にされた。

帝が去られた後の酒宴は俄かに賑やかになりあちこちで談笑の声が高くなった。

大納言九条公が窓辺に寄り「おお、月が昇り始めました」諸公や、妃君は席から立って窓辺に寄り、樹々の間より光り輝くばかり見事な満月を見た。「おお、美しい月じゃ」口々にそう囁いた。左大臣が灯を消すように云い燭台の灯が消されると、雲一つ遮えぎるものなく煌々としているのである。「御涼所」三つの部屋は暗闇である。紅葉の座った窓辺は、愛しい左大臣と三名の公卿、妃君等に囲まれた所で観賞していた。美しい月に見惚れていたが、ふと頬《ほほ》に熱い男の息遣いを感じた。暗闇の中に己が顔に頬をすり寄せる男の姿があった。紅葉は小さな声で「どなた様で」と囁いた。「右大臣じゃ」と小さな囁きであった。近衛公は左大臣より五つ六つ年下であろうか美しい鼻髭をたたえ、左大臣とは又違った気高い美男子である。「右大臣様」紅葉は近衛公に暗闇を幸いに抱きついた。

「おお、愛しいお方、紅葉御前、左大臣の側室と云え以前より恋い憧れておじゃった。御身に恋い焦れる心の内を察してたもれ」と云いつつその手は早、紅葉の着物の裾をゆっくりと開き太股の間に入っていった。紅葉も無意識に、右大臣の袴脇より下帯の下をまさぐり固く太くなったお宝を愛撫していた。

右大臣は「ハー」と大きく溜息を漏らした。

「嬉しい、素晴らしいお方」紅葉の耳許で小さな声で囁いた。名月観賞しつつ暗闇の中での僅かな一時であった。

左大臣経基公は暗闇であっても、二人の様子が幽かに解っていた。時折見て微笑みを浮かべていた。右大臣近衛公とは特別な男の友情で結ばれている仲である。院政に於いて二人の実力は他の公卿大納言等より先んじていた。関白推薦も二人の指導力がいつも優先され、左大臣、右大臣のチームワークが遺憾なく発揮され、実に巧妙なる政治が行われていた。彼ならば愛しい紅葉を貸し与えても良いとさえ思う程であった。

月見の宴が終り、諸公達は三々五々「御涼所」を出た。御車寄から己が御所車に乗り一台一台扶門より出て行った。御車寄で、右大臣は左大臣に、麿《まろ》の館に立ち寄り今少し飲み直そうではないかと誘った。左大臣にすれば近衛公の誘いに異議ある筈は無かった。二人きりになると何憚《はばか》る事なく寝屋の奥まで語り合い相談し合える仲であった。右大臣は妃君と共に御所車に乗り込み先行し、その後から左大臣と紅葉の乗った御所車が続いた。

烏丸大路を北上、近衛公館は今出川大路の手前西側にあり二つの御所車は唐門から入って行った。近衛公の応接の部屋にて再び紅葉と三人の酒宴が始まった。紅葉も勧められる儘盃を重ねた。左大臣はもうすっかり酩酊していた。睡魔が襲ってきていた。左大臣は盃を持った儘、一人脇息《きょうそく》にもたれかかり、ウツラウツラと眠り込んでいた。その様子を見ていた右大臣は紅葉と顔見合わせてにっこり笑いながら酌み交わしていた。間もなく左大臣から鼾が聞こえてきた。右大臣は紅葉の手を取って立ち上がった。「紅葉御前、さあ先程の続きを致しましょうぞ」紅葉も頷きながら握られた手に身を委ね、長い廊下を奥へ奥へと進み、公の寝室に入った。公は布団の上にて着衣を解き始め「紅葉御前も脱ぎなされ」と促《うなが》した。紅葉は何の戸惑いも無くすらすらと着物を脱いだ。御酒で桜色に染まった、まばゆい程の裸身が公の眼前に立っていた。公は思わず、「おお美しい、何と美しい」と叫びながら、下着一つの身で狂おしい程に紅葉の裸身を抱きかかえた。狂うような交わりが続き半刻の時刻が経った。「紅葉御前、御身のこの美しさ、多くの公卿の妃様方にこれだけ美しい身体の方はおるまい、夜毎御身を抱ける左大臣が羨ましい限りじゃ」右大臣は恋い焦れていた、紅葉を思う存分抱けた喜びは格別であった。紅葉も一段と媚《こび》を込めて「右大臣様、又会って下さいませ」

「おおいじらしい事を、麿こそ、又会いましょうぞ」二人は着衣の後、左大臣の眠っている応接間に戻った。左大臣は仮寝から覚め、右大臣の妃君と談笑しながら盃を傾けていた。右大臣はにこにこしながら左大臣に向かって「おお、起きておじゃったか」左大臣も、右大臣と紅葉の顔を交互に見ながら、にこにこと、「妃さまと飲み直しじゃハハ……」と、四人で小半刻も和やかな酒宴が再開したのである。経基卿が紅葉と帰館したのは深更巳の下刻（十時）頃であった。

平安京の時代は、このようにして官人達は、性文化と云うか、おおらかなものであった。

第八章　関白昇進

宮中月見の宴から半月ばかり経ったであろう或る日、右大臣近衛道成《みちなり》公から、左大臣源経基公へ私文が届けられた。それによると、「十月六日、快晴なれば他家を交えず、我が館の一族にて野立の茶会を催したい故、錦上花を添えたく御身の側室紅葉御前をお借り致したく、尚酉の上刻（午後五時）にはお送り申し上げたく」と云うのである。左大臣は最も信頼出来、心も許し合った仲だけに快く承諾の返文を即座にしたため、近衛公の使者に渡した。

十月に入って連日快晴が続いた。十月は一年間で天候の最も安定した月（季節）である。当日、早朝から抜けるような紺碧の空。太陽は燦々《さんさん》と輝き、都大路を往来する多くの人々も皆、心なしか晴れればれと気持ち良さそうであった。紅葉も床を抜け出し、自分の部屋から、広大な庭に出た。紅葉の身の丈より大きく伸びた芙容の木に桃色の大きな花が咲き誇っていた。「ああ、良い天気やこと」と、思い切り背伸びして、雲一つない青い大空を見上げた。左大臣経基卿は、一昨日から公卿仲間五人で亀岡の里へ狩りに出向き留守であった。

紅葉は早朝から何か浮き浮きした気持ちであった。右大臣近衛公が迎えに来て下さるそれだけでも何か胸が沸《わ》く沸くするのである。愛しい経基卿との日夜熱愛に満ち、満足しきった日々であるのに、右大臣様との逢瀬が何故、このように心が浮き立つのか、自分の心が図りかねた。半月前、月見の宴の夜、右大臣様に狂うように抱かれた事も左大臣経基公は何もかも知っているに違いない。しかし一言も触れる事がなかった。いくら公卿の中で無二の親友とは云え経基公の心の大きさ、おおらかさに紅葉は心の内で感服するのであった。それ故に紅葉は経基公の愛に、それ以上の公に対する熱愛で応えていた。経基公を愛している。しかし又、近衛公も忘れられない。何故であろうか、紅葉自身、複雑な心が解らない。右大臣様のお招きが嬉しくて嬉しくて浮き浮きする気持ち。生来多淫な血が流れているのだろう。

巳の下刻（午前十時）、近衛公より迎えの輿が到着した。紅葉は妃君へ挨拶の後、館の長い廊下を歩み膝女達の見送りを受け、唐門より輿に乗り出発した。近衛公館に入り、公の一族と合流し野遊びの女達ばかりの行列が、三台の輿を真ん中にして都大路を一路北上して行った。

一刻（二時間）も輿にゆられていたであろうか、紅葉には、何か楽しみな事が起こるに違いない、とあれこれ想像していた。到着したのは洛北、雲ヶ畑柊《ひいらぎ》の里であった。加茂川の源流、岩屋から流れる清水はこの柊ではかなりの川幅となり、川の周辺には雑木が所々に立ち並び、一面に秋草、秋花が美しく咲いていた。三方北山が眼下に迫っており、実に野遊びには最適の地である。野兎があちこち雑草の陰から顔を出すなど長閑《のどか》な風情である。近衛公の指揮にて膝女達が広い平坦な草原に赤い毛氈を敷かせ、茶釜が置かれ、野立ての準備が完了した。勿論、座主は右大臣、釜の炭火は館から用意されてきていたので、案外早く釜の湯が沸き立ってきた。

公は丁寧に一服点て先ず妃君に差し出した。妃は黙礼して茶を楽しんだ。そして招かれた紅葉御前が公の野立の緑茶を頂いた。

「紅葉御前、御身の手で磨にお点前下され」「ハイ、お粗末で御座いますが」と実に見事な手さばきで茶を差し出した。公は美味しそうに喫し、「大層結構でおじゃる。陽光がさんさんと降りそそぐ中で野立てのお茶の味は又格別でおじゃる」公はさも満足気に野山の景色を見渡していた。そして側女や膝女にまで紅葉御前の点てたお茶を喫《の》ませた。

茶会が終ると早未の上刻（午後一時）となり、予て側女や膝女達が丹精込めた昼食、三重箱が、公の右側に座した妃君、左側に座した紅葉御前の前にそれぞれ開かれた。

鮎の塩焼、ワカサギの焼物、山鳩の焼肉など、数々の馳走が美しく並べられていた。赤い毛氈の中央に座った右大臣は終始、満面に笑みを湛えていた。妃君、紅葉御前、代わる代わるの酌に盃を重ねていた。側女四人が左右に座り、末席に膝女六名と輿をかつぐ下足の男衆十二名がそれぞれ重箱を頂き、御酒も配られ、華やかな円型の宴が始められた。公は皆を見回し、「今日は無礼講じゃ、皆、遠慮なく飲むが良い」「有難き幸せで御座います」一同平伏して盃を頂いた。こうした太陽のまぶしい野立て真昼の宴であった。公はこれ程の幸せは無いという面持ちで、妃君にも紅葉にも酌をしてあげ、己れも幾杯も盃を重ね、鯛の焼物など口に運びながら、両隣と楽しげに談笑した。昼の酒はよく酔う。ましで熱い程、陽光を全身に受けてである。主従一同、皆顔を赤く染めていた。

側女、膝女、下足の男衆も始めは公の手前、畏《かしこま》り静かに遠慮がちに御酒を頂き、食事をしていたが、酒の酔いが回るにつれ、次第に賑やかになってきた。一人の側女が声高に笑い右大臣のお顔を見て慌てて手を口に当てた。「良いわ、良いわ、賑やかに食事を楽しむのじゃ」と労《いたわ》りの声を女共に掛けた。優しい思いやりの言葉であった。こうして一刻の楽しい昼の宴が終った。妃君は側女や膝女に向かい「野兎を見に行くのじゃ、皆も来るが良い」と立ち上がった。側女の一人が「ついでに美しい花も摘みましょうぞ」と女達全員が妃君の後をついて行った。広い平野である。所により、人の背丈もある雑草や芒《すすき》が女達の姿を消してしまう。右大臣は紅葉と二人きりで飲んでいたが、「麿らも、ちと酔いを覚ましに行こうではないか」公は紅葉の手を取った。彼女は嬉し気に微笑みながら、両手で公の手を握りすがりつくように立ち上がり二人は叢《くさむら》に消えて行った。下足の男衆達は俄《にわ》かに声高で談笑し始めた。その声が右大臣、紅葉の耳にも入ってきた。

公は紅葉の手を固く握り紅葉は公の身体に抱きつくように叢の奥へ奥へと入って行った。背丈以上に伸びた芒、その陰に可憐な青紫のりんどうが咲いており、又桃色の小さな花の無数についたつるりんどうの蔦がけやきの木に絡んでおり、又叢の中に小さな菊が群を成して咲いていた。右大臣は紅葉の手を固く離さず雑木の中に入り柔らかな叢に腰を下ろした。紅葉を固く固く抱きしめ、熱い唇で彼女の口を吸った……。

「右大臣様、御酒《おささ》にお酔い故、紅葉が凡て致します。御身を横におなり遊ばして」

叢に横になった公の袴の紐を解き、袴の裾を足許へずり下ろし、着物の上前、下前を左右に開き下帯を外しお宝を口に含んだ。

「紅葉御前、何と素張らしい事を」と絶句した。彼女は右大臣のいきり立ったお宝を思う存分吸っていた。公の頬に涙が溢れていた。妃君がいると云えども、過去に於いて何人かの側室を寵愛したが、紅葉御前のこのような思い切った情愛深い仕草は一人とて無かった。左大臣、源経基公卿最愛の側室の身でありながら、他人の麿に、真心込めた愛の極みの姿に近衛公は泣いていた。感激であった。公にとって生まれて初めての、生涯恐らく忘れられないであろう、紅葉御前の愛の究極の姿である。右大臣は彼女に対する感謝の気持ちが最も昂《たか》ぶっていた。彼女は帯を解き、下帯も解き、着物を左右に開き、下着も開き公の腰辺りに両股を大きく開き、お宝の上にゆっくりと腰を沈めた。

彼女は女上位の姿で烈しい交わりの中で公の身体を強く強く抱きしめ、公の頬に頬をすり寄せ、「右大臣様、わらわの主人経基卿を、関白にと帝に御推薦して下さいませ、お願いに御座います」右大臣は夢心地で聞いていた。

「ウンウン」と唸りながら紅葉の上からの身体にその身をまかせていた。彼女の若い精力が激しく公の肉体は最高の極致に達した。公は紅葉の献身的な情交に感動の涙を流していた。

宴の席に戻る帰途、右大臣は紅葉の手を取り、「紅葉御前、先程、経基卿を関白にとの事、申されたの」「ハイ右大臣様、関白様は最早、御老齢と伺っております。何卒わらわの主人左大臣を関白に、帝に御推薦給わりませ、お願いで御座います」

「何とも大層なる望みでおじゃるな。しかしながら愛しい紅葉御前の折角の頼みじゃ、叶《かな》わぬ事はおじゃるまい、御身の左大臣想いの愛情、又、今日御身が麿に尽くして下さった献身、終生忘れるものではおじゃるまい、何とか努力致しましょう程に」

「有難う御座います。何卒、何卒お願い申し上げます」

そういう会話が二人の前で交わされていたのであった。

紅葉は種々秋の野花を一杯胸に抱えて戻った。宴の席には妃君や側女が談笑していた。公は紅葉の酌で小半刻盃を重ねた。こうして野立の茶会と宴は、右大臣はもとより妃君、紅葉、側女達、男衆に至るまで、皆上機嫌にて帰路に就いた。

それから十日も経ったであろうか、紅葉は右大臣、近衛公へ腹心の近侍を使者に密書を届けさせた。その密書に近い文を読んだ近衛公は、紅葉御前の主人想いに益々以て感動したのである。

現在の摂政関白太政大臣、藤原公望卿は七十才の高齢であり、関白在職七年に及び、最早勇退されても何の支障も無い。老衰の為か院政の宮中会議に欠席が多くなってきていた。右大臣は真剣に考慮に入った。しかし、帝への推薦状は院政に携わる公卿十二名の内、七名の推薦状を必要とした。右大臣近衛卿は公卿諸公一人一人を訪ね、賛同を得ねばならないのである。紅葉御前の為にはどうあっても望みを叶えてやらねば、又親友、源経基卿の栄達は何より嬉しい事である。まして最愛の紅葉御前を意の儘にしてくれた経基公には何と感謝して良いか解らないのである。幸いにも左大臣、源経基卿の手腕は院政に携わる公卿諸公の全員が認める程の功績がある。年老いた関白、藤原卿を補佐して如何なる難問題にも創意工夫で、凡てを解決してきたのである。それは諸公卿の誰もが功労を認めていると右大臣は確信していた。

帝からも、二度三度と「左大臣、よくやってくれた」そのお言葉を、右大臣の自分も聞いた事も覚えている。恐らく経基公の関白昇進に誰も反対しないだろう。右大臣は誠意をもって諸公を説得すれば必ず実現するであろうと信じていた。

愛する紅葉御前の哀切極まりない頼みであると同時に、親友の関白栄達は殊更に喜ばしい事なのだ。近衛道成卿は先ず関白、藤原卿を訪ね、勇退を促すという大役と左大臣を関白への推薦状を書かせる事を行った。

右大臣の多忙な日々が続いた。毎日の御所、宮中への参内、夜は諸公の館を訪問するのである。斯くして二ヶ月が経った。

元慶元年十二月十日、宮中よりの召集により十二台の御所車が、先年炎上灰儘に帰した朱雀大路北端、應天門の奥殿、大極殿に集合した。その正殿朝堂院に衣冠束帯の正装で続々と昇殿して行った。朝堂院の天皇、玉座の間その遙か下方に公卿達の座席があった。

玉座の正面に関白藤原公、その三尺後方右側に左大臣、左側に右大臣、又三尺後方に間隔を空けて九名の諸公が正座して帝のお立居を待った。程なくして玉居後方より声が聞こえた。「帝お立居遊ばされます」

一同平伏してお待ちしている中、若き陽成天皇侍従二名を従えて、玉座に御着居された。後方より「関白藤原公、御前へ」藤原卿は玉座の前に進み平伏した。御廉《みすた》垂れが侍従の手により上げられた。玉座より帝の声がした。

「摂政、太政大臣、関白職、藤原公望高齢にもかかわらず、長きに亘り院政を司りその功偉大であった。本日ここに特別論功行賞を与え、院政を去り余生を大切に送るが良い」

関白藤原は再び平伏し「本日は御上におかれましては特別の御慈悲を賜り身に余る光栄に御座います。有難き幸せに存じ上げ奉ります」高齢の身で院政の最高責任者の関白職が解かれ、長年無事務め上げた喜び一入であったのか老いの目に一滴光るものがあった。

再び帝に向かい平伏して己が席に着いた。

又、後方より声がした。

「六孫大納言、左大臣源経基、御前へ」

左大臣は畏まって玉座の御前に平伏した。

「左大臣源経基、長年に亘り院政の功績、真に大なるものがあり、右大臣並びに大方の諸公推薦により本日を以て関白太政大臣に任命する」

「ハハッ、有難き大命を拝し奉り、身に余る光栄に御座います。この上は今まで以上に重席を全うし奉ります」と平伏した。帝の侍従長より関白職の辞令が渡された。右大臣近衛公は左大臣に、大納言三条公が右大臣に昇格されこの度の院政人事改革儀式は終了した。

帝は玉座を降りられた。諸公全員平伏し、お見送り申し上げた。右大臣近衛公が院政多忙な日々の寸暇をさいて諸公の館を回り説得したのである。否、説得というより賛同を得た。諸公十二名の全員が賛同し、喜んで推薦状を書いてくれた。

経基公は夢にも思わなかった摂政関白になったのである。側室紅葉が身体を張っての努力と捨て身の色気が実を結んだと云えよう。

帰路、御所車の中で経基公は感涙していた。「愛しい紅葉が、愛しい紅葉が」と絶句した。これ程の栄光があろうか。

次期関白職は誰に白羽の矢が立つであろうかと公卿諸公が取り沙汰していた時期であっ

た。それが思いがけない多くの推薦状を得て己《われ》が関白職になろうとは。親交深い近衛公の努力もさる事ながら、紅葉の献身が近衛公を動かしたのだ。近衛公への感謝と紅葉への感謝の気持ちが高揚して止めどなく涙が頬を伝っていた。

第九章　陰謀

三年の歳月が流れた。紅葉は女盛りの二十四才になった。益々熟女の美しさが加わり絶世の美女の名に恥じない、磨かれた品位と妃君を凌ぐ風格、まさに関白太政大臣の妃君に相応しい人柄に高められていた。だが紅葉の心中は出世欲が高まるばかりであった。妃君滋子様さえおられねば「わらわ」は当然関白様の妃君、「わらわ」こそ相応しい筈である。

紅葉は益々「わらわ」こそ妃君と自負し、その驕《おご》りさえ見せていた。側女達が「お妃様に言上申し上げねば」と云うと紅葉は「わらわ」こそ妃様以上じゃと、「わらわに何事も云うのじゃ。わらわの耳に入った事は重ねて妃様に申し上げずとも良いのじゃ」と側女達に叱責するのが当然のようになった。事実病室に伏せ勝ちな妃様に、家事万端や公卿社会の交際等、煩しき事はお聞かせするに忍びないという配慮があったのであるが、その配慮の上に驕りが加わっていた。紅葉は関白家の支配力を掌握し、側女頭高雄《たかお》の局《つぼね》と対立していた。又、妃君に代わり、公卿家の公式行事出席も益々多くなっていた。関白様の妃君代理との名目であっても、紅葉御前の風格と品位は公卿の妃様方を圧倒していた。それ故に諸公卿やその妃君達は紅葉御前こそ関白様の妃君と格別の気配りで接していた。或る夜、経基公との交わりの最中、一息ついて紅葉は公に抱きつき、「関白様、病気がちで何のお役にもお立ちにならない妃様と離別遊ばしてこの紅葉を妃にして下さいませ」と哀願した。驚いた公は、「紅葉、そなた何という事を」公は二の句が出なかったが、暫くして「紅葉、聞くのじゃ、滋子は先の関白、藤原公望公の娘じゃ、離別などもっての外じゃ、それは出来ぬ、いくら紅葉の頼みでもそれは出来ぬぞェ」彼女は公から離れて布団の上に座りだまり込んでしまった。公は暫くして「紅葉、その話は無かった事にしようぞェ、さぁ気を取り直して今一度楽しもうではないか」考え込んでいた紅葉は「わらわが悪う御座いました。今のお話は無かった事に遊ばして」そしてニッコリ笑い公の胸にしがみついていった。紅葉とはそういう女性であった。驕り高ぶった、又それを黙認している関白があって現在の地位である。

しかしながら八つ裂の刑に処せられた祖父の仇討ちとは云え、二人司法高官を焼き殺すという鬼々迫る如き悪智恵の長けた女性であるが、己れの望みが果たせぬと見るや、急転直下素直に非を認め、即座に詫びて相手の不愉快な思いを咄嗟に取り払うという術《すべ》を心得た、実に頭の回転の早い頭脳長けた女性であった。

公が彼女の寝室から去られた後、紅葉は眠れなかった。妃様さえおられねば紅葉が当然妃君になれるものを、その思いが頭から離れないのである。紅葉は悶々として何度も寝返りを打っていた。

紅葉は日夜その事を考えていた。そして一つの結論に達した。妃様を殺す事は出来ない、ならば少量の毒を盛って半身不随にしてしまう事である。いわば廃人同様にしてしまう事なのである。廃人となり永久に床に伏せるようにでもなれば最早、妃君は「わらわ」のものじゃ、元来病弱な方故《かた》、突然の病状悪化という事で大して問題は起こるまい、彼女はそう決心したのである。さて、いつ決行するかである。先夜、公に妃様と離別の進言をして未だ日も浅い。日を待とう。公に疑われてはならない、少なくとも一ヶ月は待たねばならぬと彼女は思った。関白経基公は十日間、院政の為、御所と大極殿正殿、朝堂院と連日に亘り、勤務された。三日間の休暇を得て左大臣近衛公右大臣三条公と側近侍六名ずつ、総勢二十一名にて、老ノ坂を越えられ、亀岡の兎狩り、猪狩りに出かけられた。亀岡の里は、桓武天皇、平安京に遷都されて以来、皇室に御奉仕、奉った分限者が多く、貴族達の狩場とその宿舎として奉仕してきたのである。

その夜、紅葉は寝屋に側女、勝尾を招き入れた。凡てに気を許し合った主従の仲である。二人は深更まで女同士の快楽に酔いしれた。二人共全裸の儘、勝尾に己れの陰謀を打ち明けた。彼女が側女勝尾に陰謀を打ち明けたのはこれで三度目である。最初は囚獄司、滝口徹宇謀殺の件、二度目は警邏司令補、鬼堂左紘木謀殺。それはいずれも祖父の仇討ちという大義名分があった。勝尾はその心意気に惚れ込み、危険を覚悟の上で身体を張っての協力を惜しまず、紅葉御前の為共謀し宿敵二人を焼き殺したのである。しかし今回は違う。紅葉の野望の為である。勝尾は紅葉御前に心酔していた。善悪共に、紅葉御前の為には命をも賭けるとさえ思っていた。公卿社会の中で随一と云われる絶世の美女、紅葉御前に仕えることは身に余る光栄と信じていた。

その尊い美しいお方が関白様留守の淋しさに寝室に招き入れ、御前と共に素裸になりお互い女の秘部まで全身愛撫し合った。この事実によって勝尾は生涯この方に命を捧げると心に誓っていた。男はいらない。紅葉御前の愛撫で充分に、性の、女の本能的喜びを味わっていた。「御前のお云いつけ何でも致します。何なりとお申しつけ下さいませ」と勝尾は美しい紅葉の顔を眩し気に見上げて云った。

一ヶ月の時が過ぎた。彼女は殊更に日々妃君滋子に尽くした。彼女の恐るべき陰謀が心に秘められているのを知る由も無く滋子は、彼女の愛しい労りと、親身にわたる日常の心遣いに、我が娘のように愛しい日々の生活であった。紅葉の心優しさ、妃君に対する献身ぶり、その日常の生活を高雄の局から聞いた関白公は、我が妻滋子と紅葉との仲が殊の外円満である事に大満足であった。関白は云い知れぬ幸福感を味わう日々であった。

紅葉は妃に毒を盛る事をためらっていた。何故か滋子妃に実母にも似た感情を持ち始めていた。もうこのような恐ろしい事は止めにしようかとさえ思っていた。計画を立ててから二ヶ月余り、或る夜、女同士の交わり後に勝尾が「御前、決意なさいませ、心が鈍ってはなりませぬ、関白様の妃君になる為で御座いましょう、万一露見しても私一人がやった事に致します。それが為に首打たれても御前の為なら喜んで死ねます。何卒一日も早く決行なさいませ」

「勝尾、そなたの心意気、紅葉は生涯忘れませぬ、そなた一人何で死なせましょうぞ、一蓮托生、二人は何時も一緒じゃ」二人は固く抱き合い女の快楽に深く沈んで行った。

関白家では、否貴族社会がそうであるように、大勢の膝女が三食の料理献立するのが習わしである。勝尾は紅葉から渡された毒草の粉末が入った小さな紙包を手の平の内に隠し妃様の御吸物椀に素早く包の先端を破り粉末を入れた。別の膝女に妃様の部屋へ届けさせたのである。関白公は未だ御所から帰館なされず、妃君一人の淋しい夕食であった。関白公の御帰館は夜半亥の上刻（午後九時）であった。その時は毒が廻り全身痙攣を起こし、意識不明となり、昏睡状態に陥っていた。関白は妃が腰痛で寝たり起きたりの病状であったただけに、腰痛が高じて他の病気が出たのかと思ったが昏睡が続いている。公は近侍を宮中公家お抱えの医学者、鵜方恭庵《うがたきょうあん》、今出川大路寺町小路の住居に走らせたのである。間も無く近侍と共に老齢の恭庵が転がるように関白館に入って来た。側女が恭庵の手を取り、長い廊下を走り妃の寝室へ導いた、と同時に老医師は妃君の手の脈を取った。医師は驚いた。殆ど脈拍が無い。慌てて胸を聞き心臓の辺りを揉み始めた。経基卿も心配気に医師の側でじっとその処置を見守っているだけであった。殆ど止まりかけた心臓を揉む事により再び動かそうとの手段であった。それは長い間続けられた。小半刻、いやそれ以上続けられたであろう。その間二度も三度も、揉む手を止め脈拍を取った。三回目に幽かに乱れながらも血脈の動きを感知した。恭庵の額に汗が吹き出ていた。側で心配気に見守っている高雄の局が急いでその汗をぬぐった。根気良く心臓の摩擦を続けた。少なく乱れながらもやっと脈拍が打ち始めた。老医師は皺《しわ》だらけの顔にやっと安堵に近い面持ちで公の顔を見上げた。公は何度も頷いていた。老医師は薬箱から一包の薬を取り出し公に手渡した。公は妃の枕元に近付き妃の口を両手で開いて、先に水を流し飲み薬の粉末を口へそそぎ、又水を流し込んだ。

公はこの解毒剤が早く効いてくれと心に念じていた。恭庵はどうして妃がこのような症状になられたのかその原因が解らなかった。腰痛が高じてとは思えないのである。唯々不審だ。一刻が過ぎた頃、再び手首の脈拍を取った。乱れながらも打っている事に間違いない。だが不審だ。老医師は妃君の口に鼻を近付け、口臭をかぎ取ろうとした。先程服用した薬の粉末以外に毒草薬の匂いを嗅ぎつけた。

恭庵は五十年に及ぶ医薬学者として、最高権位と云われる手腕を随所に発揮して宮中殿医として又、公卿お抱えという栄誉を得た人格だけに、何十何百種類の薬草を判別出来た。恭庵は、はたと困惑した。この毒草の匂いは何であろうか。妃君自身が腰の激痛に堪えかねて自殺目的で秘かに入手して毒草薬を服用されたのであろうか、否そんな筈は無い。では誰が何の目的で妃君に毒草薬を盛ったか。恭庵は頭が混乱していた。浮闊《うかつ》な事は云えぬ。確信がないのである。相手は関白様の妃君である。院政の権位と名誉最高位のお方の妃君である。恭庵は波紋を口に封じる以外無かった。

　経基卿は恭庵の顔を凝視していた。長い刻の診察である。どういう病名なのか、又症状なのか、平安京最高の医学者からどのような病状が聞かされるか不安極まる気持ちであった。だが恭庵からは何の症状も聞かれなかった。公は皺顔を見下ろし
「恭庵、病状をはっきり申すのじゃ」

「ハハイ、妃様には心の臓の悪循環の結果このような御病状になられたものと思われます。脈拍も少のう御座いますが次第に平常にお成りになると存じます」と云い切った。そして、

「明朝診察致しますれば、お命はお助り遊ばしましたれば、御安心されますように」と公に向かって平伏した。恭庵が辞去した後も滋子妃は昏々と眠り続けていた。公はほっとして高雄の局と側女水尾に見守るように指示して寝室を出た。廊下には、紅葉御前と側女二人が心配気に両手をつき座っていた。公は三人を見下ろして「おお紅葉、そなたも妃の容態を心配してか」「ハイ心配で御座います。何とか一刻もお早くの平癒を祈っておりました」

「おおそれは、それは、妃は助かりそうじゃ。もう夜更けも近い故、早く床に就くがよい」そう云って公は自分の寝室に入って行った。

紅葉は一人己が部屋に入ってほっとした。毒草薬を勝尾に盛らせたものの、「死んではならない、死なないで」と祈っていた。その安否を気遣い側女と共に廊下に座り妃君の部屋の気配を聞いていた。翌日も滋子妃は意識不明が続いた。昏睡から覚める気配はなかった。公は昇殿の公務を休み、妃の安否を気遣い、病室と己が室を何度も往復していた。恭庵も早朝から妃君の側に付き添って身守っていた。公には何か合点のいかぬ不審の思いがあった。今までに心の臓の変化、病気があったなら話は解る。しかし腰痛の激しい時はあったが心の臓の病気は今まで無かったのである。それが昨夜に限って突然の発作、何か恭庵の診察は間違っているのでなかろうかと思わざるを得なかった。公は昨夜床に就いてからも、しきりにその事を考えていた。恭庵だけに任せられない。洪得《こうとく》と玄斉《げんさい》を呼んで診察させよう。二人共恭庵と比肩するだけの平安京名医。

その翌日、後藤洪得と道明玄斉が従医をそれぞれ一人連れて関白館に入った。関白公の指示にて二人の医学者は代わる代わる妃君の病状を診察し、長い時刻、共に小首をかしげ、二人は別室に入り秘々《ひそひそ》と密談していた。二人共妃君の身体に毒草薬が入っていると診断結果を出した。この事実はどう解釈すればよいのか。毒草薬が血脈に入り心の臓の働きを極めて衰弱させ動きが一時停止し、故に脳の働きが極度に衰弱、昏睡状態が続いているものと、それが二人の医学者の結論であった。では、どうして妃君の身体に毒薬が入ったのか、誰が毒を盛ったのか。再び恭庵を交え洪得、玄斉三人の密談が行われた。恭庵が先ず口火を切った。

「この館に妃君に毒を盛った者がいる事は確かであるが、それをその儘、関白様に御伝えするのは是か否か迷っている」

「いやそれは我々医者として原因を明らかにせねばなりますまい」と玄斉が云った。

「左様、関白様にありの儘正直に診察結果を報告するまでじゃ、さもなくば我々医者の務めは果たされまい」と洪得が云い切った。

「関白様の名誉を思い、診察報告を鈍っておったのじゃが、玄斉殿の申される通り事実は明確にせねばならない。それでは思い切って関白様に事実を申し上げよう」と困惑の表情で恭庵は二人に云ったのである。

鵜方恭庵は恐る恐る関白の部屋の廊下から声を掛けた。

「関白様、診察結果を御報告申し上げたく参上しました」部屋の内より公の声がした。

「入るがよい」「ハイ」恭庵は襖を両手で開き、公の部屋に入り、襖を閉ざし平伏した。

「妃の病の原因は何じゃ、早く云うのじゃ」

「大変申し上げづらい事で御座いますが」

と声を殺して云った。公はその意を察して、

「近う寄りゃれ」と手招いた。恭庵は両膝で滑るように公に近付き、小さな声で
「実は妃様、毒草薬の所為《せい》で御座います」

「何、毒草じゃと」

関白は目を丸くし意外という表情で言葉を重ね、「詳しく申せ」

「ハイ、御館に於いて、何者かが妃君のお食事に毒草の粉末を混入したものと思われます。それ故に、その毒素が血液に混入し、心の臓が一時停止したものと思われます。しかしながら心の臓の摩擦によりまして危機を脱しまして御座います」

「玄斉、洪得の見立てはどうじゃ」

「ハイ、両名とも同じ見立てで御座います」

「そうでおじゃったか、して何時頃全快するのか」

「ハイ、それは何時頃とはっきりした事は申し上げられませんが、妃君の体力次第で御座います。現在未だ昏睡状態におられましては」

「そうか、早く治ってもらいたい。解毒剤を重ねて服用しては？」

「ハイ、何分強い解毒剤にて副作用が起こりましては危険で御座いまして、又明日服用して頂く心算《こころづもり》で御座います」

「ウン、御苦労でおじゃった。毒草薬の事、一切他言無用ぞ、玄斉、洪得にも十二分に云い含めておじゃれ」

「ハイ、それは禁句で御座います」

「もう良い、妃が全快するまで、恭庵、玄斉ともに交代で看病《みと》ってたもれ」

「ハイ、必ず治って頂くよう努力致します」と、関白の前で平伏して部屋を辞した。

その夜、公は妃君の病床を見舞い、昏々と眠り続ける姿を暫く見守っていたが、無言で宜しく頼むという哀願に以た目で二人の医学者を見、病室を出て行った。公は寝室に入って床に就いたが、中々眠れなかった。毒草薬を何者かが妃の夕食に入れたという恭庵の言葉が耳から離れないのである、と同時に以前交わり最中に紅葉の云った言葉が公の頭に浮かび上がってきた。「関白様、最早老いさらばえた妃様、何のお役にもお立ちにならないでしょうに。妃様と離別遊ばしてこの紅葉をお妃にして下さいませ」

まさか紅葉が、あの紅葉が、愛しい紅葉が、我が生涯で一番愛している紅葉がまさかそんな恐ろしい事をする筈が無い。と紅葉の言葉を思い出したが、すぐにその思いを否定した。では誰がどうして何の目的で妃の夕食に毒草を入れたのか。公は色々考えあぐねたが結論が出ぬまま長い夜何度も寝返りを打っていた。

翌朝公は、床を抜けるなり、妃の寝室に入り寝ずの看病にあたっている二人の医師に「どうでおじゃるか」と声をかけたが、二人の医師は無言で目を伏せ平伏した。妃はまだ意識が戻ってなかった。

関白は部屋で一人朝食を済ませた後、最古参側女頭、高雄の局を呼んだ。高雄の局は年齢も四十近く、膝女より側女に又側女頭そして高雄の局の称号を頂いた勤勉、実直な人柄で、二十三年館勤めの真面目一途、公や妃から信頼を得ている女性である。

「高雄、そなたを信じて頼むのじゃ。一昨々夜、妃に夕食を作ったのは誰か、又その食べ物に毒を入れたのは誰か。秘かに調べるのじゃ」

高雄の局は公の部屋を辞しすぐに膝女の控室にて一人一人部屋に呼び、あの日の献立の買出しから調理、配膳等、細密に亘り聞き質した。側女、膝女皆それぞれ分担の仕事がありその仕事の合間を利用しての事、その調べに近侍、下足男衆まで、関白館従事者六十余名に及ぶ大世帯であるだけに四日を要した。

妃君は発病より意識不明が続いていたが、毎日の解毒剤服用により四日目の昼過ぎ昏睡から覚めたものの、医師の問いかけには唯、頷くだけで答える声は無かった。一応意識は戻った。恭庵と玄斉は目と目を合わせ、安堵した面差しであった。夕方宮中から帰館した公へ「解毒剤がやっと効きまして御座います。引き続き解毒剤を多少薄めまして服用して頂きます。その内お声も出る筈で御座います」

恭庵はそう関白に進言した。

その夜、高雄の局より真相を知った公は「一切他言無用ぞ、妃はただ突然心の臓の病気になったとだけ皆に伝えよ。毒の件は絶対誰にも申してならぬ」と厳しく申し付けた。

公は一人、部屋で悶々と考えあぐねていた。側女勝尾をどう処罰したものか、勝尾の仕業は紅葉の指示に間違いないのである。

勝尾を罰する事は紅葉を失う事にも繋がる。二人が特別な仲である事を知らぬ公では無かった。関白公は苦脳していた。絶世の美女、紅葉を追放する事は出来ない。公には生涯、これ程の女性を得る事は先ず不可能であろう。だが我が妃に毒を盛らせた事は間違いないのだ。普通なら身柄を司法に渡し断罪なのだ。これが表沙汰になれば著しく関白という最高の名誉職に傷が付く事になる。公は妃の回復の心配も然《さ》る事ながら、自分の地位を考えると、この事件をどう処置して良いか、苦しい選択をせねばならぬ窮地に追い込まれていた。

　又、毒を盛ってまでして己れの妃になりたい紅葉の欲望が解らぬでは無い。彼女の一途な気持ちがいじらしくも思えた。公は一人自室に籠り悶々としていた。こうして判断も決められない儘、又、三日が経った。

　妃の意識が戻って三日目の朝、公は病室を見舞い、

「滋子、如何でおじゃるな」と寝ている妃の顔に近付き声をかけた。暫く公の顔をしげしげと見つめていたが、「貴方様」と小さな声で公の顔を見上げニッコリ微笑んだ。恭庵も玄斉も驚いた表情で公を見上げた。

「お声が出ました」「お声が出ました」

　二人の医師は異口同音で叫んだ。公も笑いながら「滋子、病気が治ったのじゃ、ああ嬉しい事でおじゃる、嬉しい事でおじゃる」と云い妃の両手を取り喜びの声が弾んでいた。

「関白様、もう大丈夫で御座います。もう三日もすれば御全快されると存じます。本日よ

りお元気が出ますよう、重湯を召し上がって頂きます」恭庵と玄斉共に喜び合った。

こうして、発病から全快まで十二日間が経過した。公は妃が全快した事により紅葉、勝尾の罪が無かった事と不問にする事にした。関白はこうして苦悩から解放された。喜びの挨拶に来た紅葉にも何事も無かったように笑いながら、「紅葉にも心配を掛けおじゃった」と優しい慰めの言葉を忘れなかった。こうして紅葉との仲もうまくいくと思ったのである。妃の病気の期間、愛の事など忘れていた公であった。流石は国政の最高権者である。苦悩の幾日を過ごした事など噫《おくび》にも出さず却って紅葉に労《いたわ》りの言葉をかける公である。紅葉はその夜寝室で一人泣いていた。関白様の慈悲の深さ、お気持ちの大らかさ、自分の欲深き陰謀から妃様を何日間も意識不明に陥れ、その罪の重大さにかかわらず、わらわにも勝尾にも何のお咎《とがめ》も無いそのお人柄の大きさ、寛大な御態度に、彼女は一人声を殺して申し訳なさ、お詫びしきれない気持ち、唯々長い間嗚咽していた……。

一ヶ月の日時が流れた。宮中昇殿の帰路、御車寄へ出る廊下で近衛左大臣が、

「関白殿、折り入って話がおじゃる。お帰りの折、麿の館へ立ち寄って下さるまいか」

「折り入っての話とはさて如何なる事でおじゃるか」「ここで話は出来ませぬ。重要な件でおじゃる」「それでは御身の館に立ち寄り申そう」

こういう会話が関白と左大臣に交わされた。二台の御所車が宣状門を出て烏丸大路を北上して行った。近衛公、館の応接間に入った二人の前に側女の手にて酒器が運ばれた。左

て行った。
大臣は側女に「呼ぶまでこの部屋に入ってならずぞよ」「ハイ」側女は慌てて部屋から出
「関白殿、先ずは一献」
「おお、頂き申そう」二人は盃を飲み干した。そして左大臣が口火を切った。
「関白殿、御身の館で何があったのでおじゃるか」「いや何もおじゃらん」
「そんな事はおじゃるまい。親友の麿だけに秘密を打ち明けてくれまいか」「うん……」
「実は御身のお耳に入らぬので、何もお知りじゃあるまいが、紅葉御前が妃君に毒を盛っ
たとか、公卿内部で専らの噂でおじゃる」
「何？　そのような噂が」
関白は天井を向いて絶句した。暫く言葉が出なかった。「麿にだけでも打ち明けてたも
れ」「そのような噂が立っていようとは、由々しき問題でおじゃる。申し上げよう。実は
一ヶ月程前、妃滋子が夕食後、突然意識が不明になり申した」「ほおう、それで」左大臣
は身を乗り出して真相を知ろうと憂い顔で関白の目を凝視した。
「実は側女の勝尾が盛ったらしい。高雄の調べにより判明したのじゃが、勝尾は紅葉の側
女故、紅葉の指示でやった事は解っておじゃるが、一切他言無用、妃の唯の心の臓の発作
と片付けたのでおじゃるが」
「では医師の口から漏れたのでは」

「いや恭庵も玄斉、洪得も秘密を守るよう、充分に云い含めておじゃる」

「関白殿、人の口には戸は立てられない。諺通りでおじゃる。麿も名前は申さぬが、三人の公卿からその話を聞きその都度、滅多な事は申されるな、関白殿を陥れようとなさるのかときつく申し置きおじゃったが」

「それは恭《かたじけな》い」

「それにしても主人思いの紅葉がのう、紅葉御前の心情解らぬでは無いが」

「そうでおじゃる、実のところ麿は紅葉を妃にしたい心境である」

「さもあろう、この世に二度と得られぬお方でおじゃる。さあ、さあ気を取り戻し、忘れるのじゃ。妃様も全快なされたのじゃし」

左大臣はやっと笑顔を取り戻し関白にお酒を勧めた。

しかし現実、世間はそう甘くは無かった。半月後、院政の重要任務が終った後、中央に座っている関白に向かって、堀川卿が先ず発言した。「関白殿、院政で最も権位と名誉ある地位の方の側室が妃君に毒を盛るという一大不祥事を何となさるお心算《つもり》でおじゃるか」

関白は胸に矢が突き刺さったが如き衝撃を受けた。「そうでおじゃる。関白殿はこの不名誉を何となさるお考えでおじゃる」

六条卿が堀川卿の抗議の言葉に追い討ちをかけた。関白は無言であった。身体が膠着していた。「これだけ院内にも噂が広まれば、関白殿にはどのような責任をお取りになられるのでおじゃる」堀川卿が重ねて詰め寄る気配で云い切った。他の諸公卿達はそのやりとりに無言であったが、関白を凝視していた。堀川卿の追い討ちに皆々肯定するかのように頷いた。関白は諸公の顔色を見回し、暫く無言でいたが、側の左大臣と顔を見合わせて、

「堀川公の申された通り関白職として誠に面目ない仕儀でおじゃる、とは申せ我が館内で起こった不祥事でおじゃる。凡て麿の不徳の致す所、近く処分を考えておじゃる。何卒麿の不幸不徳を御寛容願いたい」と云って諸公の前に頭を垂れた。左大臣はハラハラと関白を見ていたが、「関白殿の御苦しみ御同情申し上げます。何卒諸公に於かれては、これ以上の御追求をお控え願いたい。麿からもお願い申し上げます」左大臣も皆の前に頭を下げた。こうして諸公を取り鎮めたのも左大臣近衛公の力添えがあったのである。

それ以来、公卿達の口から関白家の醜聞を聞く事は無かった。宮中を下がった関白は再び誘われる儘に近衛公館に立ち寄った。

「関白殿、先程諸公の前で申された処分するとは、はてどのように紅葉御前をなされるお考えか」

「それよ、残念ながら追放せねばなりますまい」

「追放でおじゃるか、あの麗しい紅葉御前を手放すのでおじゃるか」

左大臣は絶望的に云った。どう考えても惜しい女性である。二人共過ぎ去った紅葉との楽しかった日々を想い出していた。左大臣は痛切に我が事のように淋しさが込み上がって

きていた。もうあのような感激は二度と巡ってこないであろうと。最愛の我が娘を失うと同じ心境で淋しさよりも悲しみが二人の胸を緊《し》めつけていた。二度と得られぬ美女でいて他に類を見ぬ情熱の深い女性、思い出す程に彼女の良さが想い出される。名人芸とも云える琴の音も、最早、宮庭では聞く事は出来ぬ。

　何故こんな事をしてしまったのか、何故紅葉御前の地位に甘んじていてくれなかったのか。関白も左大臣も心の中で同じ事を考え、残念との思いより悲しみの気持ちに堪えられぬ程であった。

　その夜、関白は夕食後、最後の別れを告げるべく紅葉の部屋を訪ねた。さて何と話し始めて良いかと思案していた。紅葉の顔を見つめていた。紅葉は平伏して、

「関白様、お別れで御座いますね」とハラハラ涙が頬を濡らして公の顔を見上げた。勘の鋭い彼女は公の顔を見上げると同時に公の徒《ただ》ならぬ決意の内を読み取ったのである。彼女は己が罪を自ら認めていた。いずれ、この日が来る事を予期していた。愛しい公の顔を見ると、もうこの方との愛の生活も終りと思い無情の悲しみが堰を切ったように溢れてきた。涙が止めどなく流れた。

「おお紅葉、御身も察しておじゃったか」公は悲しみを堪え努めて平静を装い、ゆっくりと話し始めた。

「紅葉、よく聞くのじゃ、今日宮中に於いて多くの公卿衆から我が館の不祥事を責められ

申されたのじゃ、場合によっては関白の地位も捨てねばならぬのじゃ、御身と別れるのは死よりも辛いのじゃ」そう云って公も頬を伝う涙を拭く事もなく紅葉を抱きしめた。紅葉は公の胸に顔を沈め嗚咽していた。

公は愛しい紅葉との惜別の情一入身にしみ、離したくない離したくないと心の中で叫びながら、涙に濡れた頬に己が頬を寄せ狂うように彼女の唇を吸った。「紅葉、紅葉」と公は気が違ったように何度も名前を呼びながら激しく彼女を抱きしめていた。

「紅葉、二日の余裕をもって旅の支度をするのじゃ、京を去るが良い。御身を大切にするのじゃ」未練ばかりで事は進まない。わざと心を鬼にして未練を絶ち切るように云った。公は平静を装うように部屋を出て行った。

紅葉は一人取り残された。もう関白様にはお会い出来ぬ悲しみが益々大きくなり、布団に顔を伏せ嗚咽から次第に慟哭となり、何時までもその泣き声が続いていた。

第十章　都落ち

それから三日目の早朝、紅葉は妃様滋子の部屋に慇懃《いんぎん》な挨拶に参上した。紅葉に毒を盛られた事など知らされていない妃は涙を流して彼女との別れを惜しんだ。行き先は、落ち着く先はなどと問いかけた。

「ハイ、娘時代に住みおりました信州信濃の国へ参るつもりで御座います」

「おお、それは遠い所へ、道中くれぐれも気を付けてたもれ」

紅葉も泣いていた。妃様は何も御存知ないが、自分のした大それた事により死線を彷徨《さまよ》わせた事、それにより都を追放される罰の大きさ、何もかも自分の業の深さ、欲深さを嘆く涙でもあった。紅葉は関白様と最後の別れを惜しんだその夜、泣きながら己が暮らす土地を考えていた。自分が十二才より十八才まで過ごした戸隠村祖山の里、平出の美しい野山を思い出していた。そう平出へ帰ろう、美しい高原の山々が「わらわ」を待っている。慟哭の中で信州を思い浮かべていた。関白公は紅葉への未練を断ち切るように、左大臣近衛公と近侍それぞれ十名ずつ連れ、昨日より亀岡の里へ兎や猪狩りに出かけ館を留守にしていた。

　昨日の間に高雄の局より関白様から御下賜金として、金銀五百貫を大袋二つにして渡されていた。これだけの大金、紅葉、側女、膝女達が生涯遊んで暮らしていける金額であった。

　紅葉は関白様のお心の優しさ、温かさに止めどなく涙を流して伏し拝んだ。六年間彼女愛用の机、錦棚、数々の衣裳と箪笥、生活用品凡ての持ち出しを許されていた。昨日の間に旅支度は完了していた。関白様の指示されていた通り愛用の御所車に乗り、紅葉御前らしく近侍郎党、勝尾以下膝女六名、総勢二十五名に及ぶ行列と荷車十台が後に続いた。

　紅葉は御車のすだれを細目に開き、これが見納めかと平安京の街々を脳裏に焼きつけるように見ていた。三條街道を東へ東へ、大津から岐阜、美濃へ出て山間仮地に進む程に道は細く嶮《けわ》しくなり御所車の進む道ではなかった。美濃路に入り車は都へ引き返す外はなかった。紅葉は輿に乗り換え山間の道を進んだ。毎日がとてつもなく退屈であった。旅の中で昼食と夕食の時刻が気分を晴れやかにし、腰女が野立の食事を作るまで、辺りの野山を歩き野に咲く花々を摘むのが楽しみで退屈をしのぐ唯一の手だてでもあった。旅の途中、関白様のあの優しい面影とお言葉が一つ一つ想い出され幾度涙にむせんだ事か。或る夜、山間の野辺で野宿している腰女や郎党の目を盗んで、側女勝尾を輿の中に導き入れ二人は息を殺して慰め合った。こうして長い旅路十六日間もかかり信濃の国水無瀬《みなせ》にたどり着いた。十月十八日の午後もかなり過ぎた時刻であった。

紅葉にとって祖山の里、平手は幼友達もある事、流石に平出村へは帰りそびれた。水無瀬を選んだのもやむなき事であった。十八才の時都へ上る時も錦上の十月、都を追放され、この地に戻ってきたのも十月、奇《く》しき因縁であった。現在の地名は上水内郡鬼無里《きなさ》と云う。ここで鬼無里の所在地を記しておこう。

鬼無里は長野県西北端に位置し、長野市より西へ二十キロ、犀川の支流裾花川《すそばながわ》源流に十二キロ沿い盆地を中心に広がる東に戸隠村、西に白馬村、北に新潟県妙高、高原町に接し、八十五％が山林原野、農地は二・二％で東西十一・八キロ、南北三十・九キロ、総面積一三五・六キロ、現在人口は約三千、渓谷型の盆地は起伏が多く傾斜地が大部分を占め、村の中央を裾花川が流れ、支流の小川、天神川が注ぎ込みこの川沿いには大小八十余りの集落を数える。標高は最低六百四十九メートルの瀬戸地籍、最高は戸隠に接する山岳地帯の二千四百四十四メートルである。四季の風情は美しく、気候は内陸性で、寒暖の差が著しい。年の平均気温は摂氏十度、一月の平均気温はマイナス三・二度、八月の平均気温は摂氏二十四度、年間降水量は千五百ミリメートル前後、積雪は五十から百センチである。

鬼無里村にある大望《だいぼう》峠、標高一千五十五メートルより東北を望むと紅葉が後年住みついたと云われる洞窟のある荒倉《あらくら》山があり、その山の背後に一増荒々しい岩壁から成り立つ戸隠山一九〇四メートルが厳然と聳えている。

　さて、水無瀬に住む事を決めた紅葉は兎に角一族郎党の住む屋敷が必要である。近侍三人が水無瀬の村中を駆け回り永厳寺という広大な宿坊のある寺院を見つけ、寺の住職に「都の関白様の御妃様、紅葉御前と申され、都の公卿様の妃様の中で最も御身分の高い尊いお方であるが、やむなき事情により、当地に隠遁の御生活になるのじゃ、御前のお住まいの御殿が出来るまで、仮りの御住居として当寺の貴賓のお部屋を提供されるように」と申し入れた。住職は都の関白様妃君と聞くだけで「そのような尊いお方、当寺にお住い頂けるとはこの上なき光栄に御座います。お待ち申し上げます」と快諾した。その夕方十二単の華麗な装いで、側女、腰女を連れ、輿に乗って寺院に入坊してきた。

　住職始め寺院関係者下駄家総代等大勢御迎えの中、貴賓室に入った。彼女に挨拶言上に来た住職に「摂政関白六孫大納言、源経基卿の側室、紅葉御前におじゃります。この度は御世話に相なります。何卒宜しくお願い申し上げます」と丁重に挨拶して多額の金子を差し出した。住職は平伏して「尊い御前様に御寄特なる御寄進、御神仏様にはお喜びで御座います。さぞや特別な御神仏の御加護が必ずあられる事と存じ上げます」と重ねて平伏した。文机、飾棚、箪笥等が持ち込まれ、永厳寺の貴賓室と勝尾や腰女が次の間で生活する事になった。他の郎党、下足男衆はその夜野宿であったが翌日より俄か造りの仮寝の宿舎を寺近くの原野に建てた。又、近侍の二人が水無瀬村や戸隠村周辺を回り、大工達を集めた。

紅葉一族の住む館の建築である。御前より詳細に亘り指示を受け、先ず三名の大工の内一番年嵩《としかさ》の大工が選ばれ、設計図を書く事になった。金子に糸目はつけないとの紅葉御前の言葉に土地の老若を問わず五十人に及ぶ人員が集められた。四日目には建築予定地（背後三方山に囲まれた）として起伏の激しい傾斜地が選ばれ、山の中腹を建築現場として山を削り、地ならしの工事が始められた。と同時に土着の女達十名余りが集められ、米、粟、稗《ひえ》など買い集めさせ、俄か造りの飯場が人夫達の手で山の裾、道端に造られた。山仕事の村人達三度の握飯作りの作業場である。水無瀬の静かな山野に、慌ただしく多くの人々の動きが始まった。

大工頭が徹夜で書いた紅葉御殿の設計図を何枚も何枚も彼女は見比べていたが、満足出来る設計ではなかった。近侍一人に命じ信濃の国へ名人上手と云われる宮大工を物色に行かせた。三日後、宮大工の棟梁と三人の大工職人を連れて永厳寺に入り紅葉御前に額《ぬか》づいた。「わらわの住む館でおじゃる。宮中や、関白館と同じ御殿を建ててほしいのじゃ」紅葉は棟梁の顔を見つめて云った。

「私奴《め》は宮大工で御座います。都の宮中御殿や公卿様のお館は存じ上げませぬが、社寺御殿は幾つも建てまして御座いますが」と恐る恐る申し上げた。

「それで良いのじゃ、急ぎ設計図を書いてたもれ」

棟梁は寺の一室を借り受け翌日の夕方、最も自信ある図が出来上った。紅葉御前は身を乗り出してその図を食い入るように見つめていた。道路より五十の石段があり、そこから白木の階段が三十あり、その階段には五段毎に欄干が左右に六つずつ立ち並び上段の踊り場が玄関になっており、その玄関の奥に左右に開く大扉があり、そこより館になっているのである。そして隅々まで、御殿の奥から湯殿等……やっと紅葉の顔に満足の笑みが浮かんだ。

「云う事は無い。立派な設計図でおじゃる、早速建築にかかってたもれ、費用は惜しまぬぞえ、一ヶ月で建ててたもれ」

「ハイ、有難き幸せに御座います。一ヶ月で御座いますか、何とか大工を集めまして完成出来ますよう努めまして御座います」

多くの大工や人夫が動員され、遠くは戸隠山の北方、乙妻山や高妻山あたりから巨木が切り倒され、水無瀬の里に運び込まれた。

多くの人夫が蟻の如く働き回り、さながら戦場の如き様相を呈し慌ただしい建築の槌音が響き渡ってきた。その間紅葉は輿に乗り、まだ見ぬ水無瀬の里を隈無く見て回った。腰女は野で働く老人や女達に声を掛け「病で困っている人があれば永厳寺へ来るが良い。治して進ぜようほどに」高原山野の村里である。医者などいる筈が無い。二、三日もすると村人が二人、三人と誘い合わせて永厳寺の門をくぐって来た。「都の尊いお方様が病を癒して下さるとかでお言葉に甘えて参上致しました」紅葉は白無垢に緋の袴を着用していた。

美しい顔に笑みを湛えて病の村人の前に座り、優しく親切に病状を聞いてやり、都より運んで来た薬を与え、服用方法を懇切に教えた。それを聞いた村の老人達や子供を背負った母親等、多種多様な人々が訪れて来た。

一方昼夜兼行で建築地の地ならしも終り、柱を建てる地盤を固める杭打ちをし終った。無類の巨大な柱が林立し、それに垂木が横に打ち込まれ、御殿の片鱗が現れてきた。輿に乗った紅葉は建築現場に案内された。棟梁から詳細に説明を受け満足であった。これなら関白様の館より立派な御殿が出来ようと秘かに思っていた。

第十一章　紅葉御殿

「この水無瀬に平安京を再現するのじゃ」

紅葉は近侍や側女、腰女に高言したように、約一ヶ月後、水無瀬の里ほぼ中央の山腹に壮麗極まる桃山風の御殿が完成した。

村道よりの石段は三十を数え、それより白木の階段に白木の擬宝珠《ぎぼし》が立ち並び、五十を数える階段の上に公卿屋敷風の唐門がそびえ、その奥が広い玄関の踊場、その踊場左右の大廊下に擬宝珠が立ち並び、又玄関には唐門に相応しい左右開き木彫模様の大扉、その先は大廊下になって奥に続いている。

紅葉は側女勝尾と腰女多数を引き連れて、仮住居の永厳寺より新築なった御殿に移った。

十月十八日永厳寺に仮住まいしてから四十日目早、冬の気配も深い粉雪舞う十二月始めの季節となっていた。紅葉は大満足であった。己が意に添った公卿風屋敷であった。紅葉は六十の階段を上り広い踊場に立ち、眼下の郎党を見下ろし「この屋敷を紅葉御殿と呼ぶ事にしよう。解ったかえ、皆の者」

「ハイ、御殿に相応しいお名前で御座います」近侍頭がそう云った。

屋敷の内部は、長い広い廊下を左右五つずつ近侍の部屋、腰女の部屋、側女の部屋、正面奥広大な会議室、その奥に周囲垂簾に囲まれた紅葉御前の居間があり、その奥にこれも垂簾に囲まれた紅葉御前の寝所があった。

腰女の部屋の右側には大台所があり、その奥には食料貯蔵庫があり、左側にはあらゆる諸行事が催される大部屋があり、これが紅葉御殿の構図である。早速永厳寺より続々と生活什器が御殿に運び入まれた。村民達は皆驚異の目で、村の真中山腹に聳え建つ紅葉御殿を見上げ、「この御殿の奥に都の公卿様の妃様が住まわっておるのか、大したものじゃ」と囁き合っていた。

紅葉が御殿に落ち着きて三日目、近侍が村々の庄屋を呼んだ。三名近在の庄屋は階段を上りそれぞれ祝いの品を持参して、長い廊下を進み高台前に座った。側女勝尾が現れ、「皆には既にお聞き及びであろうが、この御殿の御主人は紅葉御前じゃ。御前は都にて、帝に仕え奉る公卿様で一番偉い御方摂政関白様の妃君にあられる。やむなき事情により当地に隠れ住まわれるのじゃ。尊いお方故、粗相があってはならぬ、真心込めてお仕えし御奉仕するように」

「ハハー、恐れ多い次第に御座います」と三名同様に平伏した。その時紅葉御前が奥の垂簾を開き、白無垢緋の袴にて高台に着座した。

三名の庄屋は紅葉御前を見て、余りにも目鼻立ちの整った美しさに目を見張り見上げた。「村々の長《おさ》でおじゃるか、わらわが紅葉御前じゃ、故あってこの地に永く住む心算でおじゃる、ついてはこの水無瀬に京の街並を作りたいのじゃ、皆々協力してたもれ」

「ハハイ、それは有難き幸せに御座います」と三名は平伏した。

「これは関白様の館でわらわが使っていたものじゃ、そもじ方の女房どのに使ってたもれ」そう云って側の手箱から取り出したのは三個の珊瑚の櫛であった。三名に一人一人手渡した。庄屋達は押し戴き平伏して御殿を辞去した。その翌日輿に乗った紅葉は水無瀬の村落を見て回り、案内した庄屋に、

「この道は何という名ぞえ」

「いえ道の名なぞ御座いません」

「おおそれは不便でおじゃる、この道を三条通りと名付けようぞェ」又、「この道は五条通り」「このあたりを加茂と名付けよう」

水無瀬の村落、各地に京の地名を付けた。

彼女にすれば京の都恋しさであったのか、又京への捨てがたき望郷への直向《ひたむ》きな気持ちであったのか……。

毎日何人かの病を持つ村人が御殿を上って来た。彼女は老若男女の差別なく親切に治療を施した。無医村であるだけに村の人々の大半が何がしかの病を持っていた。彼女は六年

間京の生活に医師、医学者から教えられ、学んだ医療が役立った。彼女の治療により病が治った人々はその七割にも及んだ。それは飽くまで無報酬であり、京で犯した大罪のせめてもの罪滅ぼしであったのであろう。紅葉御前様のお陰で病が消えた、丈夫になったと唯々《ただ》、感謝する村人が増加しつつあった。

彼女が御殿に住みついてから一ヶ月が経った。輿が通ると野や畑で働く村民達は仕事の手を休め「紅葉御前のお通りじゃ」「お妃様」「お妃様じゃ」そう云って輿に向かって一斉に拝礼するのである。腰女達が野菜等買い出しに村人の家を訪ねると兎や鶏を差し出し、「御前様に食べてもらって下され、病を治して頂いた僅かなお礼でごぜえますだ」その家の女房が嬉々とした表情で云った。

「御前様がさぞ喜ばれる事で御座いましょう」このような具合に病気を癒してもらった村人達は数々の食料を献上した。腰女達はその鳥や鶏の肉を干物にして貯蔵し、焼肉や煮物として調理し紅葉御前の夕食に供した。時には寝たきり老婆のあると聞くや、わら葺き家の貧しい老婆の足腰を屈折したり、何日も通い徐々に歩行出来る状態に治療した。それは幾人にも及んだ。

「紅葉御前様は生き神様じゃ」

「ほんにそうじゃ、神様じゃ。老いぼれの寝たきり婆を歩けるようになさったのじゃ。神様の御業《みわざ》じゃ」その噂が村々に伝わり崇敬の声が弥《いや》が上にも高まって行った。或る日村の狩人の老人が大きな猪を引きずって御殿に上って来た。「寝たきりでおりました老婆の兄で御座いますだ。もう二度と起きられずに死ぬものと諦《あきら》めておりましたが、御前様のお陰で歩けるようになりまして御座いますだ。お礼したくて、三日間荒倉山に入り、やっと一匹仕留めましたぜ。御前様に食べて頂きたく参りましただ」応待に出た側女は大きな猪に驚きながらも「これはこれは大儀な事でした。さぞや御前様にはお喜びの事と存じますが、私達ではお肉には出来ませぬ」

「おお、いと易い事、私奴《め》が解体致しますだ」そう云うと御殿の裏山まで引きずって行き、小半刻も経ったであろうか、巨大なる幾片かの肉にして腰女に渡して帰って行った。このように村人達の心温まる紅葉御前への報恩であった。

又、紅葉は村人で字の書けない人々を集めて字を教える事を考えた。腰女達が村中を回り字を習いたい者は随時、御殿に上るように通告した。村人達の間にその噂が広まった。「紅葉御殿で字を教えて下さるそうな、有難い事じゃ」高原の山村である。誰一人生れてから字なぞ書いた事など無い者ばかり。老人達は有難い事じゃが今さらこの年で字なぞ教わってもしょうがないと云った人もあったが、若者達は仕事の合間、雨の日など野仕事が出来ぬ故をもって続々御殿に上って来た。腰女達の部屋が一室習字教室に当てられ、腰女達が一人一人手を取り、ひらがなの〝いろは〟から懇切丁寧に教えて回った。若者達は素朴で純粋である。真剣に字を覚えたいとする者の上達は早かった。積雪の長い冬の季節は若者達には勉強に適していた。幾人かの者が、ひらがなの手紙が書けるようになった。紅葉は大雪の中でも御殿に上って来る病人や怪我人の治療や手当に忙殺されていた。

ひらがなを習得すれば、益々面白くなり、向学心が高まるのは人間の常。手紙に使う簡単な漢字の手解《てほど》きを受けるようになり一寸難しい字になると側女が、時には紅葉自身が書いて教える按配であった。村人達の大半は読み書きが出来るようになった。御殿では紅葉始め、側女、腰女皆笑いが止まらぬ嬉しさであった。

村人の若者、男女共皆字が書けるようになったのに刺激されたのか中年の男女、中には老人まで習いに訪れた。それも三ヶ月も経たぬ内にであった。凡て無報酬の指導であるだけに村人達の喜びは大変なものであった。お礼に米や麦、豆類、椎茸等が多少にかかわらず持参された。信州水無瀬の里は長い冬が続いていた。全山大雪におおわれ、紅葉御殿も冬籠りが続いていたのであるが、病に苦しむ病人が若者に背負われ三尺も積もった雪に難儀しながらも御殿に上って来た。紅葉も腰女達と一緒に病人を健気に手当し看護し、時には何日も部屋に寝かせて看病した。このような紅葉の善行は戸隠村はもとより周辺の小谷村、白馬村、小川村にもその噂は広まり、それらの村からも治療を受けに来る病人が後を絶たなかった。

……筆者は先年、紅葉の遺跡を訪ねた折、鬼無里村歴史民俗資料館を見学した。室内に展示されている村人に病の治療、祈祷する絵巻を見た。説明文には「謡曲や歌舞伎などで知られる『紅葉狩』の鬼女伝説は当地に伝えられる。紅葉がここを京として内裏屋敷を設け、村人には手習いを教え、医療を施し、平安文化をこの地に伝えた慈恵の里であった」と。京にちなんだ地名が各所に残されている。

紅葉が荒倉山で鬼女となり、ついに維茂《これもち》将軍に討たれてしまうが、持っていた守護仏、地蔵尊を村人が祠ったのが松巌《しょうがん》寺の起源となり、所縁《ゆかり》の春日神社や加茂神社等が昔を物語っている。又鬼女の滅亡で村名が「鬼無里《きなさ》」になったと云われる――。

長い雪に埋もれた信州の冬も四月の雪解けと共に漸《ようや》く春の暖かい陽光が眩しく裾花川の水面がキラキラと光り、川の土手には「ふきのとう」他の山菜が芽を出し始めた。腰女達は嬉々として山菜を摘んだ。新鮮な野菜、食卓を飾るのである。三人の腰女がそれぞれ笊一杯に摘んで御殿に帰って来た。高原の樹々にも若芽がふく季節の到来である。

或る日腰女が村人より裾花峡谷の湿原地帯に水芭蕉が群をなして咲いていると伝え聞いてきた。冬の長い日々、大雪の為御殿より外出しなかった紅葉はその話を聞くとじっとしている事が出来なかった。側女勝尾と腰女一人を連れ何ヶ月振り、温かな春風に誘われて、軽い衣裳、素足に草履、徒歩で御殿の階段を嬉々として下って行った。霞たなびく連山を眺めながら小鳥が何羽か飛び立つ空を見上げ「おお春じゃ春じゃ」子供のように両手を広げ舞うように笑顔一杯の顔で裾花川辺を駆けた。側女勝尾も紅葉の後を小走りに駆けつつ
「楽しい日々になりました。嬉しい事で」

「そうじゃ嬉しいのう」三人共楽しそうに笑いながら峡谷の方向へ駆けた。次第に青空が天空一杯となり陽光は燦々《さんさん》と輝いていた。

紅葉は浮き浮きとしていた。久し振りの野辺を歩く土の感触、可憐に咲く野辺の小花を摘みながら嬉しくてならぬ風情であった。勝尾も、腰女里絵も鼻唄を歌っていた。紅葉もつられて歌った。長い冬に閉ざされていた解放感だった。湿原に着いた。二人共アッと声を上げた。「まあ何と美しい」異口同音に叫んだ。

ぶなの原生林、樹木の下に真っ白く大きな花が一面に咲き誇っており、それが遙か彼方まで続いているのである。里絵がその花の一つを摘み取ろうとして足を湿地帯に入れた途端、足を取られて尻餅をついた。水芭蕉の下は清水が湧き出ている。三人は水芭蕉は湧き水の上に咲く花と初めて知った。半刻も飽きずに眺めていた。紅葉は徐《やお》らして「勝尾、里絵、もうそろそろ帰ろうぞえ」「ハイ」

三人が白い花群を後にした時である。行こうとする方向から髭面の三人の野武士が近付いて来た。野武士達は如何にも猥《みだ》らな笑みを浮べ無言であったが、顔一面髭面の一人の男がやにわに太刀を抜くなり紅葉の前に立ちはだかり「長い旅にこれ程の美女を見るのは初めてじゃ、ゆっくり楽しませてもらおうか」と云うなり、蒼白に全身膠着した紅葉の首を鷲掴みにすると湿地帯とは反対の山の方へ歩き出した。他の二人の野武士も紅葉が捕まったと殆ど同時に勝尾、里絵に飛びかからんとした。女二人は「キァー」と叫んで逃げようとしたが野武士の腕が速かった。里絵を捉えた野武士は彼女の軽い身体を片腕で抱え上げ、肩にかついでこれも山の方へ登りかけた。「助けて、助けて」と絶叫したが野武士は笑いながら「助けてか、誰も助ける者はおらんど、今に良いわ、良いわと云わすぞハハハ……」紅葉は冷静になろうと心に云い聞かせた。殺されればお終いと思った。騒ぎ立てて斬られてはならない。死にたくない、唯、従順に男のなすが儘に身を委ねる外は無い、そう心に思った。勝尾は逃げたが野武士の足が速かった。悲鳴を上げながら低抗したが却って野武士の野獣をより興奮させた。身体をぶつけて懸命に暴れる程に野武士は笑いながら着物を一枚一枚剥《は》ぎ取っていった。勝尾は全裸となり木の根に横たえられた。勝尾はもう抵抗しなかった。野武士はゆっくり股引袴を脱ぎ、彼女の全裸の上に乗って行った。紅葉は無言で野武士の命ずる儘に雑草の上に身を横たえた。「おとなしくすれば手荒な事はせぬ、我らは長い旅をしているのじゃ」そう云って彼女の上に乗って行った。

紅葉には久しき男との交わりであった。荒々しい男の動きに快楽のうずきが昂ぶり脳裏に響いてきた。都を去る二日前夜関白様と泣きながら狂うように交わったそれ以来であった。彼女は何時しか野武士の背に両手を回していた。野武士は何時までも紅葉を離さなかった。

一方腰女里絵は野武士に抱かれながら、キャアキャアと悲鳴をあげていた。その声が紅葉の耳にも聞こえてきた。その時である。雑草に埋もれた紅葉の目の前に男の両足が見えた。その瞬間紅葉の身体が急に軽くなった。紅葉は何事が起こったのかと頭を上げた。頭上に若き眉目秀麗の武士が立っていた。髭面の野武士は一間も離れた所に大の字に下半身裸の儘の姿で倒れ頭を持ち上げようとしていた。彼女は急ぎ立ち上がった。「娘御、これは如何なる事か、犯されたか」若き武士は彼女の土に汚れた顔を見てそう叫んだ。「犯されたのじゃ、この男を斬れ、斬るのじゃ」紅葉は無意識に絶叫していた。若き武士は間髪を入れず太刀を抜くなり立ち上がった野武士に斬りつけた。ギャアと絶叫してもんどり打って倒れた。一瞬の早技であった。野武士の喉旨から大量の鮮血が吹き散っていた。

「もう二人の男を斬って、斬るのじゃ」

紅葉は絶叫した。その叫び声が終らぬ先に、血まみれの抜刀を持ち走った。惨事を見た二人の野武士は女を離し、下半身裸のまま叢《くさむら》にある太刀を掴むなり走り出した。若き武士は逃げる髪面の男を追いかけざま肩先から一気に斬りつけた。ギャッと悲鳴を上げ前かがみに倒れ込んだと同時に間髪入れず背中から一息に太刀を刺し込んでいた。そしてもう一人の逃げる野武士の影を追った。裾花峡あたりまで逃げ走るのを追いかけ、慌て逃げ急ぐ背後から一息に斬りつけた。ギャァァッと絶叫して深き峡谷を落下して行った。岩にその身体は激突して、川面にその死体が浮いたのを見定めてから若き武士は大きく息をした。懐中から紙を取り出し血まみれの刀身を丁寧に拭き、カチンと鞘に収めた。流れる汗を拭き、土手に腰を下ろし一息ついた。

程なくして身繕いした紅葉を先頭に三名、若き武士の前に近付いて来た。紅葉が「唯今は三人の命をお救い下され、お礼の言葉もおじゃりませぬ」と深々と頭を下げた。背後の二人も同じく頭を下げた。「お怪我は御座いませぬか、お三方共大変な目に遭われましたナ」と眉目秀麗の若き武士はやっと笑みを浮かべ、三人の女を見た。勝尾と里絵の足許から流れる血を見、

「おお、これはいけませぬ。手当てして進ぜましょう。腰を下ろしなされ」

勝尾が先に叢に座り両足を出した。荒々しく引きずられた際に出来たのであろう。両足の膝頭の皮膚が破れ、血が流れていた。武士は肩から脇に結ばれている旅包みを外し、中より白布を取り出し、何枚も口で裂き、長い白布を傷口に何重にも巻き強く結んだ。このように二人の女の手当をして「これは仮の手当故、お帰りになれば傷口を充分に水で洗い、新しい包帯をなさるが良い」そう云って紅葉の顔をしげしげ見て、

「気高いお方とお見受しが、都のお方か」

「ハイ、このお方様は紅葉御前と申し上げ、都関白様のお妃様でございます。故あって水無瀬の里に住まわれております」勝尾がそう説明した。紅葉は微笑みをたたえ「御身は一門の御武家、御身分を明かされよ」

「ハイ、尊いお方様とは露知らず無礼の数々お詫び申し上げます。身共は陸奥の国、雄勝《おかち》城主に仕えた権堂兼平が子孫、権堂兵部行久《ゆきひさ》と申す者、念ずる所あり戸隠権現に三ヶ月修

験を修めての道すがらで御座る」と丁重に紅葉の前に跪き挨拶をした。紅葉は権堂行久をしげしげ見て胸がときめいた。左大臣近衛公を若くしたような気品ある端麗な顔立ち、旅の途中とは云え綺麗に剃った髭の跡、澄んだ瞳、その美男の顔に野武士を斬った折の返り血が数滴とんでいるのを紅葉が手の平で拭いてやり「何はともあれ、お礼を申し上げねばなりませぬ。わらわの紅葉御殿へお越しあれ。心ゆくまで御馳走など致しましょうに」紅葉は若き武士の手を取り握った儘歩き出した。後から続く勝尾や里絵は、武士の後姿を見て流石由緒ある武家の御曹子と思った。着用の衣類といい腰に差した見事に金細工の施された太刀の鞘といい、袴の紐から吊り下げられた如何にも高価そうな引籠、勝尾は感心していた。

心の中でこのお方なら紅葉御前の警護に最も相応しいと思った。これ程鋭い剣の使い手は他に類を見ないであろう。素晴らしい若武者が現れたものだと帰途感じた。若武者と談笑しながら紅葉も同じ事を思っていた。

その夜、紅葉御殿完成後初めて紅葉御前にとって最も喜ばしい酒宴が開かれた。六個の燭台が煌々と白昼の如き態《てい》を成し、宮中風なる数々の豪華な調度品白木の床にも赤い毛氈が敷かれており、権堂行久にとりて唯々驚くばかりであった。案内された湯殿も御殿風であり、腰女が二人がかりで全身の垢をこすり落として頭髪も存分に洗ってくれたのも行久にとり生まれて初めての経験であった。側女が着せた絹の白衣の肌ざわりも初めての感触であった。御前の居間に通されると、入浴をすませ念入りに化粧し何とも云えぬ香りを漂わせ、白無垢の衣裳に真っ赤な打掛けを羽織った、絶世の名に恥じない艶やかな美しい紅葉御前が入って来て正座に着座した。行久は彼女の余りの美しさに唯、忙然と紅葉の顔を見つめていた。紅葉も又、無言で美しい笑いを持って行久の顔を見つめていた。側女が酒器を持参して二人の前に座り、赤い銅の盃に酒を並々と注いだ。二人は無言でお互いの顔を見つめ合いながら一息に飲み干した。

紅葉は権堂行久の手を取り固く固く握りしめ、

「権堂様、今日は危うき命をお救い下さいましてお礼の申しようも御座いません。ごゆるりとこの紅葉御殿で幾日でも御滞在し長旅のお疲れをいとえたもれ」

「紅葉御前様、本日は不思議な御縁にてお近付きさせて頂き身に余る光栄に御座います。この様な御待遇を頂き行久、終生忘れませぬ」二人が話している間、腰女達によって御馳走の数々が並べられた御膳が運び込まれた。鹿の生身、猪肉の焼物、あまごの焼物、なめこと兎肉の煮物、ふきのとう煮物等々行久の見た事の無い馳走の数々であった。二人の側女が絶えず銅盃に酌をした。行久は夢心地であった。信じられない現実であった。

戸隠権現での厳しい真冬厳寒での修業。夜毎岩場で野宿の仮眠、夜明けと共に祈祷の日々であった。百日満願まで長かった。やっと人間修業が一先《ひとま》ず終ったと自己満足して戸隠山を後にした。そして今日の事態に遭遇したのである。未だかつて会った事も無い尊い身分の美女に優遇されている事が不思議にさえ思える。酒宴の中、紅葉は上機嫌であった。浮き浮きとしてこれ程嬉しい酒宴は無いとの風情であった。酒で桜色に染めた美しい顔は媚《こび》を浮かべ、行久を見上げ自ら酒を勧めた。紅葉には命を助けてもらった大恩人であるが、意中の人を見つけたその思いの方が強く感じられる。二人は秘々《ひそひそ》とお互いの身上話など語り合った。

行久五才の年、雄勝城重臣であった父は母が病没という悲運に泣いた。一年後父は隣国より後添えを迎えた。その翌年行久には義理の弟が出生した。その子が五才になると、継母である母が何かにつけ我が子を跡目相続させる為の意図が露骨に日常生活に現れてきた。十才の行久は何度となく父に訴えたが温厚柔弱な性格が妻女の云うままで行久の味方ではなかった。行久は幼くして負けてはならぬと憤り、悲しみを忘れる為、只管《ひたすら》、剣の修業に励んだ。十六才で初めて家を出奔し、四年後帰って見ると十五才の義弟が完全に後嗣となっていた。又もや出奔し、剣の修業と人格達成への旅に出、七年現在に及んでいるというのである。

紅葉は行久の身上話を聞きながら、この人を幸せにしてあげたいと母性本能の如き感情を抑える事は出来なかった。と同時にこのように素晴らしい若武者、我が物にしたいと願う心の方が主流である事はまぎれもない事実であった。酒宴は一刻半（三時間）も続いた。紅葉は行久の手を取り立ち上がった。「さてどちらへ」紅葉は微笑みを湛えて行久の唇に手を当てた。そして奥の己が寝室に誘った。ここも又、四方金色の垂簾に囲まれた豪華な装いの部屋。分厚い絹の敷布団が二枚重ね、その上布団も二枚重ね、赤地に白の花柄を一面に染め上げた華麗な逸品である。紅葉は行久の手を取り布団の中へ招き入れた。行久は夢を見ているようであった。女性と褥《しとね》を共にするという事は全く生まれて初めての事だった。剣の達人と云われた行久でも美女の前には未経験であるが故に、彼の身体は細やかに小刻みに震えていた。紅葉はそれを察してか、さながら母親が温かく我が子を抱くように抱きしめた。行久は紅葉の胸に顔を沈めるように唯、彼女のなすが儘であった。

彼女は彼の心を静めるように暫く無言で抱きしめていた。愛《いと》おしい愛おしいそのような感情が彼女の胸を締めつけた。それには言葉は必要なかった。やがて彼女は褥の中で下着を静かに脱いだ。そして彼の身体を強く抱きしめ、行久の唇を吸った。行久の下着も横たわった儘ゆっくりと脱がした。こうして紅葉は権堂行久と固く結ばれたのである。

紅葉は、この若者を一生離さないと心に決めていた。行久自身己が運命を知る由も無かった。

第十二章　紅葉軍団

紅葉と行久との生活は新婚夫婦そのものであった。彼女は行久を片時も側から離さなかった。行久も又戸隠権現での修業、日夜岩場や洞窟での仮寝も、最早遠い過去の思い出であり、夜毎温い絹布団と、紅葉の執拗なまでの媚態と交わる欲望の完全な虜《とりこ》となってしまっていた。しかし権堂行久にすれば、幼少五才で母と死別し、冷酷な義母に育てられた身上として母の愛、女の愛を知らずに二十七才にして初めて女の愛を知ったのである。紅葉という女の愛が即ち母の愛の香りであった。又母に得られぬ男の欲情を満たしてくれる紅葉という女の極限なる愛であった。十何年もの修業の旅に明け暮れ、一度修験山に入れば何ヶ月もその地に留まり、座禅、祈祷の日々であった。その身が図《はか》らずも絶世の美女の素肌の秘奥までも知ったのである。想像だにしなかった、陶酔と夢幻の日々、行久は毎日、怠惰な生活を送っていた。一ヶ月半も経っていた。

俺の人生はこれで良いのか。この儘俺の人生は終ってしまうのか、彼は秘《ひそ》かにそれを考えていた。行久は一人幾度か登った裏山に散策旁々《かたがた》登って行った。樹々の間の岩に腰を下ろし、毎日奢多《しゃた》な食事と紅葉との愛の生活、有難い夢のような生活、俺は現在の境遇に甘んじていて良いのだろうか。その疑念をとばすように、樹の枝に木枝を垂れ下げそれを相手に木刀で剣の手捌きに打ち込んだ。「エイッ」「オー」唯剣の修業であった。小半刻も続けた。叢に腰を下ろし全身びっしょりの汗を拭きながら呟いていた。修業に出よう、何時までも紅葉御前の許に愛の奴隷になっているわけにはいくまい。この生活に甘んじていては十年以上に及ぶ修業を何の為にしてきたのか、その思いが深刻になっていった。そうだ、暫く修業に出よう。行久は秘かに決意した。山を下り御殿の裏出入口より己が部屋に入り旅の身支度をしていると紅葉が部屋に入って来た。

　村の病人の治療に一息つき行久の顔を見に来たのであろう。旅姿の行久を見て

「行久、如何なされた。その旅お姿は何でおじゃる」

「いや、四、五日修業に出たいと思っての」

「行久、わらわが嫌になられたか。わらわをお捨てになられるお心算か、嫌じゃ、嫌じゃ、わらわから離れないで」

　そう云って行久の胸にしがみつきポロポロと涙を流した。行久は、はたと困惑していた。

「紅葉御前、早まってはならん。御身を捨てるなんて、身共に尽くしてくれる気持ちは、唯々感謝の心一杯じゃ。愛しい、心から御身が好きじゃ、この身を少々鍛えたいと思っての。唯それだけの事じゃ。四、五日すれば帰る。必ず帰る。行かせてほしいのじゃ頼む、

頼む」

行久は紅葉に哀願するように叫んだ。紅葉は頬を濡らしながら行久の顔を見上げてその言葉を聞いていたが、「四、五日すれば必ず帰っておじゃるか」

「必ず帰る、愛しい御前をなぜ捨てましょうぞ」

「行久の無き生活など考えられませぬ必ず四五日でわらわの許に帰ってたもれ」

「おォ、解ってくれたか」行久はそう云って紅葉を強く抱きしめた。

紅葉御前、側女勝尾や腰女達の見送りを受け行久は厳然たる武家姿で一路信濃の国を目指して旅立った。肩に磨き抜かれた木刀の布袋をかけ、行く先々で武芸者とお手合わせを頼み、剣の上達を願う為であった。行く先々で武芸者達はよく試合に応じてくれた。お互い剣の道を志す者の共通の理念であった。良き剣客に出会いたい、良き剣客と戦ってみたい。相手が勝つと懇《ねんご》ろにその腕を讃え、何がしかの謝礼金を手渡すという礼儀の行き届いた態度であった。それ故に試合した武芸者達に好印象を与え、別れるに際し「又、何時かお会いしましょうぞ」と感じの良い挨拶を交わし別れて行くのが常であった。幾度か試合を重ねて信濃の国へ入った。五月も半ばが過ぎていた。紅葉御殿を出発して三日目である。町は流石信州随一を誇るだけに往来の人々も多く、各種品目の店が軒を連ねて、弓矢造りの店先に多くの職人が手忙しく働いていた。行久は暫くその店先に立ち、職人達の仕事ぶりを眺めていた。彼も又武士の習い、良い弓が欲しいと心底そう思いながらであった。店の奥には如何にも弓鳴りのしそうな、完成された立派な弓が六本立ち並べられていた。それを凝視していた彼は衝動的に店の中へ入って行った。職人の一人が仕事の手を休め彼の前に両手を付き「いられませ」と彼の顔を見上げた。

「あれなる奥の弓を見せてもらいたい」

「ハハイ」職人は急ぎ弓を持参し差し出した。渡された弓を隅々まで見つめ、弦を強く引っ張ってみた。強力な張りである。彼は幾度も弓を張ってみた。その時、厳しい髭の堂々たる体格の武芸者、立派な陣羽織を着用し朱塗りの鞘の太刀を帯び一見由緒あり気な年の頃五十がらみの古武士、風格がある。行久はその武士と顔を見合わせると軽く会釈した。武士も又、心なしか笑みを浮かべ行久の持っている弓を見て
「一寸失礼じゃがその弓を見せてもらえぬか」

「どうぞ、どうぞ」武士は飽くなく眺めていたが、「立派な弓じゃ」そう云い弦を満月に引っ張った。「立派な出来で御座る」行久も武士の顔を見て合鎚を打った。「これだけの弓、欲しいものじゃが、長の旅の身、有り金使うわけにもいくまい」と如何にも残念そうに熟々《つくづく》弓を見ていた。行久は武士の率直な言葉に好感を持った。武士たるもの誰しもこれだけの弓を所持したいと望むのも共通の願いである。行久には痛い程武士の心境が解るのである。彼は主人を呼び二本の弓と十五本ずつの、二組の矢と矢箱を注文した。かなり高価であったが紅葉から渡された旅費から充分に支払いが出来た。

「こうして同じ目的で会えたのも何かの因縁で御座る。この弓矢は御身の所有にして下され」そう云い弓と矢箱を武士の肩に掛けてやった。髭の武士は満面に感謝の笑みを持ち「このような高価な品を初めて会った御仁から頂こうとは、素直に受け取って宜しいか」「受け取って下され。欲しいものは御身も身共も同じ事じゃ」行久も父親の如き年齢の武士に親孝行に似た心地でそう云った。

「忝《かたじけな》い、忝い」若き行久に深々と頭を下げた。「おやめ下され、頭を上げて下され」

　思わず武士と行久は固く手を握り合っていた。弓職司の主人はその二人の姿を見て「美しい人情を見るものよ、久し振りに人の世の温かさを拝見しました。まさに親子の情愛で御座います」と二人をほめ讃えた。二人が店を出る時職人達は手を振って見送った。行久と武士は真の父と子の如く談笑しながら信濃の町並を歩いて行った。町角の大きい武家屋敷の中から激しい木刀の響きと荒々しき男の掛け声が聞こえてきた。門柱には「信濃剣修道場」と大看板がかかげられていた。二人は顔を見合わせニタリと笑った。無言でその家の戸を開き、吸い込まれるように入って行った。そこは大広間の道場だった。正面には八字髭の五十がらみ、肩まで垂らした長髪の小柄な道場主が座っており、門弟と思しき若き剣士が三組、立合稽古の最中であった。行久と武士は慇懃《いんぎん》に道場主に向かって頭を下げた。

「試合が望みか」と道場主から声が掛かった。「ハイ旅の道すがら一番御手合わせ願いたいと存じまして」行久はすかさずそう挨拶した。「よかろう、上がるがよい」旅の武芸者が道場へ来訪するのは突然でその度に身分、姓名など名乗る必要はなかった。二人は草鞋《わらじ》を脱ぎ、素足の儘、大小刀を腰より外し、道場末席に正座した。暫く門弟の稽古が続いていたが主《あるじ》よりの合図で中断された。道場主は二人を見て「旅の武人、当道場の中堅と御手合わせなされ」二人は同時に「ハイ有難き幸せ」「ではお若いのから」行久は道場主に一礼して道場の中央に進み出た。中堅級の武士が二本の木刀を持ち中央に現れ、一本を行久に渡し相互が黙礼して立ち上がり、共に正眼を構えた。暫く睨み合っていたが中堅がヤァーと打ち込んできた一瞬、行久は左に飛びその肩先に木刀を打ち込んだ。しかし相手の肩骨を痛めない配慮があった。「お見事」道場主は叫んだ。同行者の武士も目を丸め「ホォー」と感嘆の声を上げた。上段持ちの門弟が次々三人相手をしたが何れも試合にならなかった。権堂行久の長年に亘る修業を重ねた抜群の強さであった。髭の武士も又三人の門弟と試合をしたが、悉く勝った（最後の上段持ちには手こずったが）。

二人は両手をつき丁重に道場主へ

「真に貴道場をお騒がせし、面目次第も御座らん。悪しからず御容赦願いたい」

「これは丁重なる挨拶、良き技《わざ》を見せてもらった。門弟達には良き励みとなり申した」と道場主は笑いながら云った。

二人は町を歩いていた。武士は心の中で、何と強い技か、何処でこれだけの技を磨いたのであろうか、何と頼もしい若者よ。これ程の腕の持ち主、このような息子が欲しいものじゃと常々思っていた。町は早夕暮れが迫っていた。武士はこの若き剣士と別れるに忍びなかった。「御身さえ差し支えなくば、今宵旅籠にて酒など酌み交わしながら話し合いたいものじゃ」「これは願ってもない事で御座る」二人は一軒の旅籠の客となった。二人共何か離れがたき心境は共通の感情であった。実に親子の如く一緒に入浴しお互いに垢を流し合った。武士にとって何日振りか、否一ヶ月振りであった。さっぱりと浴衣姿で運ばれた夕膳に向かい合った武士は若い行久に先ず盃に酒を注いでやり、行久も又武士の盃に酒を酌んだ。武士はにこやかに笑い、「御身とは不思議な御縁じゃ」そう云い二つの盃をカチンと合わせ一息に飲み干した。新しい弓矢が欲しいと思っていたその高価なものを買い与えられた負目と恩義もあり、己れから身分を話し始めた。

「拙者は下総国の生まれで征夷将軍、文室綿麻呂《ふんやのわたまろ》に仕えた。蝦夷討伐に従軍した梶尾《かじお》兵衛鬼若《おにわか》は、我が祖父、父は鬼一と名乗ったが、その戦乱に三十七才の若さで討死し、その子拙者は梶尾三郎鬼武《おにたけ》と申す。幼き時より武力を誇った祖父・父に育てられ、武芸一筋の家門が武運の鬼ともなれと願いを込めて鬼武と祖父より名付けられた次第で御座る」行久は無言で時折頷きながら聞いていた。鬼武は更に言葉を続けた。「しかし弘仁八年（八一七）文室綿麻呂が征夷将軍を解任されるや、祖父鬼若も浪々の身となり六十七才で死去致した。その時拙者は十九才で御座った。母と弟二人と苦節二十年、武芸一筋に旅から旅へ。一時武蔵の国守に仕えて十年目、奸臣の陰謀に巻き込まれ出奔し、日夜剣の修業を重ねつつ良き国守を見つけ、生涯仕えたい、唯それが念願にて浪々と旅を続けているのじゃ」鬼武はぽつりぽつりと盃を交わしながらゆっくりと語り終えた。

今度は行久の身柄を明かす番である。

「年上の御身から先に身上を明かして頂き恐縮に存ずる。身共は、権堂兵部行久と申し……」生い立ちから紅葉御前との出会い、現在紅葉御殿で優遇を受けている事など打ち明けた。夜も更けるまで語り合った。

「紅葉御前と四、五日の約束で御座る。明日にでも帰館せねば又泣かれる事は必定で御座る。御身も如何で御座る。御殿に御案内申し上げたい」「おお、それは忝い」

翌朝、旅籠を出発、水無瀬に向かった。その日は五月の月末とは云え朝より真夏のような暑さであった。信濃より鳥居川沿いに南下。念仏池あたりで太陽は頭上に輝いていた。二人は暑い暑いと汗を拭きながら池の土手に腰を下ろし、旅籠が用意してくれた昼食を取った。突然行久が「痛い」と悲鳴をあげ急に立ち上がった。「何、如何なされた」梶尾鬼武も驚いた立ち上がった。とその足許の叢を抜けるように走る長いものを見た。「や、蝮《まむし》じゃ蝮じゃ」と叫び鬼武は脇差を抜くなり、目にも止まらぬ早さでその長い物を二つに切断していた。異常な暑さに土中より這い上がった毒蛇だった。毒蛇特有の黒茶色の二つに分かれた長い物がピクピク動いていた。「権堂氏、早く袴を取るのじゃ」そう云うなり行久の両刀を腰から外した。行久も急ぎ袴を脱ぎ、着物を捲り上げると右側の太股にくっきりと毒蛇の咬《か》んだ二つの疵があった。「権堂氏、伏せるのじゃ、早く毒を抜かねば命にかかわる。一寸の痛みじゃ辛抱あれ」と脇差を抜き傷口を軽く切って傷口を強く吸った。血の混じった唾を吐いた。それを幾度となく繰り返した。毒蛇の毒が血脈に入るのを一早く吸い取るのである。十回も繰り返したであろうか「これで良かろう、危ない所で御座った」鬼武はニッコリと行久の顔を見た。「梶尾氏のお陰で命拾い致した。忝い」と鬼武の身体に抱きついて感謝の気持ちを表した。鬼武も又行久を抱き「よろしゅう御座ったナー」早急なる処置が功を奏した。行久の太股は腫れる事なく、鬼武は腰の印籠から毒消しの塗薬を傷口にすり込み、行久は白布の腹帯を裂き何重にも巻きつけた。

「もう大丈夫じゃ、出発しようか」鬼武に促されて行久も旅装を整え、水無瀬へ急いだ。

二人が紅葉御殿に到着したのは酉の下刻であった。鬼武は山腹に聳え建つ紅葉御殿の偉容に驚きの声を上げた。「ホー、何と立派な御殿で御座るナー」腰女が石段の入口で立つ姿が見えた。二人の姿を見ると急ぎ階段を駆け上って玄関へ入って行った。間もなく紅葉が階段を駆け下りて来た。行久に飛びつかんばかりに抱きつき、後方に鬼武が立っているのも気に留めず「行久、待ちかねましたぞエ」嬉し涙であろう頬を濡らしていた。

「紅葉御前、これなる御仁に命を救ってもらったのじゃ」「どうして? どんな事がおじゃりました?」紅葉は驚きの眼差しで行久の顔を見上げた。

その時鬼武は紅葉の前に進み「身共は梶尾三郎鬼武と申し旅の道すがら権堂殿と親しく

させて頂いた旅の武芸者で御座る、誘われるままに参上致した」自己紹介し紅葉の前に深々と頭を下げた。

「わらわはこの御殿の主《あるじ》、紅葉御前でおじゃります、よくお越し下された、さあ、さあ、御殿にお上がりあれ」と挨拶して紅葉を先頭に行久、鬼武と階段を上って行った。鬼武は唯々驚くばかりであった。彼にとって長い旅の歳月で見た事の無い豪華壮麗な建造物であったからである。玄関の間より奥への長い廊下には幾つもの燭台が明るく足許を照らしていた。

その夜御殿の客殿にて数々の御馳走が並べられ、煌々と部屋を照らす燭台の許、晩餐が深夜まで続けられた。側女勝尾や腰女の酌む酒に、行久も鬼武も随分杯を重ね顔を真っ赤にしていた。行久から旅の模様、梶尾鬼武との出会い、道場での試合、毒蛇に咬まれたいきさつ等紅葉は凡て五日間の出来事を聞かされた。紅葉は愛しい人を救って下された梶尾鬼武を恩人として、又父親とも感じる程切実に、感謝の意味をもって歓迎の気持ちで大切に応対したのである。鬼武も又、旅に出て何十年、このような饗応を受けたのは初めてで、唯々感謝と感激の気持ち一入であった。宴が終り客殿で温かい寝具で熟睡の一夜が明けた。その心地良さ、鬼武は夢見る心地であった。朝食にも「あまご」の塩焼で酒盃を重ね行久と語り合い、話題は広がるばかりであった。

紅葉御前の命で側女勝尾の甲斐甲斐しき応対《もてなし》に、鬼武は信じられぬ日々であった。或る夕食の酒に桜色の鬼武に紅葉が「梶尾殿、未だ女が欲しい夜もおじゃりましょう、側女勝尾を今夜からお相手なさるが良い」「いや、どうも、これは恐縮な」鬼武は照れ笑いに片手を頭にあてた。夕食を終えたと見るや勝尾は鬼武の手を取り笑いながら自分の部屋に誘った。

彼は紅葉御前の人間味溢れる温情に涙が出る程感激していた。毎日雨が降らぬ限り午前と午後一刻余り行久と御殿の裏山で立合い、又弓矢で競い合うのも楽しい日課であった。月日が経つは早いもの、半月が過ぎ去った。常識ある武芸者として、何時までも徒食従労で紅葉御前の情深い厚意に甘んじてはいられぬ。客人としても限度がある。鬼武は紅葉や行久に旅立ちを申し入れた。二人はその言葉に、反対した。父とも思い接してきたのに何時までもこの御殿に住んで頂きたいとの強い懇願にそれを振り切って旅立も出来ずに長い逗留に甘んじていた。行久にすれば女ばかりの御殿に男として唯一人の存在であった。それが心の底に重荷となって旅に出、良き友鬼武を得た。鬼武とは別れたくなかった。二人で弓を持って狩りに山野を駆け回る一日は男だけの云い知れぬ喜びであった。鬼武も又同様である。我が子のような若い頼もしい行久との生活は人生に活路を開いたと思える、限りなき喜びであった。その実の父子と思える仲の良い語らい、日中何時も二人で行動する姿を見る紅葉にとって無上の嬉しい眺めであった。

紅葉の許で二人の男は固く一つに結ばれていた。こうして又、一ヶ月余りの日が過ぎた。

信州も早や七月、夏の季節が訪れた。

　或る日、二人の陣羽織の武芸者が紅葉御殿に上って来た。玄関踊場に側女勝尾が応対に出た。二人の武士は一見、兄弟と思われる程よく似た顔立ちで、二人共威厳を誇示するかのような髭の厳めしさ。年上と思われる武士が
「身共は梶尾四郎熊武《くまたけ》と申し旅の武芸者で御座る、これなるは弟の梶尾五郎鷲玉《わしたま》と申し、我が兄、梶尾鬼武がこの御殿に客人としてお世話になっていると聞き訪ねて参った次第」

「ハイ鬼武様、当御殿におられます」

　勝尾の返事に二人は笑顔で見合わせた。

「これは嬉しい事で御座る、取次ぎ願いたい」

「ハイ唯今紅葉御前と裏山におられます、暫く御待ち下さいませ」勝尾は玄関より奥へ消えた。二人は余りにも立派な建築物、広い踊り場を見て回っていた。間もなく額の汗を拭きながら鬼武が上半身裸で現れた。

「おお、兄じゃ」二人は異口同音に叫び微笑みながら鬼武に走り寄った。

「熊武、鷲玉よく訪ねてくれた」

「兄じゃも堅固で何よりじゃ」

　そこへ行久がこれも上半身肌着の儘で玄関より出てきた。鬼武と烈しい木刀での立合いをしていたのであろう。

「ここで立ち話も出来まい、先ず御殿の奥へお入りなされ」行久は鬼武と共に二人を御殿に招き入れた。長い廊下を奥へ、広い会議室に誘った。梶尾兄弟は久方振りの再会に話の花が咲いた。行久は微笑みをもって三人の会話を聞いていたが、話が一息ついた所で、行久から御殿の主、紅葉御前の身分を聞かされた。かつては都の最高権力者、関白様のお妃様という女性としてこの世に二人とおられぬ高い位の方であると聞かされ、熊武も鷲玉も唯々驚くばかりであった。暫くして緋の打掛けの紅葉御前が現れ、正面の高座に着座した。そのあまりの気高さ、美しさに熊武も鷲玉も唖然として見とれているばかりであった。

鬼武から促されて二人はホッと我に返り、先ず兄の方から口を開いた。

「御無礼申し上げました。御殿に御世話になっておりますこれなる鬼武の弟、梶尾四郎熊武と申します」と平伏した。その言葉を追うように「その弟梶尾五郎鷲玉と申します」深々と頭を下げ平伏した。その二人の姿を微笑みながら見ていたが

「紅葉御前でおじゃる、この度は遠路兄上を訪ねられ御苦労でおじゃった、ゆっくり逗留なさるが良い」親切な温かい御前の言葉に鬼武三兄弟は再度平伏し「有難き幸せで御座います」鬼武は三人を代表してお礼の言葉を言上した。

「紅葉御殿に立派な四人の武人が相集ったわけでおじゃる、嬉しい事じゃ、頼もしい限りじゃ。今宵は盛大なる酒宴を催すのじゃ」

紅葉の命令にて側女勝尾の指図で腰女が全員動員され数々の馳走が客殿食卓に並べられ、

六個の燭台に灯がつけられた。紅葉が正面に、左右に行久と鬼武、その反対側に熊武、鷲玉その間に側女勝尾、そして腰女二人が座り、行き届いた女の配置で酒宴が始められた。それぞれ三兄弟から旅の武勇談を代わる代わる聞いていた紅葉はこの上なく満足し、上機嫌であった。ついつい盃を重ねて美しい顔は紅潮し酔いしれていた。ひとしきり話が終ると熊武が、「実は身共達に五十六名の部下が御座る、旅をしながら何れかの国の戦いに援軍として参加し恩賞を得んものと、出来ればあわよくば国守に仕官致したい望みを持って部下と共に旅する身で御座る、だが世間は平穏で御座って何処へ行っても戦《いくさ》の気配も御座らん」と熊武、鷲玉は旅の目的を明らかにした。鬼武と行久は顔を見合わせた。その時紅葉がそれに答えるように「その部下達はどうしておるのじゃ」「ハイ、近くの山林に全員野宿しております」鷲玉がすかさず答えた。

「それは面白い、明日皆を連れて来るのじゃ」紅葉は機嫌良く云った。「しかし五十もの寝ぐらを如何なさいましょうや」と行久が紅葉の顔を見て問いかけた。

「それは簡単な事じゃ、この御殿の左右の山腹に丸太の山小屋を幾つも建てるが良い」

「それは良いお考えで御座います」鬼武は感心したかのように賛同した。熊武、鷲玉も、

「これは誠に有難い事で、さぞ部下達も喜ぶ事で御座います」酒宴は夜更けまで続けられた。

翌朝、熊武兄弟は御殿を出て行った。

午の刻（正午頃）であろうか五十六名の野武士軍団が御殿真下道路に全員横一列に並び、足許に大物の猪一頭、山鳥五羽、兎八匹《(羽)》が置かれており（紅葉御前への貢物の心算であろう）、軍団の前に熊武兄弟が立ち紅葉御前のお出ましを待った。軍団到着の知らせを受け鬼武が階段を駆け下りて来た。行久もそれに続いた。間もなく紅葉御前が白無垢の着物に朱の袴、淡い草色の打掛けを羽織り、玄関踊り場に立った。高所より遥か道路から見上げる軍団をしばし眺めていた。紅葉には一度に大勢の家来が出来たような優越感を感じ、かつて味わった事の無い熱いものが全身を走った。

「唯今、お出ましはこの紅葉御殿の御主《おんあるじ》、紅葉御前であられる」熊武は一段と声を張り上げ武士団に向かって叫んだ。そして熊武の号令にて五十六名一斉最敬礼の形で深々と頭を下げた。紅葉もそれに応えるように微笑みながら手を大きく振った。歓迎の意味であろう。野武士達も未だかつて見た事も無い絶世の美女を見上げ「ホォー」と感嘆の声が列の中から多く聞こえた。暫く武士団を見下ろしていたが、熊武の顔を見て手を横に振った。解散の合図である。熊武兄弟は高台の紅葉御前に一礼し武士団に向かって「長い旅も一先ず暫く休止じゃ、紅葉御前のお許しによりこの御殿より十間離れた階段の中程の高さを限度にして山小屋を建てるのじゃ、皆の生活出来る山小屋じゃ」野武士達は「オオー」と大声にて手を上げ皆の顔に喜びの色が漂った。一年中、寒さと炎暑の旅の明け暮れに武士達はもう、うんざりしていた。皆は内心これからはのんびりとした暮らしが出来ると思った。鷲玉が「階段の中程の高さじゃぞ、一個の小屋に六名が住める広さにする、その心算で全員、建築にかかるのじゃ」「オウー」と呼応して階段の根元に三々五々、大小刀を腰から外し旅の手荷物を集めた。身軽になった武士達は斧や鋸や木立を倒す道具類を手に手に持ち近くの山林へ入って行った。二刻（四時間）も経つと多くの太細木材が道路に積み上げられた。鷲玉の指揮で三十名の野武士達は低い山腹に山小屋建設敷地、整備作業に木を切り、土地を削り平地にするのである。

その夜野武士一同山腹に野宿し、翌早朝から工事が行われた。五日目には材木だけで建てられた山小屋が十棟完成した。野武士達は嬉々として一丸となって働いた。何よりも雨の降る夜、雪の降る夜、泣く程の野宿の辛さ、それもこれも山小屋に寝起きする事により凡て解消される。野武士の一人一人が思う共通の喜びであった。

鬼武三兄弟の住む山小屋を最上段にして十棟の建物に六名ずつ分散、居住する事になった。彼らの仕事は何よりも食糧を確保する事である。殆《ほとん》ど全員、毎朝狩猟にと山野に散って行った。夕暮近くには兎や山鳥時には狐や大青蛇まで、彼らの常食物を持ち帰った。一方、粟やきび、山芋類が大量に集められ食糧の外に大甕《おおがめ》が集められた。色々の穀物が大甕に入れられた。濁酒を作る為である。多くの大甕が各山小屋の軒に幾つも並べられた。

三兄弟も山小屋が出来たのを機に三人で住む事にした。最も重要な事があった。熊武、鷲玉とその部下達に、紅葉御前に忠誠を誓わせる事であった。軍団の一員として軍律を守り野放しの放従、傍若は絶対に許さぬという鬼武兄弟の厳しい教育を野武士全員に普及させた。鬼武ら兄弟は祖父や父から主君持つ身はその主君に対して絶対的に服従し、主命には命も捧げる忠誠心を旨とするを誓うと、痛い程教えられていた。野武士と云えども頭領には、又年配、先輩には絶対服従である事、かねがね教えてきた。それにより五十余の軍団は長年に亘り苦楽を共にし団結してきた。

鬼武三兄弟は紅葉御前傘下に入った以上は御前に迷惑をかけてはならぬ、否むしろ御前に喜んでもらわねばならぬとの考えであった。三兄弟は部下達を連れ、三隊に分かれて、毎日の如く狩猟に出かけた。時には行久も鬼武と楽しそうに行動を共にした。

射止めた鹿や猪、兎らは翌日裏山で解体し生身の最も美味しい肉を御殿に献上し、紅葉御前を喜ばせた。連日の狩猟に有り余る肉が集蓄された。鬼武三兄弟はもとよりの事、部下達もふんだんに食する事が出来た。余った分は干肉にし、塩漬けにして貯蔵しその分も大量に増加した。野武士達は五日に一度は酒盛りが出来るようになった。彼らは想像も出来なかった安逸の生活に満足した。旅の最中大雨にふられ身を隠す場所とて無い野路で濡れ放題だった辛さも無くなった。彼らは皆紅葉御前のお陰で定住出来る喜びを語り合った。季節を問わず野性の木の実等を発酵させ、特に山ぶどうは美味しい酒となり大量に御前に献上した。御殿に於いても腰女達が常時、色々な材料で濁酒《にごりざけ》を作って食卓に呈し、紅葉、行久は日夜それを愛飲しているが野武士の作った果実酒の美味に「このように美味な酒は初めてじゃ」と琥珀色の液体を見て「これは、わらわの為の酒じゃ」と大層な喜びようであった。

或る日、大勢の野武士とも盗賊とも見分けがつかぬ軍団が紅葉御殿下の道路に集合していた。約百余名の数、その一人一人悉《ことごと》く髭面の一癖も二癖もある猛者《もさ》揃いである。その中で一際長身の恐らく八尺はあるであろう、長髪を背中までたらし、鎧の胴当を着用し、三尺はあろうか朱塗りの太刀を腰に、大薙刀を持つ女丈夫がその軍団の頭領らしく、

「皆静かにせい、暫く待機しておれ」

口々に御殿を見上げガヤガヤ騒ぐ部下を見回し云うと、御殿の階段を上って行った。

その軍団に驚いた鬼武三兄弟は山小屋から飛び出し急ぎ下りて来た。階段を上り行く女丈夫の後を追い御殿の玄関、踊り場にて

「御身は如何なる御仁じゃ、身共はこの紅葉御殿第一の家来、梶尾三郎鬼武と申す者」と名乗った。現在の境遇に誇りを持っている鬼武であった。

「おお、これは申し遅れ御無礼致した。身共は黒姫山麓に根拠地を持つ野武士の軍団でその頭領、黒姫まんと申す者」

「噂は聞いている、が会うのは初めてじゃ、して、まん殿には何用を以てこの御殿に」

「それじゃ、紅葉御前の御功徳は信州一円に響き渡っている、その功徳を慕い申し上げ、御家来の仲間に加えて頂きたく部下百名を引きつれまかり参上したのじゃ」

黒姫まんは巨大なる長身に胸を張って鬼武を見下ろして云った。鬼武は、まんに圧迫されるような重圧を感じながら、「暫くお待ちあれ」そう云い玄関より奥へ入って行った。時刻が経った。黒姫まんには長い待ち時間に思われた。玄関の戸が開き鬼武が出て来た。その後より行久、勝尾、そして紅葉御前が白無垢の着物に緋の打掛けを羽織り腰女二人を従え現れた。紅葉御前の両脇に鬼武、行久が跪いた。黒姫まんは目を見張った。この世にこれ程美しい女性があろうか。この世のものではない、その美しさの中に厳然たる態度と気高い品格を兼ね備えた殿上人のような感覚をおぼえた。まんは思わず三、四歩退き無意識に両膝をつき両手を床についていていた。

「紅葉御前じゃ」美しい声であった。「ハハー」まんは思わず座り直り深々と頭を下げ、「黒姫まんと申す者、紅葉御前様の御高名をお慕い申し上げ、何卒御家来に加えて頂きたく部下百名を引き連れ、まかり参上致しました」紅葉を見上げ、一息に言上し又深々と頭を下げた。「わらわを慕ってこの御殿に来たのじゃ、にべもなく追い返すわけに行くまい。のう行久、鬼武殿」「ハ、ハイ」二人は返事と同時に頷いた。「わらわに忠誠を誓ってたもるか」「ハイ、誠心誠意忠誠をお誓い申す、一寸お待ちを」まんはそう云って急ぎ階段を下りて行った。紅葉、鬼武、行久ら下の道路を見下ろした。まんは部下に何やら話していたが、百名余りの野武士が一斉に道路に跪いた。中央の頭領まんが「紅葉御前の御家来として終生、忠誠をお誓い申す」と大声で叫ぶと後続の部下百名余が同時に「お誓い申す」

と全員深々と頭を下げた。紅葉の満足感は頂点に達していた。家来が増える事は限りない喜びであった。わらわも偉くなったものよと心の内でそう思い、まん以下大勢の軍団を見下ろし微笑みかけていた。鬼武三兄弟も行久も、この一団は野武士ではない盗賊軍団である事を見抜いていた。しかし忠誠を誓うと宣言したのである。間違いはあるまい。だが厳重な監視が必要である。鬼武も行久も同じ事を考えていた。

暫くして熊武、鷲玉の指示で黒姫まん軍団の居住する山小屋の建設が御殿より一丁程離れた南方の山腹に進められた。

水無瀬の村民は唯々驚きであった。あの生き神様の紅葉御前様の許に何故大勢の無頼漢のような男達が集って来たのであろうか、何故御前が野武士とも盗賊とも見分けられぬ男達を入居させたのだろうか、と不審と不安の目で御殿を見上げるのである。

山小屋の工事の最中、人相の良くない髭面の男達で道路は溢れ、村民は前の道路を歩かなくなってしまった。他の村落から病人を担架に乗せて来た人々も全く御殿の周辺が変わりつつあるのを見て早々に退散してしまう。又、村々に粟や米、野菜の買い出しに行った腰女達も野武士の自給自足にその必要がなくなった。こうして御殿と村民との交流も途絶えつつあった。村民の間で不安と疑惑の入り交じった噂が広まっていった。御殿の左右、中腹に次々と建設される山小屋、その周辺に大勢の大男達が右往左往しているのである。対岸の田畑で働く村民達も、皆口々にこれから先、水無瀬の村はどうなるのか、代々の家もみな取られてしまうのではなかろうか、戦々恐々たる重い空気に村落は包まれていたのである。

そして季節が移り変わり、一年半の歳月が過ぎ去って行った。

野武士や盗賊達が続々と安住の地を求めてやって来た。最早紅葉軍団は五百余りを数える一大軍団にふくれ上がっていた。こうした大軍団になると規則など糞食らえと遠征して若き娘を誘拐《かどわか》し、己が山小屋に連れ帰る者も増してきていた。貧困に二度の食物に事欠く娘達は、遊んで暮らせる、食物は存分に与えると甘い言葉に魅せられ、嬉々として盗賊の女になる者もかなりの数に上った。

鬼武があちこちの山小屋に盛んに出入りする娘達に気付いたのは遅きに失していた。女の必要なき男などこの世にあろうはずは無い、娘を誘拐したのではない、娘の方から喜んで連れて行ってくれと云うから連れ帰ったと云われれば、鬼武には一言の言葉も無かった。自由奔放な生き方を選び、太く短く快楽への生き方を選んで盗賊になった男達に、女を規制するのは猫に念仏が如き愚《おろ》かさと鬼武はつくづく思い知らされた。せめてこの水無瀬の村娘だけでも手を掛けてはならぬと厳しく命令していたが、首領を持たぬ末端の新入りの盗賊達には通じなかった。彼らは無差別に盗みを繰り返し、女と見るや暴行を加え己れの女とした。鬼武三兄弟と云えどもその悪行を止める力は無かった。水無瀬は最早、鬼の横行する村里になり代わっていったのである。

第十三章　襲撃、掠奪

この大軍団の食料は一日の消費量でも大変な量である。それが一ヶ月二ヶ月と亘ると、到底自給自足で賄えるものではない。紅葉の調子に乗った思い上がりが、無差別に家来を増やした。それが裏目に出てきたのである。野武士や盗賊には毎日の狩猟程楽しい遊びはない。鬼武兄弟から米や粟を耕作せよと厳しい命令があっても田畑へ出る者は少数の野武士しかなかった。従って収穫量も微々たるものである。鬼武が主食の必要量の窮乏を訴え家来の削減を紅葉に進言したが、「家来は減らしてはならぬ、米、粟の購入金はわらが出しましょうぞえ」家来を減らしてはならぬ、その紅葉の言葉は何を意味するのであろうか、五百という膨大な家来の上に君臨していたいとの欲望だけであろうか。鬼武は紅葉御前の心底を窺い知る事は出来なかった。紅葉は惜し気なく相当な金子を鬼武に渡した。その金を持って熊武、鷲玉は近隣の白馬村、小川村へ出向いて行った。その翌日相当量の穀物をかなり大きな荷車二台に満載し、村の百姓達に引かせ帰って来た。しかし買い込んだ穀物も三ヶ月と持たなかった。鬼武には御前から金子を出してもらう事が極めて心痛であった。この状態が何時まで続くであろうか。云わば徒食徒労の大集団であるだけに、鬼武三兄弟は紅葉御前の安否を案じぬわけにはいかなかった。鷲玉は意を決し黒姫まんに事の重大性を打ち明け相談に及んだのである。おまんは鷲玉の深刻なる相談も一笑に付した。「鷲玉殿、案じあるな、我々の軍団が食料を集めますぞ」とカラカラと笑った。事実紅葉御殿の財政も緊迫の度を増してきていた。紅葉自身も事の重大性を感じていた。何とかなる何とかしてみせる、と自分に云い聞かせていた。だが、それをどういう形で補足するという具体的な案は無かった。奢侈《しゃし》に慣れた華麗な暮しが今更、財政が逼迫したからとて生活を切り詰めるという事はその誇りが許さなかった。十八才にして左大臣、源経基卿の側室になってから欲しい物は凡て入手した。栄耀栄華とは紅葉の為にある言葉であった。二十六才の今日まで、貧という文字は知らずに生きてきた。五百有余の野武士、盗賊とは云え家来を持つ身である、今までの御殿生活を変えるわけにはいかぬのである。夜毎、行久との美食の酒宴、時には鬼武兄弟、おまんも招き賑々しく開く酒宴も絶やす事は無かった。

おまんは鷲玉から紅葉御殿の財政事情を聞かされてから真剣に考えていた。さて愈々《いよいよ》、我らの本領を出す時が来た。この一年有余、夢のようなのんびりした生活に甘んじてきた。鬼武から紅葉御前に迷惑をかけてはならぬと厳しく申し渡されていた故に盗賊本来の仕事もせぬ儘、従労の月日を過ごしてしまった。部下達にも紅葉御前の傘下に入った以上、絶対に仕事をしてはならぬと伝えきたが、もうそのような事を云っておれない状態になっているのを痛感していた。百名余我ら盗賊団の紅葉御前より受けた御恩を返す時が来た。意を決し首脳五名を己が山小屋に集合させ、襲撃行動の地域を先ず協議した。それには出来る限り信州円内を避ける事を条件に越後を選んだ。出羽の国の秋田、亀田、本庄、庄内の各国々より都への貢物、租税品の数々の品物を頂こうというものだ。盗賊団だけに、飽くまで隠密作戦が必要であった。おまん以下主脳陣は詳細な打合わせをし、その翌早暁各山小屋から三々五々旅人として出発して行った。越後街道の糸魚川辺りに集結するとの命令であった。盗賊達は久方振りに仕事が出来る喜びで活気盛んであった。飛ぶように一路、間近の日本海辺りへの道を急いだ。おまんも又、三人の部下を連れて出発した。

こうして百余名の盗賊団は三、四名或いは五、六名と仲間を組んで越後街道へ出る山又山の道を急いだ。夕方には糸魚川の河川敷に続々と集結した。すっかり夜となる頃には殆ど百名余りが背丈まで伸びた葦の中で野宿し、翌朝五名の偵察隊が街道を北上して行った。三名は襲撃場所を決める事、二名は南下する荷馬車の発見と確認を同時にし、一刻も早く本隊に報告する事であった。三名は通行量の少ない国境の峠を襲撃場所と定めて本隊に戻って来た。

幾日かが過ぎ去った。盗賊達にとって、いらいらの毎日であった、町に出ては酒を買い、河川敷の叢に酒を飲んでは寝転んで時間を過ごす盗賊で一杯であった。が背丈に及ぶ葦と雑草で通行人にその姿は見えなかった。或る日の午後、偵察の伝令が本隊に走って帰って来た。二人は木々の間に身を隠し荷駄車の荷物を確認した。まぎれもなく木簡（木簡とは宮中への貢品一個一個、品目、送主の名前、発送した月日とを墨書きした木片である）の付いた荷物を満載した荷駄車が三台、町道を南下して来るとの報告である。伝令は荷駄車を行き過ごした後、山を駆け下りおまんにその事を伝えた。おまんは大声で「戦闘準備ぞ、出来た者から走れ、襲撃は国境の峠ぞ」「オー」盗賊達は一斉に応答し峠を目指して走った。峠の頂上に着いた者達は即座に太い木の陰に身を隠す敏速な行動で、百人余り凡てが身を隠すに時間はかからなかった。暫くして荷駄車が重そうに喘《あえ》ぎながら峠の夜道を上って来た。荷駄車は先引きの人夫が二人、四人が綱を引っ張り車の梶は二人の人夫が持っており、車の後から二人の人夫が押していた。その車の両脇に警護の武士が二人荷台に添っており、それが三台、同数の人夫と武士が同行していた。おまんは息を殺して荷駄車を見つめていたが先頭の一台は見送り、真ん中の荷駄車が目の下中央に進んで来た瞬間、ぬっくと立ち上がり、「掛かれ、殺れ」と絶叫しとび出し山を駆け下りた。と同時に木陰に隠れていた盗賊達は一斉に抜刀を振りかざし山から駆け下りるなり人夫達に斬りつけた。人夫達は不意の襲撃に逃げる間もなく斬りつけられた。血飛沫を上げてぶっ倒れる人夫達、おまんは逃げようとする警護の武士を狙って大薙刀を大きく力を込め横に斬り払った。武士を太刀で払い落すと同時に脇腹へ大薙刀の大刃が食い込んでいた「ギァー」と悲鳴を上げてぶっ倒れた。と同時に身を翻《ひるがえ》し二人目の武士に襲いかかりこれも一瞬で斬り伏せていた。前後の武士達を大勢の盗賊達が取り囲んでいた。

「どけ、どけ」おまんはその中に飛び込んで行き、一人の武士と三度渡り合ったが又大薙刀の餌食となり斬り殺された。三人目の武士は盗賊達の一斉斬り込みに会い全身斬り刻まれて絶命した。全身の斬り口から血飛沫が吹き上がっていた。その間四人目の武士は盗賊達の囲みを破って逃げようとしたが、おまんが追い掛けざまに大薙刃を大きく背後より討ち下ろした。武士は真っ向から頭を割られ、白い脳味噌が四散したと同時、前のめりに倒れた。

道路一面血の海となる。その血の中にあちこち二十四人の人夫の死体が転がっており、その中に苦悶に歪んだ血まみれの顔、顔、武士の死体が六体、アッという間の大惨事であった。

「皆の者、勝鬨《かちどき》ぞ」おまんは大薙刀を大きく振り上げ叫んだ。「オーオーオー」盗賊達は鬨の声を挙げた。百人の歓声が峠の山脈に木霊《こだま》した。主脳の一人が叫んだ。「さあ後始末じゃ」その声の終らぬ先に峠の山間の平地に向かって大勢の盗賊が走った。鍬を手に手に平地に穴を掘り始めた。小半時も経たぬ間に、大きな深い穴が木々の間に出来ていた。五十人程の人手である。穴を掘っている間他の盗賊達は死体を凡てその周辺に集めていた。容赦なく遺体はその穴に投げ込まれた。その上に掘り上げた土を入れ平地にするにはそう時間はかからなかった。正に証拠隠滅の巧みな方法である。その作業の間他の者達大勢は荷駄車を峠から駆け下ろし、街道を一直線に走り糸魚川辺の河川敷叢に素早く運んでいた。荷駄の木箇は凡て取り外され、荷駄の荷品が明白になった。それによると一台の車は米や粟が五百貫、二台目は絹綿布八十貫、金銀の砂子五百貫、三台目の荷駄車には鱈の干物百五十貫、鰯の干物百五十貫、鰊《にしん》の干物、小海老の干物百五十貫、昆布、わかめ百貫、流石《さすが》宮中への租税貢物である。主脳の一人は木箇から白紙に明細を写し書き取った。多くの木箇は焼き捨て灰にした。これも証拠隠密である。何十年この道（盗賊家業）一筋に生きている彼らの知恵であり地方での犯罪は司法の手が届く筈が無く、山間僻地に於いては尚更である。盗賊百名の軍団と荷駄車は夜になって糸魚川河川敷を水無瀬に向かって出発した。暗黒の行軍である。小猫一匹通らぬ野山の帰路、何一つ不安の無い盗賊達には大いなる戦果であった。おまんは腰にぶら下げた瓢箪の酒をがぶがぶ飲んで歌をうたいながら上機嫌の夜道であった。

　おまんを首領とする盗賊軍団が紅葉御殿に到着したのは未だ夜も明けぬ寅の刻（午前三時）であった。鬼武三兄弟が出迎えた。おまんは無言で戦利品の明細書を鬼武に手渡した。盗賊達は皆、己が山小屋に引き上げて行った。熊武、鷲玉は部下達全員で荷駄の品々を御殿裏山の倉庫に運び入れさせた。鬼武にはこの膨大な金銀、物品が都への租税貢物である事は明細書を渡された時に感じていた。紅葉御殿の窮乏を救う為のおまんの行為、あながち責めるわけにはいかないと思った。まして大恩ある紅葉御前の為に盗賊の本性を現したが、戦利品の一つも私物化せず全部、御殿に献上したその心根が鬼武には嬉しかった。だが宮中への貢物を掠奪した金銀物品を紅葉御殿を救う為とは云え、それをその儘御前に報告出来ようか。おまん以下盗賊軍団の罪業を殊更に暴露するに当たらぬと思った。盗賊達は各々、山小屋に入ると即濁酒を幾杯も幾杯も大茶椀にあおった。紅葉御前に迷惑をかけてはならぬと頭領おまんの厳命に、ここ一年余り静かな生活に甘んじてきた。久し振りに盗賊の本領を味った楽しい仕事であった。一人一人満足していた。暫くの間どの山小屋も笑い声を交えた喧噪であったが、間もなく静寂となった。皆ぐっすり寝てしまったのであろう。

こうして四、五日が経過した。盗賊達の大方は荷駄隊を襲撃する事の快楽と大きな戦果を得た時の喜び、これは何十年の盗賊家業をしてきた者にしか解らぬ醍醐味であった。一年振りの大仕事は彼らの火に油を注ぐも同然だった。又やりたい又一暴れしたい、盗賊一人一人、共通の願いであった。長い月日、頭領から襲撃を禁じられてきた彼らはうずうずしていた。一個人としては大きな働きは出来ない、集団で合戦の形で身を張って襲撃するのをなりわいとする軍団である。山小屋には普通六名が合宿していた。寝床について一人の者が横に寝ている同僚に「おい、首領に内緒で我々だけでも決行しようではないか」「いや、頭《かしら》とて元々合戦好きじゃ何も内緒にする必要は無い、喜んで合意するじゃろう」「そうじゃ、頭とてやりたくてうずうずしているに違いない」「いっその事話してみてはどうじゃ」一つの山小屋の中でこのような会話のやり取りがあった。それから二日目の深夜、盗賊四十名を残しおまんを先頭に六十名が音を殺して出発して行った。鬼武兄弟はおまんが軍団を率いて遠征に行ったのを知ったのは三日後であった。

三兄弟は山小屋で語り合っていた。

「紅葉御前に襲撃の事実も報告していないのに又出て行ったわ」

「兄じゃ、それは無理もないわ、我々武芸一筋の者と違い盗賊家業で何十年も生きてきた連中じゃ」熊武が兄に向かって云った。鷲玉がそれに合わせて「兄じゃ、よく一年半も辛抱していたものよ」「そんなものかのう、盗賊とは」と鬼武は感心して云った。

「奴らは一人一人では剣も弱いが集団の勢いでじゃ、大商いの荷駄を襲えば収穫も多い筈じゃ、それが奴らには堪えられんのであろうよ」と熊武が云った。鬼武は思案しつつ

「おまんが帰って来次第、今度こそ御前に報告せねばなるまい、御前が何と云われるかの」「元々紅葉御前の窮状をおまんに打ち明けたのはこの俺じゃ、おまんも恩になった御前の為にした事じゃ」鷲玉が云った。

十日以上もおまんの軍団は帰って来なかった。鬼武はその安否を振り切る為にも裏山で行久と木刀による剣術、弓矢の腕を競い合っていた。

三十番も射たであろうか、汗を拭きながら、

「のう行久殿、おまんの軍勢が宮中への貢物を強奪したが、それによって御殿の窮地はあ

る程度、救われたのじゃが、御身はこの事について如何に考えていられるか？」

鬼武は行久と事前に打合わせ、御前にこの事は内密にしていたのであるが、直接御前と寝起きを共にしている行久の心境を確かめておきたかった。

行久はその間に暫く考えていたが、

「鬼武殿、御身もそうじゃが身共は如何なる貧困の時も人の金品に手をかけた事は御座らん。おまんは人の物品を盗る為に生きている人間で御座る、生きる見解の相違で御座る。我々は現在、御前の大恩に生きていれば凡て御前の意に従う心算じゃ」

「おお、よく申された、その通りじゃ、身共もそう思う。身共達は御前を主《あるじ》と崇める者、それが良くも悪しくも御前の意志について行くだけじゃ」二人はこの事についても意見が同意したのである。「お互いに紅葉御前を守るのじゃ」行久の差し出した手を鬼武は固く握り返した。

それから十日目、早暁、未だ暗く雨がそぼ降る日であった。何台もの荷駄車が土を噛む音が聞こえた。ざわざわと騒ぐ男達の声が聞こえ鷲玉が「兄じゃ、おまんが帰って来たぞ」鬼武兄弟は急ぎ山を下りて行った。未だ暗いが鬼武は長身のおまんを見かけ側に近付いた。「おまん殿、御苦労で御座った、長い遠征じゃったの」

「いやいや心配掛け申した、浅間街道まで、足を延ばしての」浅間街道とは水上から諏訪への道であろう、おまん軍団は浅間街道の何処まで行ったのか定かでないが、都へ通ずる要所である事には間違いない。

「いや面白い遠征で御座った、御前から叱られるだろうよ、しかし我々には盗賊団の生き甲斐があるのじゃ、生き甲斐で死ねたら本望じゃ」「ほう、これは頼もしい限りじゃ」

鬼武兄弟はお互い顔を見合わせた。前回を上回る戦果は紅葉御殿の財政を大きく潤したのは事実である。二度までも内密では済まされない、鬼武と行久は協議し、意を決して二人は御前を会議室に訪ねた。今までの経緯《いきさつ》と顛末を詳しく報告すると、交互に話す二人の話を聞いていた紅葉はハラハラと涙を流した。

「おまんがそれ程、この紅葉御殿の事を案じておじゃるか、嬉しい事じゃ」

「宮中への貢物の強奪は朝敵になり申すが」

行久は心配《そし》そうに紅葉の顔を見つめた。

「朝敵の謗りは紛れまい、良いのじゃ、わらわとて宮中公卿から追放された身でおじゃる。些《いささ》か朝廷に恨み持つ身でおじゃる」

「おまん軍団がこれ以上罪を重ねては？」

鬼武がさも不安気に云った。

「良いではないか、それよりも紅葉軍団の一人一人の武士や盗賊の方が大事じゃ。一人たりとも餓《ひもじ》い思いはさせられぬわ」二人は部下を思う御前の心情をしんみり聞いていた。

「今宵は五百人の軍団と共に大いに祝宴を張るのじゃ」紅葉は晴れやかに云った。紅葉は良し悪しにかかわらず、多くの部下から尊敬され、慕われる主になりたいと常に考えていた。「ハイ有難い事で、では早速、準備にかかりましょう程に」「案ずるより産むが易しじゃハハハ……」

紅葉が初めて盗賊の名を口にし、しかも盗賊と云えども我を慕って来た者は可愛い部下と思っている事に、鬼武は感じ入っていた。御前の心の広さに感動的なものさえ感じられた。その夜は紅葉御前を中心に御殿全室を開放し五百余名が集合した。玄関より会議室、長廊下も、御殿に入り切らぬ者は玄関の踊場まで盗賊達で溢れた。食物や濁酒は野武士や盗賊達の自給自足の品ばかりである。

猪や鹿の干肉、塩漬け肉、その他干魚類等数々の馳走である。それが各山小屋より御殿に運び込まれ、濁酒の大甕も幾つも運び込まれた。高台に近い前列に野武士達が横列に座り並び、後列には盗賊達が座り大広間廊下を問わず五百余名で溢れた。紅葉御前の顔を知らぬ者が大半である。紅葉御殿の主《あるじ》は如何なるお方か美しい姫様である事は聞いていたが、特別な興味を持って初めて御殿に上った者達が大半だった。殿中では、酒宴を待ち切れぬ者達は既に大茶椀を傾けていた。鬼武が高台の近くに立って両手を広げて叫んだ。

「皆の者、静かに、静かにするのじゃ、程なく紅葉御前がお出ましになる」間もなく御前が現れた。朱地に金襴の鱗柄総無双の打掛けを羽織り、念入りに化粧した艶《あで》やかな微笑で高台に立ち万座を見回した。殿内は水を打ったようにシーンと静まり返り、荒くれ男達は、彼女の余りの美しさ、気高さに唯声もなく彼女を見上げていた。紅葉は唇を開いた。

「皆と共に酒宴を張るのは初めてでおじゃる、この酒宴には重大なる理由がおじゃる、実の所大勢の皆の者、食する米、麦、粟の為大層な金子が必要でおじゃる、この二年間はわらわの金子で賄って参ったが、紅葉御殿はその為に窮乏をきたしたのじゃ、それを見兼ねておまん殿は二度も遠征して大きな戦果を挙げてくれたのじゃ、おまん殿のお陰で紅葉御殿は皆と共に楽に暮らせるようになったのでおじゃる、今宵はその祝いの宴ぞ、おまん殿、立ちなされ」側に座っていた、まんは立ち上がり笑っていた。

「おまん殿、何とか云いなされ」と鬼武に捉されて、

「皆の者、我々は紅葉御前に忠誠を誓った身じゃ、紅葉御前のお陰でこの二年食い物に心配無い安逸な生活が送れた、御前のお陰じゃ、今こそ御前に喜んでもらえる時が来たのじゃ、せめてもの今までの御恩返しじゃ。皆の者我に続けや、我と共に遠征するのじゃ、大いなる戦果を挙げようぞ」

おまんは得意気に一気にまくし立てた。五百の者達は「オーオーオー」と歓声を上げた。紅葉は満足感が全身に及んだ。この大勢の武者《つわもの》達は皆、わらわの家来じゃ、頼もしい限りじゃ、身震いする程の誇りが高められた。「今宵からこの集団を紅葉軍団と名乗るのじゃ」「オーオーオー」全員が手を高く挙げ応答した。こうして祝宴に入った。紅葉は行久、鬼武、おまん、熊武、鷲玉に囲まれて幾杯も盃を重ねた。殿内は益荒男達の臭気と笑い声で

大賑いの宴であった。酒に酔った盗賊達はこれから大っぴらに遠征出来る喜びからであろうか、殊更にはしゃいだ。

行久、鬼武らは盃を重ねながら御前の手前、口には出さないものの心の中では遠征には抵抗感があった。宮中への貢物、租税物品の強奪そのものが大罪である事は解り切っていた。事の成り行きには反対する事は出来ない。しかし紅葉御前を中心に宮中に敵対する罪業へ前進している事実は免《まぬが》れまいと痛感していた。

紅葉は行久に手を取られ満座を見渡し、「紅葉軍団よ、進むのじゃ、進むのじゃ」と興奮の面持ちで高く手を上げ叫んだ。

「オーオーオー」と満座が応答した。

「紅葉御前に忠誠を」

軍勢の中から一人の武者が叫ぶとすかさず「紅葉御前に忠誠を」と五百の人々が一斉に応答した。その後は万来の拍手が殿内を揺るがせた。それを見届け、紅葉は行久に手を取られ宴を後にした。

翌朝、二十名、三十名と組んだ小軍団が遠征の為、山小屋から出て行った。

半年の月日が流れた。

紅葉御殿には無数の財宝が蓄積された。金銀は何千貫に及んだ。紅葉は軍団の一人一人にまで恩賞金を配分した。軍団全員が血気盛んであった。嬉々として遠征に出る軍団、狩猟に出る者、農耕に出る者、凡てが自発的に作業を分担して日常が進行していった。

紅葉は末弟の者にまで、会う毎に声を掛けた。

「身体を大切に励むのじゃ」

「ハハァ、有難きお言葉を」

紅葉御前への信頼と尊敬は日に日に増して全員に浸透していった。紅葉御前の為なら何時でも死ねるという声を鬼武も行久もしばしば聞いた。紅葉軍団全員に紅葉御前の為にという忠誠を通り越して大きな信仰的な崇敬にまで高められている事実、その原因は何であろうか、紅葉の人間的魅力であろうか、どのような人間をも引き入れる温かい吸引力であろうか、鬼武も行久も凡て御前の意の儘に従うという絶対的な服従の心底が、軍団凡てに同じ考えを与えていると思わざるを得ないのだ。それだけ大きな器なのか、荒くれ者達が心服する何か見えない大きな支配力が働いているのであろうか。

紅葉御殿の財政と運営は凡て実に順調に事が運んでいた。この儘では紅葉御殿の前途は洋々たるものがあった。紅葉は幸福の絶頂にあった。満ち足りた行久との愛欲生活、心許せる第一の腹心鬼武とその兄弟、最も紅葉御殿の為に働いてくれる頭領おまん、それらの者達の多くの配下達、凡て紅葉の意の儘になるのである。

紅葉は毎日驕り高ぶっていた、この世は凡て我が物、我が支配下。

久し振りに琴を弾き始め思い切り独奏した。水無瀬一円に響けとばかりに弾いた。御殿の腰女達、裏山で弓を引いていた鬼武、行久も、山小屋に残っている野武士、盗賊達も暫し手を休め、その美しき琴の音に聞き酔っていたのである。

第十四章　紅葉軍団討伐の勅命下る

　平安京、朱雀大路の検非違使庁に隣接した広大なる敷地、四方高壁に囲まれたその門柱に祖貢院と大書きされており全国租税、貢物受領所という役所がある。七日から十四日目には全国津々浦々の宮中所領公卿所領の国守より租税及び貢物の荷駄車が何台か到着していた。その度に役人達は送り状と照らし合わせて物品の点検と受領の手続き、受取状の作成、下符等重要な作業を行う。それが完了後、役人の指示で敷地内奥大倉庫へ荷駄車諸共入庫し倉庫役人の命令通り積み荷を下ろすのである。

　地方国守より物品発送に先立ち金銀、物品等の送り状が飛脚によって祖貢院へ届けられる。奥州、出羽、越後から送り状が祖貢院に届けられた。中四、五日で荷駄車が到着するのが普通である。にもかかわらず今年に限って幾日経っても到着は無かった。祖貢院の役人監察司は何通もの送り状を持参して、検非違使庁に行き検非違補佐官に面接、その由々しき事実を重大事として報告した。補佐官は不可解なる事件として約五通の送り状を検非違使之尉官室の大伴《おおとも》之《の》部《べ》剣持《けんもち》に恐る恐る進言した。大伴乙部剣持は、征夷大将軍、坂上田村麻呂の直系部下で朝廷に対し特別な皇尊尊王の典型的な武将。その報告を聞きながら怒りを露骨に顔面に現した。剣持は即、物品掠奪と直感した。「これは反逆じゃ、朝廷に対しての反逆じゃ」と叫んだ。大伴剣持は腕を組んで考え込み暫く沈黙が続いた。四名の補佐官に向かって「明朝己の刻（午前九時）より会議を開く」云い残して庁内の己が部屋に籠った。いずれ宮中に報告せねばならぬが確実な調査をせねばならぬと考えていた。

翌朝、会議が開かれた。平安京を中心とした日本北部の大地図が広げられ、検非違使之尉大伴剣持を中央に補佐官四名が円型に着座、五通の送り状を源《もと》に荷駄車の発送国から輸送通路を詳細に検討された。長時間協議の結果大伴剣持は一つの結論を出した。信州を中心に荷駄車が消えている事実、補佐官等の見解を一つに纏めた結果であった。早急に調査武士を現地に派遣してその実態を把握せねばならない。大伴剣持は補佐官四名に命じ敏腕と健脚且つ感応の優れた武士二十名の人選を命じた。二日後、検非違使庁勤務の将兵三百余命の中からその任務に適していると思われる武士二十名が選出され、大伴剣持の眼下に整列してその下命を待った。剣持は二名ずつを一調査班として信州を中心に都への街道筋の聞き込みを重点として荷駄車の消息と盗賊達の暗躍情況の割出し等、朝廷の威信にかけての重要な任務を与え、十班に分かれて二十名の精鋭が京の都を出発して行った。十日余りの日数が経過した。京を発して十二日目、第三班が検非違使庁に帰館した。その報告によると、まず第一に驚かされたのは信州水無瀬という村に都より追放された紅葉御前を主領とする紅葉御殿を中心に何百という野武士や盗賊軍団が集団で生活しており、村民達の話によれば大勢の荒くれ不審者が一体何をして暮らしているのか解らないという。信州全域を探索したが水無瀬だけという、野武士盗賊の集団が紅葉御殿を中心に動いているという事。

大伴剣持は沈み込んでしまっていた。三年前美女の誇れ高き紅葉御前が六祖壬大納言関白館から追放されたという事は聞いていた、しかしその御前がまさか盗賊軍団の主領とは信じられぬ事であった。次の班の帰庁の報告によれば糸魚川辺越後街道で荷駄車が消息を絶っている事実。又次の班の帰庁報告によれば浅間街道の松本寄りに荷駄車が南下したがその後荷駄車を見た村民の無い事実。又次の班の報告によれば或る街道の峠で荷駄者の人足や警護の武士が大勢殺され、遺体を村民が総手で埋葬した事実。これらを総合すると水無瀬より三十里以内で事件が起こっているという事である。検非違使補佐官が克明且つ詳細に作成した長文の報告書を持参し大伴剣持が宮中に参殿した。当直の中納言堀川卿と中納言六条卿に報告書を提出し租税貢物盗難の模様を報告した。後日院政諸公卿を召集してその席上で協議するとの解答であった。二日後、大極殿、大蔵院に左大臣近衛公、右大臣三条公以下五公卿が集合した。検非違使之尉、大伴乙部剣持は長文の報告書を読み上げた。読み進む内に紅葉の名前が出てきた。左大臣始め諸公はお互い顔を見合わせ身を乗り出して固唾を呑んだ。紅葉御前が五百に及ぶ野武士、盗賊の主領として信州の水無瀬という所で御殿に君臨しているというのである。

「何、あの紅葉御前が、信じられない」左大臣近衛公は天に向かって絶句した。居並ぶ諸公も呆然とした。信じられぬ、あの宮中一の美女、誇高き紅葉御前が盗賊の首領とは。左大臣は瞑目し無言であった。六条公が
「もしこの報告が事実なれば、紅葉御前と云えども朝廷に弓引く大逆賊でおじゃる」

「朝廷の御威光に刃を向けるも同じでおじゃる」「紅葉御前と云えども討たねばなるまい」

「いや多くの盗賊奴《め》らが紅葉御前を頭に祭り上げているに違いない、先ず盗賊を討つのじゃ」「盗賊こそ朝廷の敵」諸公卿は皆それぞれ口々に叫んだ。

　暫く沈黙の左大臣が重々しく沈痛な口を開いた。

「明日にも帝に奏上し、討伐の御裁下を仰ぐ事になろう、帝に奏上する前に討伐軍の武将の選考が先決でおじゃる」

「それはそうでおじゃる、討伐軍指揮武将が決まらぬ儘帝に奏上出来まい」

「全くその通りでおじゃる」諸公卿はその意見に同意し討伐の武将選考会議となった。多くの武将の名が挙げられたが全員一致に至らず、長い空白の時間が流れた。と突然左大臣が諸公に向かって「実は先程から浮かんでおじゃったが貴族参議であるだけに思案し続けておじゃった」「ほう維茂《これもち》卿でおじゃるか、院政の参議だけにのう、だが文武両道に優れ時に剣は院内随一と聞いておじゃるが、危険な任務でおじゃる、如何なるものか」

中納言堀川公が云った。他の諸公も多少難色を示したが賛成するが如き発言をする公卿もあった。左大臣は「ともあれ、帝に奏上しこの件も御上の御裁可を仰ぐしかおじゃるまい」

結論として明日の御台臨《たいりん》を仰ぐ事になった。

ここで従五位内大臣、平朝臣《たいらのあそん》和泉維茂《いずみこれもち》卿の身分を記さねばならない。

第五十代桓武天皇の皇子、葛原親王の子、高棟王が祖父君より天長二年（八二五）平氏名を与えられ臣籍に降下し平家を名乗ったに始まる。臣籍に降下したとは云え、大納言、中納言、参議という上級官職についた人々が多くあった。その高棟王の第三子が和泉維茂である。その時四十三才の男盛りであった。

中一日置いて三日目、御所内陣の座に未の下刻（午後二時）院政の諸公卿が召集された。陣の座とは御車寄より諸太夫の間背後長廊下を進み、紫宸殿の裏廊下を進み、宣陽殿の中間に位置し宮中諸儀式の折、紫宸殿へ出席される左近衛府武官が陣を設けたのでこの名があるが、左大臣、右大臣、大納言、中納言、参議等が列座し「親王宣下」や年号を改める「改元」など重要な公務を行う会議室とされた。これを「陣の定」と云う。左大臣近衛道成卿は院政九名諸公卿と五名の参議を召集した。居並ぶ諸公が待つ間も無く、時の帝、第五十七代陽成天皇が高御台に出御された。

諸公は恭《うやうや》しく拝礼の後、左大臣が事の顛末を詳細に奏上した。と同時に紅葉軍団討伐の任に参議、平朝臣和泉維茂を推薦した。

末座の維茂は己が名が出たので驚きに一瞬鼓動が止まるかと思った。帝の御前に論議や異議は許されない、院政の諸公が決定した事を、帝は裁可（お許し）されるのである。

帝は左大臣の奏上を無言で聞き入っていたが居並ぶ諸公卿の末席にいる維茂を見て、やおら唇を開かれた。

「参議、維茂、前に出るよう」

維茂は恐る恐る帝の御前に平伏した。

「維茂か」「ハイ」

「汝を信濃国、鎮守府将軍に命ずる、紅葉軍団とやらを討伐せよ」

「ハイ、身命を賭けまして」

維茂は平伏した。一瞬で維茂の腹は決まった。

帝の命令は絶対だ。討伐軍の総指揮者が御裁可決定した。御所を退去した維茂は烏丸大路の二条小路を東へ邸宅街にある館に帰るなり、部下五名に命じ譜代臣の召集を命じた。

その夜、維茂館に騎馬で続々と駆けつけた武将達、戦乱の無い平穏な社会情勢の中、俄かの召集に武将達は訝《いぶか》し気な面持ちで大広間に通され維茂の出座を待った。

居並ぶ武将は凡て維茂将軍の腹心の部下である。その中でも第一の臣下金剛兵衛政景《まさかげ》六十七才、下総の由緒ある豪族の出であり、維茂の少年期より仕え、文武両道を指南し、院内随一の剣の達人に育て上げ生涯維茂に仕えた。その子、金剛太郎政秀四十一才、幼少より維茂に仕え父政景から維茂の剣相手として競い合い学問も又同様であり、父と共に生涯維茂に仕える事になる。

成田左ヱ門長国五十才、河原太郎定国三十七才、長塚次郎家忠四十才、共に青年期より政景に仕え一門の武将として共に家来二百名を持つ身である。間もなく五人の前に維茂が現れた。「皆の者、この夜半大儀じゃ、緊急の事態故、集まってもらった。遠慮はいらぬ、車座になってくれ」「ハイ」五人は答え政景が維茂将軍の右側に着座し、四人は維茂を中心に円陣を組んだ。五人の武将は緊張の面持ちで主君の発言を待った。維茂は懐中より勅命の命令書を見せ、信州戸隠の紅葉軍団討伐の詳細を説明した。維茂は腹心の部下だけに飾り気なく率直に己が考えを述べた。

「この討伐は維茂に命ぜられたもの故、他の御大将に応援を頼むべきではない、我々一門だけで討伐軍を組織せねばならぬ」

「その通りでござる、しかし我々の部下は一度とて戦いの経験なき都育ちの者ばかりで、それが一番の気掛かりで御座る」老いの政景は部下の兵達がよく合戦に堪えられるか、戦いが出来るかを懸念した。成田左ヱ門長国が口火を切った。「野武士や盗賊達の合戦は一体どのようなもので御座るか、とんと想像も出来申さん」と不安気である。

「野武士や盗賊達には戦略とか作戦とかは御座るまい。唯、我武者羅《がむしゃら》に抵抗してくるだけで何も恐れる事は御座るまい、討つのみで御座る」一番若い河原太郎定国が血気盛んに云った。その言葉が終らぬ内に「そうじゃ、我々とて部下一同、日夜剣の道に励んでおり申す、充分なる作戦の上に臨めば盗賊達を壊滅するは、いとも簡単な事と存ずる」長塚次郎家忠も、さも自信あり気に云った。部下それぞれの意見を無言で聞いていた維茂は「さて敵、野武士盗賊の数五百名と報告を受けているが我々の兵力はどれ程になろうか」「ハイ身共が動員出来るのは、ほぼ三百で御座る」政景が先ず答えた。「身共はまず二百で御座る」成田左ヱ門、続いて金剛太郎が「身共も二百、確実な所として」河原太郎定国百五十、長塚次郎家忠が百五十。維茂は一人一人頷いて聞いていたが、「我々の討伐軍は一千か、二対一の割合じゃな。ともあれどうあっても敵を壊滅せねばならぬ、皆の者、兵達を充分に選別してひ弱な者は避けるのじゃ」

「参議、出発は何時《いつ》になりましょうや、充分なる準備が必要で御座れば」政景が云った。

「中三日は如何じゃ、日数が足りぬか」

「出来れば後二日の猶予を頂ければ」

翌朝、武将達に選ばれた兵達はその館に召集され討伐軍に加えられた旨、伝達され、慌ただしき日々と成った。太刀を急ぎ磨《と》ぎに出す者、家伝来の槍を磨ぎに出す者、暇乞《いとまごい》に駆け回る者、一千の兵達は千差万別にそれぞれ己が準備に忙殺されて瞬く間も無く五日という日が過ぎ去った。その間維茂将軍は傘下の各武将館を回り討伐の挨拶に日を費した。

出発当日、妻子との別れを惜しんだ後、早朝愛馬「白雲」に乗り左大臣館を訪ね、近衛公に赴任の挨拶を懇《ねんご》ろにした後、集合場所である十七年前焼失した應天門跡の大広場に向かった。

もうそこには馬上の金剛兵衛政景と整列した三百の軍勢、又馬上の成田左ヱ門と二百の軍勢等、五人馬上の武将と一千の軍勢、平安の都にこれだけの軍勢が集結したのは何十年振りであろうか。物珍しさと何処へ戦いに行くのか、好奇の目の見物人で溢れた。

維茂将軍は馬より降り、遥か東方宮中に向かって深々と頭を下げ黙礼した。武将や兵達はそれに倣って一斉に御所に向かい遥拝した。

将軍は将兵に向かい馬上より「これより信州へ向かい出発する」高々と叫び朱雀大路を南下、三条大路を東方へ長い討伐の旅に出るのである。時に元慶七年（八八三）七月十二日であった。雲一つ無い紺碧の空、暑い日だった。

五日の日程を経て、信濃国、出浦郷に到着した。鎮守府館に入った……。

扨《さ》て紅葉御殿ではそれに先立ち、紅葉はある夜、かつてない悪夢にうなされた。夢の中、始めはぼんやり幻《まぼろし》の如き得体の知れぬ物が現れたがその物が次第におぼろ気ながら見えるようになってきた。何か白馬に乗った立派な武将が近付いて来るのである。その姿が益々大きく迫って来た。何か身動きが出来なく体が硬直した感じで、もがこうとすればする程動けず、白馬の武将が寝ている紅葉の顔前に迫って来た。アッと声を出そうにも声が出ない、迫って来た馬の前足が紅葉の顔を踏みにじって行った。その後から多くの男の足が、土足が、顔を踏みにじって行くのである。苦しい苦しいと胸を掻きむしる動作をしている自分を夢の中で感じた。「アアッ」と絶叫した。その自分の声にハッと目が覚めた。紅葉は今見た鮮烈な夢を驚く程克明に思い出していた。紅葉は起き直り側に寝ている行久を激しく揺り動かし、「起きてたもれ、行久、起きるのじゃ」行久は驚き目を覚まし起き直り紅葉の肩に手をかけ「御前、どうなされた」

「行久、攻めて来る、攻めて来る、わらわに向かって大勢の軍勢がわらわを殺そうと来るのじゃ、アアどうしょう」

「御前、落ち着きなされ、落ち着くのじゃ」

「夢を見たのじゃ、わらわへ攻めて来る軍勢を見たのじゃ」

「夢、夢を見られたか、それは逆夢じゃそんな事あり得ぬではないか、落ち着くのじゃ、勝尾に御酒でも持たせます」行久は垂簾をあけ外へ出て行った。

間もなく側女勝尾が果実酒を持って寝室に入って来た。

「御前、心強くなされませ、さあ、さあ御酒など召し上がって夢など忘れなさいませ」と云い並々と大盃に注いだ。二杯、三杯と盃を重ね紅葉はやっと落ち着いたようであった。

紅葉にはその夜の夢で終ったわけでは無かった。鋭い勘の持ち主であり、直感が人一倍働く、唯夢とは片付けられない云い知れぬ胸騒ぎに似た物を痛感していた。朝廷への大罪を犯している事実、盗賊の行為とは云え、凡ての長《おさ》である自分に討伐の矢が向けられるのはやむを得ぬ事、我々紅葉軍団に討伐軍が来るのも当然かも知れぬ、しかし生きる為にはやむを得ぬ事。夢として片付けられない、昨夜の夢は只事でない、正夢としか思えない、事実の予感である。もし万が一討伐軍が来るとすれば一体何処まで来ているかである。それを早急に探る必要がある、急がねばならない。おまんを会議室に呼び夢の話を打ち明けた。おまんは「さもありなん、御前、あれだけのお宝と物を頂いたので御座る、追手が来ても不思議は御座るまい、じゃが追手が何処まで来ているのか探るのじゃ、鷲玉と相談しようぞ」おまんは明るいものである。全く屈託が無い。鷲玉が会議室に呼ばれ、おまんと鷲玉は小半刻相談打合わせをした。その結果鷲玉の部下十名、健脚で騎馬に優れた者、おまんの部下も十名探索に秀でた者が翌朝、山小屋から出発して行った。紅葉には落ち着かぬ日々が続いた。時折おまんと鷲玉を会議室に招き、万が一の場合を想定して戦うには何処の地域が我々には有利か、それが先決であった。おまんは自信あり気に紅葉を激励し不安を取り除くのに懸命であった。戦い慣れた紅葉軍団が都軍より遥かに強く、戦っても勝利は間違いないと強調した。紅葉はおまんの慰めと励ましに段々と勝利を信じるようになってきた。宮中公卿が差し向ける討伐軍は一度も戦い経験無き武者兵達、何を恐れる事やある、おまんの言葉に紅葉はその通りだと同感していた。何も恐れる事は無い、我ら紅葉軍団が追手を全滅させてくれよう、さすれば追手は二度と攻めては来られまい、そうなれば我らは安泰である、その考えが彼女に自信を持たせ、不安も無いと確信した。

偵察隊が出発してから三日目、早馬で第一隊が帰って来た。それによると案にたがわず前後、騎馬の武将と約千名に近い軍勢が木曽路から信濃路に向かっていると、都への道を一路南下した時、土地の人々に聞いたとの事。二日後、四方、八方に散った次の偵察隊が帰ってきた。それには都の軍勢が信濃の国に入ったとの報告である。紅葉御前は緊張の度を増して行った。何の情報も持たぬ偵察隊も幾つもあった。中一日置いて或る偵察隊が信濃国、国守の館に信濃鎮守府という大きな標板がかかげられ多くの兵士達が出入りしているという。頭の良い野武士が村民に扮装し館に出入りする都の兵に近付き聞き質したところ、「我々は都の兵士であり、総大将は平維茂将軍。紅葉軍団を討伐する為に信州まで来た」という、これ程詳細なる情報があろうか、これで確実となった。紅葉御前の見た夢が正夢であった事を行久、鬼武兄弟、おまんも認めぬわけにはいかなかった。紅葉御前は首脳重臣に「斯くなる上は迎え撃ちのみじゃ」と強気に云い切った。おまんの戦意昂まりと激励の声に励まされた御前は戦う決意である。行久、鬼武、熊武、鷲玉ともその意志に従うと腹は決っていた。ここに至ったからには戦うというより御前を命に賭けて守るという心情であった。「都の兵など、何程の事やあらん、二度と攻めて来られぬよう、討ちのめしてくれようぞ」おまんは強い語気で云った。野武士の重臣達は「久し振りの戦いじゃ、腕が鳴るわハハ……」と威勢を誇示するように大笑いした。

「何年振りじゃろ、戦うのは。思う存分暴れたいものよ」「長年眠っていた剣の技を使う時が来たのじゃ、嬉しい事よ」「戦いじゃ、戦いじゃ」野武士や盗賊の首脳陣はそれぞれ口々に勝手な事を吐きながら、まるでお祭り騒ぎで気勢を上げた。

紅葉を中心に行久、鬼武、熊武、鷲玉、おまん等、円陣を組み如何に戦うべきか、戦場はどこが軍団に有利か、どのような作戦で都軍団をせん滅するかである。長い時が過ぎ、結論がある程度出た。翌朝、紅葉軍団総勢五百余名御殿の真下正面広場に集結した。

御前側近五名が御殿玄関、踊場に立った。その真ん中に紅葉御前が現れた。夏の信州の空は澄み切り、爽やかな微風が感じられた。紅葉の緋打掛けが眩い程鮮やかに光っていた。彼女は眼下の軍団をゆっくり見下ろし、一段と声を張り上げて「皆の者、よく聞くのじゃ。都の平維茂が一千の軍勢を引き連れて我々を攻めて来るとの事じゃ、いよいよ都の軍勢と戦うのじゃ」「オオー」軍団全員が手を挙げ歓声が上がった。

「都の軍勢と戦うにはこの水無瀬は手狭故、我々には不利じゃ、戸隠へ行くのじゃ、戸隠高原なら存分に戦える、戸隠が戦場じゃ」

「オー」と再び軍団は歓声をあげた。

白無垢に銀色鱗の無双柄、緋の袴、朱地に金鱗無双柄の打掛けを着た絶世の美女、紅葉に艶やかなゾッとするが如き鬼気迫るものがあった。紅葉は我が紅葉軍団が必ず都の軍勢を全滅してくれると信じていた。戦いに勝てば再びこの御殿に帰れる、それまでは如何なる暮しも辛抱せねばならぬ、必ず勝てる、必ず勝てると自分に云い聞かせていた。

　その夜、軍団は続々と山小屋を捨て戸隠高原へと移動して行った。行久、鬼武兄弟に守られ紅葉は輿に乗り勝尾始め多くの腰女を従え、その後に衣裳類、生活道具数々の荷車が何台も続いた。

　紅葉軍団の去った水無瀬の里に平和が戻った。妻女や娘子を盗賊達に拉致され、取り戻そうとして殺された里の百姓達、又大怪我を負った村人達、それら悲嘆に泣いた多くの水無瀬の住民にやっと安堵の笑顔が戻ったのである。その後、誰云うともなくこの地は鬼《き》無《な》里《さ》と呼ばれるようになった。鬼達のいなくなった瀬（里）である。この地名は一千年も経った今日に至るも呼び続けられている。

第十五章　戸隠の戦乱

ここで戸隠山、戸隠連峰の全貌を書かねばならない。戸隠連峰は八方睨《はっぽうにらみ》から五地蔵までの表山、八方睨から最南端の一夜山までの西岳、高妻山と乙妻山の裏山、この三つの巨大山塊に分けて呼ばれている。標高は二千メートル足らずであるが戸隠高原から屏風のような岩肌を見せており、連峰全山が巨大岩、巨大な一枚岩を垂直に立て起こし、ほぼ水平に稜線を鋸《のこぎり》の刃のように刻み込んだ奇怪な山容は全国にもその例を見ない。岩質は凝灰質集塊石と云われ、今尚浸食風化が続いているという。故に最も多くの登山者を集めているとも云われている。戸隠山は平安時代から修験の道場、山伏が修行する山として有名になり諸国の山伏が修験霊場として押し寄せたという。戸隠神社は戸隠村のほぼ中心にあり宝光社と呼ばれ、それより東寄りに中社があり、大鳥居をくぐり、参道杉並木を道程二キロ、怪奇な大岩壁の真下に、奥の社が鎮座している。これが戸隠大権現である。この三社より成り立っているのが戸隠神社。又神代《かみよ》の時代、天の岩戸伝説も『古事記』に記されているという。

　さて戸隠高原に到着した紅葉軍団は何班にも分かれ、凡そ五十人ずつ、戦場となるであろうと思われる地域に鬼武、熊武の指揮で何ヶ所も陣地構築にかかった。又戸隠山西南荒倉山麓《ふもと》に人間一人身を沈める深き穴を白樺林の中に無数に掘った。百五十名程の野武士や盗賊が信濃よりの行程、飯綱高原へ出かけて行った。……一方紅葉は行久、鷲玉を連れ、高原一帯を探索した。鷲玉の部下が荒倉山中腹に巨大な屏風岩がありその岩壁の下に洞窟があると報告して来た。部下の案内で山へ登って行くと洞窟が大きく二ヶ所口を開けていた。部下の先導で三人はその中へ入って行った。千畳敷とは行かぬまでも紅葉、行久や腰女等が居住するに充分の広さ。紅葉、行久は即座に住居と決めた。さらに洞窟の奥へ奥へと入って行った。奥に入る程細くなり通路が幾つもに分かれ、迷路の如く、万一に備え人一人隠れるのに充分と彼女は心して見回った。洞窟を出ると早速下足や野武士に命じ数々の家具調度品を運び入れさせた。

　紅葉はやっと寝起き出来るように整った内部の高台座に腰を下ろし、大きく溜息をついた。一体幾日この洞窟に住まねばならぬのであろうか、何時御殿に帰れるのであろうかと、ふと彼女は思うのである。

　多くの部下達が都軍を迎え討つ為の陣地作りに四方散っている、凡て鬼武兄弟、おまんの軍勢が戦ってくれるであろう。わらわは何も心配するには及ぶまい、この洞窟で戦勝の報告を待っていればそれで良いのじゃ。

行久が紅葉の手を取り、慰めの声を掛けた。「暫くの辛抱じゃ、元気を出しなされ」紅葉はその言葉に慰められたか、無理押しの笑顔を行久に向けた。

その夕、洞窟内で腰女達が作った夕食の膳についたが食事は一向に進まなかった。心底、不安と恐れがある所為《せい》であろう、唯、果実酒をぐいぐいと盃を重ねて酔いに紛らそうとしていた。洞窟で初めての睡眠も、夜明けまでまんじりともせず寝つかれなかった……。


維茂将軍は金剛兵衛政景に命じ、戸隠高原一帯の道路や地形を調べるよう、健脚の武士三名を探索に進発させた。

丸一日を費やして帰館した紅葉軍団の本拠荒倉山高原へ出るまでの煤花川、楠川共に戸隠山中からの水流も激しく、それに架けられた橋という橋は悉く《ことごと》紅葉軍団の手によって撤去され、又破壊されていた。維茂は河原定国隊長、長塚家忠隊長二人を鎮守府館一室で敵情調査について協議した。その結果、河原隊、長塚隊三百の先発隊が敵情視察かたがた敵に遭遇すれば戦うという目的を以て出発した。

維茂将軍の指示通り楠川、煤花川の渡河進路を避け、信濃より飯綱高原を経て鳥居川沿いに山腹道を北上した。そして戸隠山麓を南下して荒倉山高原に入って行った。河原隊は白樺林を分散進行し、長塚隊は丘陵平地を分散進行したが、河原隊の進む途中に思いもかけぬ事態が起こった。白樺林を警戒裡に進む兵達の頭上から一人一殺の野武士達が続々と縄を伝い落下するなり音も無く太刀を上から眼下、都軍兵の背中を一突き、又頭上より急落下し一息に兵の首を掻き切る戦法。都軍の兵達は、ギァ、ギァと絶叫し、瞬時にして十名、二十名とぶっ倒れたと同時に、野武士はすかさず驚いて怯《ひる》む都兵に斬りつけた。逃げるのが精一杯であった兵に瞬時頭部に太刀を一突き、又飛び下り瞬間に眼下の兵の顔面を横なぐりに斬り、顔面を石榴《ざくろ》の如く斬り裂かれる者、都軍に無惨な奇襲攻撃を与えた。難を免れた兵達は逃げまどう。右往左往、逃げまどう兵の頭上から容謝なく野武士達は襲いかかった。河原隊長は、兜のお蔭で頭や顔を斬られるのを免れただけに、荒れ狂うが如く頭上から飛んで来る野武士達を太刀で横なぐりに斬っていた。正に頭上より必殺の殺人剣である。

野武士達もかなりの人数が斬り倒された。

白樺林は、都軍の兵、野武士の死体が累々と点在し、足の踏み場も無い無惨な様相であった。一方戸隠高原の白樺林を避け、平地を分散行進していた長塚隊の隊長、長塚次郎家忠始め、百五十名の兵達は、静まり返ったむしろ無気味な高原の平地を何の警戒心も無く進んで行ったが、それが裏目となった。

広大な平地を通過し、ようやく丘陵地帯に入って行ったその時であった。三、四十の通り過ぎた兵達の足許草叢《くさむら》が突然大きく口を開き抜身の太刀が地下より、進む兵の股間を突き上げた。彼方此方「ギァー」「ギァー」と叫ぶ兵の絶叫が随所に起こった。と同時に十名余の兵が一瞬でぶっ倒れた。と間髪を入れず野武士達がその穴より飛び上がり、一瞬の惨事に逃げまどう兵達を、横なぐりに斬り払い、次の兵に向かって斬りつけると、狂うが如き戦いぶり。戦意を失い、唯この場から逃げたいと必死に背を向ける兵を斬り捨てるのは実に楽な仕事であった。追いかけざまに背中を一息、又背後からの袈裟斬り、首斬り、都軍の兵達は無惨に次々と倒れていった。一瞬の出来事であった。分散行進兵達の真ん中あたりを歩いていた長塚隊長は、前方突発変軍に「敵襲」「敵襲」と後方兵達に向かって絶叫しながら、太刀を払って前方野武士軍の方へ走って行った。蜘蛛の巣を突ついた如く逃げまどう兵達、その足許から太刀が脇腹目がけて突き上げられ、のけぞる兵、又足下より横薙ぎに斬り払われて、両足を斬り飛ばされ、ギャーと悲鳴と共に転げ回る兵、間断なく兵達の絶叫と、野武士達の歓声が交叉して、まさに阿鼻叫喚である。

長塚隊長は、野武士達の真っ只中に飛び込み、縦横無尽に太刀を振りかざし、二人、三人と斬り倒していた。鎧、兜の一廉《かど》の武将奮戦に恐れをなして逃げ出す野武士の何人かはいたが、勇猛なる野武士達が七、八人群がって長塚隊長を取り囲みジリ、ジリと迫った。隊長は一番接近した野武士を一振りで斬り倒したが、と同時に四、五人の野武士が一斉に斬り込んで来た。隊長は太刀を大きく横に払った。野武士の一人は太刀を持った右手を切り落とされ、一人は脇腹を切り裂かれた。がその一瞬、長塚隊長はアッと叫んだ。太腿に刃《やいば》が突きささったような激痛を感じた。が、ひるまず次の太刀を構えると、目前の野武士三人が崩れるように前のめりに倒れ込んだ。

「隊長が危ない」「隊長を守れ」

兵達は口々に叫びながら駆けつけ野武士の背後から槍や太刀で思い切り背中を突き刺した。長塚家忠はホッと大きく息をした。暴れ回っていた野武士の戦闘頭らしき髭面の大男が草原全体に横たわる都軍の累々たる死体を見渡し叫んだ。「潮時じゃ、引き上げじゃ」「引き上げ」「引き上げ」と口々に大声で叫びながら彼方丘陵地帯へ走り出した。それに続き野武士軍団は一斉に勝軍《かちいくさ》に喜びの歓声を上げて走り去った。紅葉軍団の去った戦場は暗黒の雲が垂れ込め今にも夕立ちがきそうな空模様である。長塚隊長は兵達の肩を借りて大きな木の根元に横たわった。部下に腰に下げた小さな瓢箪を外させた。消毒用の強い酒である。切り裂かれた傷口から鮮血がドクドクと吹き上げていた。血の拭き取りを繰り返し、傷口に酒を注ぎ込んだ。飛び上がる痛さである。血が溢れるも構わず二人の兵に力まかせに太腿を白布で緊《し》めさせた。血が白布を染めた。それにしても多くの兵達を死なせてしまった、野武士如きにこれ程までに惨敗を喫するとは、口惜しさに長塚家忠は天を仰ぎ、涙をポロポロ流していた。小半刻余り唯茫然としていた。だが気を取り直し側にいる部下、坂部良祐に命じ大敗の戦況報告を鎮守府維茂将軍へ早馬を飛ばした。

紅葉軍団が引き上げた後の草原は唯々、地獄絵図であった。周囲三丁に及ぶ足の踏み場も無い程、夥しい都軍兵士の死体。その一人一人血まみれの顔面は苦渋と遺恨、怨念でゆがみ切った死に顔。さぞ不意打で惨殺された魂の恨みが凄まじい形相となっているのであろう。

未だ太腿よりドクドクと血を吹き出している切断された足、血だらけのゆがみ切った顔の首が随所に転がっており、この世のものとは思われぬ情景である。まさに地獄とはこの様なものかと思わせた。

紅葉軍団の実によく計算された巧妙、且つ残虐極まる一突必殺の戦法であった。いち早く難を逃れ四方八方へ逃げ散った兵達は戦乱が終り半刻後、後方から三人こちらから五人と静まり返った鬼気迫る戦場へ戻って来た。その数三十余り。都軍と紅葉軍団最初の討伐戦は全滅に等しい敗北であり戦死、百二十を数えた。程なく河原隊より伝令が到着した。それによると隊長河原定国は左腕を肘より斬り落され、討死、死者百を超え、生き残り五十名の内重軽傷を受けた者半数に及ぶとか。長塚家忠は「あァ、河原隊もか」と絶句した。

長塚隊の早馬の伝令、相次いで河原隊の惨敗報告を受けた維茂将軍は唖然とした。たかが野武士や盗賊らに何程の戦いが出来ようかと甘く考えていたのが大変な誤算であった事を初めて知らされた。草原、雑木林等の戦闘に抜群の強さを発揮する野武士、盗賊軍団との戦いでは並大抵では勝てる見込みの無い事実を、維茂はつくづく思い知らされた。

維茂将軍は、金剛太郎秀景、金剛次郎政秀、成田左ヱ門長国を呼び作戦の練り直しを長時刻協議した。絶対に勝利を得るという決め手結論の出ぬ儘、時刻の徒労でしかなかった。

最初の都軍との戦いに大勝した紅葉軍団、指揮した鬼武、熊武は満足気であった。元々朝敵にはなりたくなかったが事の成り行きにはやむを得なかった。自己本意の考えを固守出来ない状況に追い込まれた。大恩ある紅葉御前を守る為ではあったが剣の道に生きる武人である。先祖代々戦いに生きてきた武門の血統がやっとこの事態になって息を吹き返した。戦う相手が不本意にも朝廷の軍が攻めて来る時には防がねばならぬ。攻撃こそ最大の防御。

祖父鬼若、父鬼一、共に蝦夷征伐という朝廷の為に戦ったと教えられた。が、此度は紅葉御前の為に朝敵となってしまった。亡き祖父も父も今の己れの境遇を認めてくれるであろうか？　だが祖父や父から受けた血は争えない。戦う本能が蘇ったのである。権堂行久も彼なりに朝廷の軍と戦うのに大きな抵抗があった。剣の修業に明け暮れた日々を殊更、懐しく感じていた。紅葉を救った日より彼女の愛の虜になってしまった、それが良かったのか己の人生が破滅に進んだのか、行久には解らなかった。だが朝廷の軍と戦う為に修業してきた剣ではないと行久は頑なにその信念を持っていた。

部下より戦況を聞いた鷲玉、おまんも

「先ず最初の戦いに大勝した祝い酒じゃ」

「祝いの酒じゃ、祝いの酒じゃ」

洞窟の前の叢《くさむら》で円陣を組んでの酒盛り。その賑いを笑いながら洞窟より行久と共に出て

来た紅葉も酒席に加わった。皆を見渡し、

「紅葉軍団は頼もしき限りじゃ、次の戦いもそうあってほしいものじゃ」

「御前、御安堵なされ、次の戦いも作略を練って御座る」とおまんは得意気に云った。

最初から紅葉軍団との戦いに大敗した維茂将軍は沈痛な思いに心も重く出浦鎮守府館へ帰って来た。生き残り重軽症兵隊達の傷を癒す事が先決であると、信濃医術者、医僧を集め館兵宿舎で治療にあたらせた。その間、連日、早足の兵を選び常時二名ずつ、旅人町民の姿に変装させ、戸隠高原、飯縄山周辺一帯、紅葉軍団の動きなど探索に向かわせた。鎮守府館都軍七百余名の兵は、信濃国、雑木林や平地で第一回の大敗、二の舞を踏むまいと戦闘訓練に厳しい隊長命にて励んだ。そして信州とは云え、暑い八月が過ぎ去っていった。重傷兵の内八名が治療中壊疽《えそ》を併発して死亡した以外は全員傷も癒え隊に戻った。

九月初旬の或る日、平維茂将軍は誰にも気付かれぬ早暁、一人館を抜け出た。旅僧に姿を変えて。最短の脇差を内懐に忍ばせただけの、何の武器も持たぬ、全く誰もが疑う余地なき旅僧姿。維茂は先ず裾花川の峡谷を越え、川辺を川上に上って行った。川辺に近い矢本八幡に参拝、その後川上を進み楠川との合流する矢先八幡社にも参拝、次に岩屋観音堂を経て、紅葉軍団の本拠地である洞窟に近付きつつあった。

天候の変わり易いのは山間地の常である。見る間に白樺並木の梢から見る空は黒い雲に覆われ、次第にポツリ、ポツリと時雨《しぐれ》てきた。その雨足は徐々に強くなり維茂は急ぎ足となった。樹木の間から垣間見《かいま》た幔幕《まんまく》、危険極まりないと思いながらも、何か言い知れぬものに引き寄せられるようにその幔幕に近付いて行った。

その足音を聞きつけてか、官女姿の美女が幔幕を引き上げて一人現れた。

「御出家様、何処へ旅をなさいます」

「はい、拙僧善光寺より戸隠大権現の参拝道すがらの身、道を間違えたのか、又俄雨《にわか》、困惑致しております」

「それはお困りの事、先ずは旅のお疲れ、一休みしてお茶など点てましょう程に、その内雨も止みましょう」

「おおそれは有難い事じゃ、言葉に甘えましょうぞ」

「さあ、どうぞ」と幔幕を引き上げ中へ招き入れた。

維茂は驚いた。中には厚い緋毛氈が敷きつめられ、中央に漆塗りの赤い机、その上には何かの肉干物、ぎんなんの実、樫の実等が皿に盛られ、女官姿の女達は白い濁酒を飲んでいたのであろう。それよりもっと驚かされたのはいずれも同じ官女の白衣に緋の袴、四人美女が居座っており、招き入れた女性を加えて、五人が酒宴していたと、維茂は咄嗟《とっさ》に判断した。維茂は五人の美女の前に座った。五人の中の一人が「旅のお坊様、お疲れ故、御酒《さ》など如何でしょうや、お疲れがとれましょう程に」笑みを浮かべた優しい言葉遣いであった。

「忝《かたじけな》い、拙僧、戸隠大権現へ参詣の為、御酒は御遠慮してお茶を一服所望しましょう」

「それでは野立てのお茶を差し上げましょう」五人の美女の真ん中に座っていた女性が、上品な立ち振る舞いで立ち上がり、部屋の片隅に置かれた釜より湯を土器に注いだ。正当な野立ての作法だ。維茂旅僧は恭しく頭を下げて、差し出された茶を喫し、合掌して礼を述べた。その間、五人の美女は、無言の儘、旅僧の動作を見つめていた。旅僧は丁重な謝辞を述べ幔幕を辞した。維茂は見送りの美女から教えられた戸隠権現への道すがら、〈はて。あの五人の同じ白無垢に、緋色袴姿、いずれも甲乙つけがたい美しさ、あの中に紅葉がいたのであろうか。いたとすれば一体どの女性が紅葉だったのであろうか。野立てしたあの女性であろうか。あの作法は都のしかも公卿家伝来と思われる〉維茂は種々思い巡らせながら道を急いだ。途中、五、六名の野武士らしき一団と擦れ違ったが、何ら不審がられる事も無かった。

紅葉は戸隠高原、荒倉山麓へ来てから常時、紅葉と同じ服装をした、影女性を側に侍らせていたという。万が一、都軍刺客に斬り込まれても、五人の紅葉御前がいれば見極めがつかぬ作戦であった。

鎮守府館に帰還した維茂は、金剛政秀、成田長国を呼び、第二軍として詳細な地理図面を指し、金剛隊は二百五十の軍勢で飯綱より、戸隠権現から上楠川に出る背面作戦で敵を背後から攻略すべき命令を下した。

又、成田隊長は二百五十の軍勢で水無瀬より荒倉山背後より、敵を攻略する命令であった。金剛、成田両隊長は、維茂将軍の前に、「必ず紅葉軍を殲滅し、勝利を持って帰陣致します」と宣言し一礼した。丸二日後、軍装を万全に整え、九月十二日夜半子の刻（午後十二時）両軍共、維茂将軍見送りを受け出陣した。早暁寅の刻（午前四時頃）両軍共、同時に紅葉軍の寝込みを襲う作戦であった。

一方予てより紅葉団の密偵が鎮守府の周辺を絶えず乞食姿で徘徊し、都軍動向を探っていた。暗闇に乗じ両隊列に紛れ込み、歩調合わせ、兵達の話し合う会話を一言洩らさず聞いていたが、この隊は飯綱から戸隠へ進むという確信を得た密偵はそっと隊列から離れ、最短距離、山野を駆け荒倉山陣地へ。もう一隊へ紛れ込んだ密偵は水無瀬へ向かうと確信すると、これも又、山野を駆け荒倉山へ。帰陣した密偵より都軍出撃報告を受けた盗賊頭領おまんは己の部下百名を荒倉山、洞窟前に集合させた。又、野武士頭領鬼武、鷲玉、熊武三兄弟は部下全員を動員した。総勢四百四十余が二手に分かれ、二百四十名は戸隠西岳山麓へ、二百名は飯綱高原あたりで都軍と戦うべく、四人の指揮官の下に都軍が隊列を組み進むのではなく、それより三倍も早い方法、命令を受けるや「オー」と呼応し、我先に三三五五散らばる様に駆け出して行き、命ぜられた戦う現地は知り尽くした地であり、登り下りの山野や雑木林も韋駄天の如く走り一早く地形を十分に身定め、戦いにはこの場所と逃れる時の隠れ場所を確認した。岩と岩の隙間、大きな樹々に身を隠す根株の影に身を潜め、進んで来る敵をやり過ごし背後から一息に斬り捨てるか、肩先に斬りつけるか、背へ太刀を突き刺すという、野武士や夜盗の彼らが編み出した自由奔放な戦法であった。敵、味方とはいえ戦う者にとってこれ程卑怯な戦法は無い。だが野武士や盗賊には卑怯という言葉は無い。如何なる方法を以てしても敵を倒せばそれが勝利なのだ。

紅葉軍団の半数二百五十は先を争って戸隠の西岳山麓と荒倉山境に集合した。盗賊頭領おまんは大号令を発した。

都軍の進路を阻止する為、戸隠山脈下方、傾斜地、平地にかけて左右両山が押し迫って来るが如き丘陵の道路に、山腹の大小様々の石や岩を拾い集め、道路封鎖大工事が始められた。左右山腹に登った百余名の盗賊達は、何十貫、何百貫の大岩を掘り起こし、切り倒した樹木を梃子《てこ》に地肌から揺り動かして落下させ、又、何千、何万も大小の石を落下させ、山腹の下に待ち受ける者達が、道路真ん中に放り上げ、次々に積み重ねて行くのだ。

鎮守府を出発した成田隊は百瀬から上合を経瀬戸より水無瀬へ迂回し、背後より一挙に攻略するというのが維茂将軍の命令である。

荒倉山麓近くになると成田隊長は最警戒地域に入ったと判断した。兵達に行軍隊列を崩し分散行進する様命じた。小休止の後兵達は、三々五々抜刀し、思い思いの自己防御姿勢でジリジリ進んで行った。先頭に立って進む成田隊長の眼前に聳え立つ山があるのに驚かされた。探索兵達が書いた地理図面に書かれていない山である事に気が付いた。

忽然と湧いて現れたような山である。それにより進むべき道は完全に遮断され、進む事は不可能に近い状態。荒倉山高原に出るには、この山を登って行くしかない。だが岩石ばかりとしか思われないこの山をどうして登れよう。万一登ったとしても寅の刻はとっくに過ぎてしまうであろう。それでは金剛隊との合流は覚束《おぼつか》ない。どうあっても寅の刻には現地に到着せねば。成田隊長は意を決し、岩石の山肌をなでるように、抱くように進めと命令した。それが裏目に出て大惨事が起こるなど誰しも気付かなかった。勇敢なる兵五、六名が、隊長の前に進み出て、しんがりをと許しを受け、暗黒の山肌を抱くような姿勢で先へ進んで行った。何事も無い、唯々、静寂、兵の歩む草鞋の小石を踏む音のみ。隊長も兵達も一先ず安堵と、次々後に続いた。凡そ百余名の兵士達が進んで行った頃であろうか、成田隊長もその中程を進んでいた。先頭は大きな山肌をなだらかに大きく迂回しつつあった。

折しも中秋名月の季節、暗黒の雲が徐々に晴れて、雲のかかった半円形の月が現れた。月明りで辺り一面薄明るくなったその時、山肌を進む兵達の前後から突然人間の生身が引き裂れる如きギャアギャアと絶叫が間断なく聞こえてきた。ズシンと人の倒れる鎧道掛《よろいどうか》け具足の音、刀や鞘が岩石に当たる音、その音響が辺りに間断なく聞こえた。今までの静寂を破って叫号と、狂躁、男達の絶叫が山々に木霊《こだま》した。後続の兵達は、前方で唯ならぬ残虐な惨殺が行われ、味方兵達が次々と殺されているのを感じ取った。申し合わせたように抜刀して前方薄明りの中、クッキリ浮かび上がった岩石の山肌と真っ黒な動めく人影を、身構えて唾固《かた》唾《ず》を呑んで見ているだけであった。

成田隊長が敵襲、敵襲と叫べども薄明りに見えるのは、敵か味方かその区別さえつかぬのだ。又、最も狭い場所は人間二、三人が通るのがやっとの空間であり、後続の兵達の攻め、応戦する道も不可能な地形でどうしようも無い状態であった。野武士や盗賊達の作戦は実に巧妙を極めた。岩石を積み上げた山肌の中に人一人隠れる隙間を作りそこへ野武士や盗賊が隠れ、息を潜め都軍が大半通り過ぎると見るや、一斉にその隙間より一突必殺で一息に満身力を込めて突き刺すか胴払いに斬り捨てた。又、兵の背後より右腕を抱きかかえ首を斬った。多くの兵は不意の刃に逃げ場を失い、忝くがギァーギァッと絶叫して惨殺された。九死に一生を得た兵達は、即死した兵の屍の上を這い、元の出口に戻ろうと皆半狂乱の状態である。生き残りの兵が血塗れで狭い山肌の間から一人、又一人と転がるように出てきた。成田隊長は薄明りの山肌でよく奮戦した。突き刺された太刀の切先も、鎧胴掛け内側の金綱で一命を免がれたものの、左手首を大きく切り裂かれたが怯《ひる》まず血が滴り流れるのも構わず、太刀を持ち変えた。始めは太刀で戦ったがその刃先が岩石にカチン、カチンと当たり火花が散るだけでしかなかった。成田長国は咄嗟に脇差を抜き側面敵の脇腹を思い切り突き刺した。敵は「ウァー」と絶叫し仰《の》け《け》ぞった。よしこの戦法のみと次々、敵を刺して行った。後続の兵達は早く夜が明けぬかと、薄明りの空、半円の月を見上げ、ジリ、ジリ、と唯焦るばかりであった。

もうそこには叫号、狂躁は聞かれない無気味な静寂が漂っていた。紅葉軍の奇襲戦法は、敵ながら見事なものであったし、又引き際も目にも止まらぬ敏速そのものであった。累々たる敵味方の骸《むくろ》を残し紅葉軍の姿はそこには一人としていなかった。残存の兵達は皆、狭い戦場へ入って行った。重なり合う敵味方の死体、屍を踏みつけねば先へ進めぬ有様、成田隊長は兵達に都軍の死体を原野へ出すように命じた。次々と出され繁茂した雑草の上に遺体が並べられた。それは百を遥かに超えた数であった。呻きをあげていた重傷の兵士十二名も相前後し、出血多量で既に手当ての甲斐なく絶命した。重傷でも命を取り留めた二十三名には、応急止血を行い、百余名生き残り兵達は、雑草を刈り取り大きな土掘り穴を三ヶ所掘らせた。一人一人丁重に穴の中に横たえ、「成仏してくれ」と祈りながら土を被せ、白樺の樹木を切り倒し俄か造りな墓標を立てた。鎮守府に引き上げる成田長国は、口惜しさの為、ポロポロと涙を流しながら金剛隊との合流も出来ず早暁の奇襲作戦も果たせず、維茂将軍に何と申し開きをするものか言葉に窮していた。

金剛隊も又、飯綱白樺地帯で紅葉軍大奇襲に遭遇、大敗となり百五十に及ぶ戦士が犠牲になった。紅葉軍の勝因は都軍に矢を射る機会を与えなかった事と、隠密行動と敏速作戦、そして巧妙な奇襲攻撃が功を奏したことである。野武士、野盗達の最も得意な戦法である。

最早、維茂将軍、都軍は平安京を出発した折一千余りの軍勢はその半数に減っていた。

因《ちな》みに紅葉軍の岩石を以て一夜の内に築かれた山が、現在鬼無里と戸隠西岳の中間に位置する（海抜千五百六十二メートル）「一夜山《いちやさん》」と呼ばれ、聳えているのがそれである。

第十六章　維茂、神仏に祈願す

一度ならず、二度までも大敗北となり、大量の兵士を失った。鎮守府館、維茂将軍は沈痛の余り頭を抱え込んでいた。自室に唯一人、正座して身じろぎもせず考え込んでいた。

夜更け、床に就くも多くの兵達が死に瀕した呻《うめ》き声が聞こえてくる。維茂は懸命に題目を唱えていた。何とかせねばならない、今までに無い何らかの戦略を考え出さねばと日夜考えていた。この儘では鎮守府将軍の面目が立たない。汚名、この大敗を朝廷に報告出来ようか。腹掻き切ってお詫び致そうか。否、腹切ることは何時でも出来る、ふと気付いた。神仏の御力を借りよう。そうだ神仏に頼ってみよう。何か良い智恵か策を与えられるやも知れぬ。維茂はそう心に決めた。守護役長老金剛兵衛政景にその旨を伝え、早朝一人館を出た。

　別所北向観音堂に入り十七日間願掛けに努めた。唯々一心不乱、観音菩薩に敬虔な祈りを続け、丸一日辰の上刻（午前七時）より一滴の水も口にせず戌の下刻（午後八時）まで祈願し続けた。そして翌日も又翌日も……参籠した。願を掛けて十七日目、満願夜陰、維茂は祈願疲れか、ついうとうとしていた。その眼前に、白髪の老人が現れた。紛れも無い神の御姿と思える老人が「維茂。これ維茂、よく聞くのじゃ、御身の父君陸奥守繁盛が奥州下向の砌《みぎり》、この観音堂参詣折、太刀一振りを献納された事があるのじゃ、此度の紅葉軍討伐は大変なる苦戦と相成った。丁度満願の今宵、その太刀を借り受け荒倉山に向かうのじゃ」維茂は夢、幻の中にその言葉を聞いた。維茂はハッと目覚めた。これこそ神のお告げに違いない。幻に見た白髪の老人こそ神に違いないと感じた維茂は観音堂住職に神のお告げを話すと、寺僧はハタと膝をたたいて「そう云えば確かにそれらしい太刀箱が御座います」と埃《ほこり》にまみれた太刀箱を観音菩薩裏から取り出し維茂の前に差し出した。

「確かにこの太刀こそ、昔陸奥守平繁盛様が奉献されたものと先代老住職から聞き及んでおりました」

維茂は埃を丁寧に取り払い箱の蓋を開けた。中より真新しい金襴の太刀袋が現れた。維茂は太刀袋を取り出し恭しく伏し拝み、口に懐紙を含み、黄金造りの太刀を取り出し静かにゆっくりと鞘から太刀を抜き刀身を見つめた。刀身の光は輝くばかり。二尺六寸その反りの見事さ、一目で解る切れ刃の凄さ。未だ見た事の無い名刀の名に恥じない刀身。維茂は思わず唸った。名のある刀鍛冶が心魂を傾け打った逸刀に違いない、惚れ惚れと食い入るように見つめた。

維茂は再び恭しく伏し拝み刀身を大切に鞘に納めた。「御坊も御存知で御座ろうが、盗賊討伐には大層苦戦しており申す。神のお告げのこの太刀をお借り受け最後の戦いに賭けとう御座る。戦いが終れば必ず御返納申し上げますれば」と寺僧に云った。

「何事も神の御指示で御座いましょう、御武運を祈り上げます」寺僧と丁重な挨拶をかわし観音堂を辞した。

去る九月十二日の一夜山の戦いで大敗してから早や一ヶ月余りの日が経っていた。三日後、万全の戦闘体勢を整えた都軍は征討に出発した。十月十三日己の上刻（午前九時）維茂将軍自ら神力を腰に金剛太郎隊長、成田左ヱ門隊長、ようやく傷癒えた長塚次郎隊長と引き連れた五百の軍勢。鎮守府館を出発してより二刻（四時間）後に笹平到着、仮陣地を設置した。そこに隊長と五百の兵を集合させ、

「この戦いこそ最後である。万が一敗れる事があれば、我々は都へ帰る事は出来ぬ。どうしておめおめ帰れようか、朝廷に対し奉り、又院政に対しても重大な責任を取らねばならない、そう云えば皆の者には解るであろう」維茂将軍は眼に涙を溜めて悲愴なる面持ちで三隊長、兵一人一人の顔を見回し、訴えるように、どうしても勝たねばならぬと伝えた。

金剛隊長、長塚隊長と四百の兵を後詰めとし陣地に待機させ、維茂は成田隊長と兵百名を連れ出発した。二つの騎馬もなだらかな大庭法師池谷間を越えるのはそう難儀で無かった。遥か彼方戸隠大権現に向かい、維茂、成田隊長は馬より下り両手を合わせ伏し拝んだ。

「この最後の決戦、何卒勝たせ給え」

維茂は心の中で叫んでいた。それより裾花川峡谷添いに道無き川辺を上り進んで行った。半刻も経った頃、維茂は馬上から空を仰ぎ見た。樹々の間から見る天空は次第に大きな暗黒の雲が蒼空を除々に崩しつつあった。維茂は夕立か、俄雨の程度であろうと思っていた。真っ黒な雲足は急速に早くなり、兵達の頭上に覆い被さるようになると、ポツリ、ポツリと大粒の雨が降り始めた。と同時に風が次第に強くなってきた。維茂は「これは嵐になるに違いない」と直感した。風も益々強烈になり樹々は大揺れに揺れた。雨は激しさを増し強い音で大地に叩きつけた。

「皆の者、走るのじゃ、走るのじゃ」兵達は弾かれたように走った。維茂、成田隊長も馬に一鞭あてた。騎馬も兵もずぶ濡れになりながら走った。と一瞬強い閃光が薄暗がりの樹林を照らしたと同時に大音響雷鳴が地を揺るがした。走る兵達近く白樺の大樹に真っ赤な火柱が立った。瞬間、樹は中間から真っ二つに裂かれ、近くを走っていた兵二人左右にふっ飛んで地面に叩きつけられた。兵達は恐怖と驚愕の声をあげた。大音響雷鳴、落雷の音、その度にあちこちの木樹が裂けて倒れた。車軸雨は人も樹々も大地を叩きつけた。もうこれ以上走る事も進む事も出来ぬ状態。維茂将軍、成田隊長は馬から飛び下り大声で「地に伏せろ!」と叫んだ。兵達は最早歩く事さえ出来ぬ、飛ばされそうな強風と叩きつける猛雨に、兵達は凡て樹々の間に身を伏せて身動きもせず車軸の雨に打たれた儘であった。直径五寸、六寸白樺の大樹が幹から大揺れに動き出した。雷鳴は山中を揺るがし、激しい雨の音、それ以上に唸り狂う風の音、あちこちで樹木がメキメキと音を立て始めた。維茂はその音を聞き、「大きな樹の根から離れろ、出来るだけ平地に避難せよ」と叫んだ。兵から兵へ口伝えで樹木から身を避けた。程なく大地が割れる大きな音がした。ブリ、ブリと樹木の根が土を破って浮き上がる音と共に白樺や雑木が倒れ出した。大きな土を抱えた根株《ねかぶ》が次々と水浸しの雑草に露出した。雨もさる事ながら猛り狂う風の猛威。兵達は身近な樹木が大きく動き出すと、素早く転げるようにその樹木から遠ざかった。維茂将軍も樹木から身を避けつつじっと地に伏し、唯只管《ひたすら》観世音菩薩を心の中で拝み祈り続けていた。そしてこの嵐こそ紛れも無い神助に間違いないと深く心に念じていた。

このようなかつてない強烈な嵐も一刻（二時間）、一刻半（三時間）も経てば通り過ぎるであろうと信じ風雨が治まるのを待ち続けた。やがて徐々に風雨は緩やかになってきた。

あちこち倒れた樹木の影から兵達が一人二人と頭を上げ始めた。維茂は立ち上がり、兵達を見回した。将軍、隊長の立ち姿を見た兵達は次々と立ち上がり辺りを見、余りに無惨な嵐の跡を呆然と見るばかりであった。維茂もそうであるように兵達全員、この嵐の時刻が半日にも一日にも長く感ぜられた。この時代、台風という言葉は無かった。十月に入って襲うのを霜月台風と云い、又遅れ台風とも呼ばれる。暴風雨は一刻半にも及んだ。ようやく雨も小降りとなり、風も峠を越え、緩やかな状態となった。兵達は全員、鎧や具足から水が滴り落ちていたが中には笑顔を取り戻し兵同士で語り合っていた。

成田隊長は一層大きな声を張り上げ兵達に向かって叫んだ。「皆異常は無いか?」「オオー」兵達は全員元気に応答した。隊長は再び大声で「それでは進軍する、足許に充分気を付けて進むように」

大地は足の踏み場も無く、引き裂かれた樹木の枝葉、倒れた樹々や大きな土塊の根株が前途を塞ぎ歩行に困難を極めた。その度毎兵達大勢力を合わせ、倒れた木の枝葉を切り払いその木を梃子にして土塊を動かし通路を作って進むといった時間のかかる進軍であった。維茂自身も馬の手綱を取り兵達の開いた道をゆっくり、ゆっくり進まねばならなかった。再び裾花川辺に出た。川は真っ赤な泥水が狂うが如く怒涛となり逆流となって渦巻いていた。水量は普通の三、四倍にも増水し怒涛は岸辺にまでのた打ち狂っていた。又、その激しい暴風の故、打ち倒された白樺等大木が渓流を跨ぎ梢の葉木は対岸に届き対岸に倒された樹が此方の岸辺に達しており、その倒された樹木は無数であった。維茂はこれを見て、これこそ神の成されし業と直感した。随行している成田隊長に命じ詳細に橋作りを指示した。成田隊長の命で兵士百名、全員集合した。樹木枝葉を小刀で切り落とし、身軽な兵五、六名が渓流を跨いでいる樹木に馬乗りになり木枝を切り落としゆっくり対岸へ進んで行った。対岸に着いた兵達は、ここから倒れている枝葉を切り払い、素早く枝木を梃子にして大樹を転がし二本を接着させたと同時にこちらの兵も同じ方法で二本を接着させた。直径五、六寸の樹木、一尺以上の木幅になるのを待ち兼ねた兵達が十五、六名、一斉に渡って対岸に着き、再び同じ方法で三、四本の樹木を転がし、その橋に加え、橋幅三尺以上になった対岸の兵達は此方に戻る際、小刀で丸太の頭を打ち削り、出来るだけ平面にしながら戻って来た。成田隊長は橋を十歩程進み、力まかせに足踏みを幾回も繰り返したが、大雨に叩かれ十二分に水分を含んだ重みでビクともしない。

紅葉軍により取り壊され、渡川不能の裾花川は嵐のお蔭で渡橋が可能になった。

維茂は、成田隊長を促し、再び戸隠大権現の方向に両手を合わせ、深々と頭を下げお礼の祈りをした。そして兵達に向かい「皆の者、大変御苦労であった。神仏の御加護を頂いて橋も出来、進軍する事が出来る、いざ進もう」成田隊長は「渡橋には充分気を付けて歩くように」と声を掛け、先発隊二、三十名の兵が渡り、十五、六名が向岸に着いたのを見極めた後、維茂将軍は渡り、それに続き馬丁が維茂の乗馬の轡を取り進んだ。僅か百名余の軍である。全員渡橋にはさほど時間はかからなかった。そして栃原《とちはら》の里へ出た時には天空一面、青空となっていた。陽光が大地の濡れた草木や、雑草を乾かしていた。戸隠高原へ通ずる森の中に陣地を設置した。維茂は何はともあれ暴風雨で、心身共に疲れ切った兵達を休息させた。兵達は皆、ようやく水気の乾いた雑草の上に身体を横たえた。中には腰に下げた粟袋より焼粟米を貪り食う者、鎧胴当を脱ぎ雨と汗に濡れた素肌を拭く者、疲労の為、乾き切らぬ濡れ鎧も構わず大地に横たわり大きな鼾をかき深い眠りに入っている者、維茂将軍は成田隊長に命じ陣地周囲に警備の兵十名を不寝番として配置し、自身も鎧、兜を脱ぎ身体を充分に拭き清め、新しい肌着を着用して兵の作った床台に横になり仮眠を取った。

第十七章　維茂将軍、紅葉の首級挙げる

最早夕闇が迫り来る時刻であった。酉の下刻（午後六時）頃であろうか、大嵐の過ぎ去った天空には、雲の割れ目より半円形の月が蒼白く光っていた。

仮眠を取って一刻後、維茂は狩衣姿に着替えた。金襴の刀袋より神刀を取り出し腰に付けた。成田隊長を呼び、何事か耳打ちして、一人陣を出た。朝ヶ原を経て竜虚ヶ原を目指して急ぎ足で行く。高原の雑草は最早乾いていたが、豪雨の為大地はまだジットリとしていた。真新しい草鞋に履き替えた故に足音は消してくれたが、細心の注意を払って歩いた。この辺りは暴風雨の直撃を免れたのであろうか、細い枝木や葉は散乱していても、樹木は一本も倒される事なく林立していた。

その遥か彼方、樹木、葉枝の隙間から、焚火を囲み野武士や盗賊達が何やらガラガラと声高に話し合っているのが聞こえてくる。その合間に二、三人高笑いの声も聞こえてくる。酒宴をしているのであろう。又、進むと焚火を囲んだ五、六人の一群があちこちに見られた。維茂は最早真っ黒に夜の帷《とばり》が下りた樹々の間を用心深く気配りしながら、紅葉の

幔幕を求め、足音を消して歩を早めた。暗闇の中に幾つもの幔幕を見たが凡て通り過ごした。近くの幕よりかなり離れた遠方に、一際明るい光が洩れる幔幕が目に入った。その光に引かれるように維茂は近付いて行った。この幔幕の中にこそ紅葉が側女達といるに違いないと確信した。幕の内部の気配を窺った。果たせるかな内部から女達の話し声や笑い声が聞こえてきた。維茂は意を決し幔幕を押し上げ飛び込むように突入した。紅葉とおぼしき官女姿、一際気高い美女が正面に座っており、その側に若き武士が一人、共に盃を手にしていた。二人の左右に二名ずつ四名のこれも、正面の女性と姿、顔立ちともに全く見分けられぬ程の美しさで官女姿で侍っていた。それは維茂が幔幕に飛び込んだ一瞬の観察であった。と同時に正面に座っていた女性がすっくと立ち上がり、不意の侵入者維茂をキッと見据え、「無礼な、わらわを紅葉御前と知ってか?」と叫んだ。維茂はこれぞ紅葉と一瞬感じ、間髪を入れず、神刀を抜くが早いか紅葉に飛び込む如くサッと斬りつけた。狙いは違わず右肩にザックと音がして血飛沫が飛び四散した。ギァーと絶叫してよろめく所を二の太刀にて、左胸、乳房の下を狙い突き刺した。と同時に側の武士権堂行久が立ち上がり刀を抜こうとした瞬間、維茂紅葉の胸に突き刺した神刀を引き抜くなり横に払った。神刀は武士の下顎を斬り砕き、首を横一文字に斬り裂いていた。左首の半分以上が斬り裂かれ、滝のように血が吹き飛び幔幕に叩きつけた。すかさず倒れている紅葉の長い黒髪を鷲掴みにするなり、神刀を床に突き立て、脇差を引き抜き一息に黒髪諸共《もろとも》、首を斬り落とした。紅葉享年二十七才であった。

凡てアッという間、瞬時の出来事であった。

四人の側女は血飛沫を頭から浴びて四人共気絶していた。維茂はこれにて目的は達したとゆっくりと腰から黒い首袋を取り出し、血潮が浸り落ちる紅葉の首を首袋に入れ、小脇にかかえ落ち着いた足取りで幔幕をゆっくりと出た。もう真黒の夜である。さてどうしてここを脱出するか維茂はフトそう思ったが、その不安は直ぐに消えた。暗闇のあちこちに屯《たむろ》して酒盛りしている野武士、盗賊達の笑い声やどなり声が大勢のざわめきと共に幽かに聞こえてくる。紅葉の幔幕で起こった変事を知る者は一人として無い。維茂はニッコリ笑い、急ぎ足でこの森を抜け去った。今宵自分から名乗り出た事は紅葉の命運も尽きた事になる、紅葉は自分の死期を予感していたのであろうか。否まさか、ここで死を迎えるとは想像もしていなかったであろう。では何故に今宵に限って自分の存在を明確に表したのであろうか。それとも咄嗟《とっさ》の狼狽《ろうばい》に、かって摂政関白、太政大臣側室という権識が先に立ち、突然の侵入者の無礼を咎《とが》める為の自己表示であったのだろうか。それとも神のなせる業であろうか。神業が紅葉に死を与えられたのであろうか。維茂は帰陣の道すがらあれやこれやと思い巡《めぐ》らしながら帰路を急ぎ、成田隊長と兵百名が待機している森の陣地に帰って来た。

直ちに隊の中でも最も早馬に長けた武士二人と、笹平陣地、金剛隊長、長塚隊長に、

「紅葉御前の首級を挙げた、今こそ最後の残敵掃討戦を敢行する。全軍、急遽、荒倉山麓入口地蔵堂に集合せよ」との伝令を以て走らせた。

宮中、貴族、公卿社会に於いて、絶大な権力を持った絶世の美女が、二人の司法官を殺害し、摂政関白正室の毒殺を謀り、そして追放され、盗賊軍団頭目となり宮廷に反逆したその紅葉の最期に比べて余りにも多くの都の兵を死なせてしまった……。

一方荒倉山麓、紅葉根拠地岩尾洞窟の森である。昨夜遅くまで酒宴でその儘寝込んだ者、大半であった。未だ明けぬ早暁、紅葉の幔幕で気絶していた血まみれの側女達がやっと蘇り、転げるように各幔幕、野宿寝の野武士、盗賊達を起こして昨夜の紅葉御前の変事を伝えた。揺り起こされ紅葉御前が首打たれた変事に、寝耳に水とはこの事、鬼武、熊武は青ざめた。一目散に紅葉幔幕に向かって走った。幔幕の中は血の海であった。鮮血で真っ赤に彩られた首の無い上衣、緋の袴姿、紅葉の遺体が転がっていた。その横にガッと目を見開いた権堂行久の凄まじい形相の死体が横たわっていた。

「ああ警備が疎《おろそ》かになっていた、申し訳ない、大勢の部下がいるのに誰一人として御前を守る者は無かったのか」鬼武は青ざめた大粒の涙をポロポロ流し首の無い紅葉を抱きしめ、「お妃様、お妃様、哀れなお姿になられましたナァー」行久の無残な姿を見下し「行久殿もなあーあれだけ剣の達人が？」その側で熊武も跪き泣いていた。鷲玉、おまんも遅ればせに駆けつけた。その現場を見たおまんは「キャッ」と絶叫した。「何という事じゃ、誰も御前を守らなかったのか、ああ我々の御前を死なせてしまった」とおまんは叫んだ。

「御前の為に長年働いてきたのにこれからどうしたら良いのか」熊武もそう云って嗚咽した。鬼武は首の無い全衣血みどろの紅葉を抱きしめ涙を流しながら惨事の模様を思い巡らしていた。維茂の仕業に違いない、このような事は維茂以外出来る者があると思えない。

ましてや剣の達人の行久が側におりながらどうしておめおめ維茂に討たれてしまったのか、鬼武は悪夢のように解らぬ事ばかりであった。変を知った勝尾が転げるように走って来た。鬼武が抱いている紅葉の遺体を奪うように抱きかかえ、号泣しながら何を思ったか、眼前鬼武の脇差を一瞬抜くなり、己が胸に突き刺した。「あっ何をする」鬼武が止めるが遅かった。運命を共にしてきた勝尾は紅葉の傍《そば》に行きたかったのであろう、絶命している勝尾を見下ろしながら鬼武は幾度も頷いていた。勝尾の心情が悲しい程解るのだ。

「戦うのじゃ、御前の仇討ぞ、戦うのじゃ、維茂を八つ裂きにしてやるのじゃ！」

おまんの大声に男達は誰一人答えなかった。おまんは力《りき》んでいるのは己だけと拍子抜けとなり、又跪いてしまった。

「おい皆、何時までも泣いていられまい、紅葉御前の遺体を葬らねばならんぞ」鬼武は熊武鷲玉、おまんの顔を見回した。三人は無言で頷いた。鬼武は愛し気に遺体を両手で胸に抱きかかえ、熊武が緋袴の裾を持ち上げ幔幕の外へ出た。幔幕の周囲に二百余りの紅葉軍団が皆々悲し気な表情でつっ立っていたが、紅葉御前の首無し遺体を見るや、皆異口同音に、「オオー」と悲嘆の声を発した。そして岩屋の洞窟へ入るまで見送っていた。続いて権堂行久の遺体も洞窟へ運ばれた。遺体は洞窟最奥、彼女の寝所に運び入れた。二人共紅葉御前の寵愛を受けただけに悲しみも又一入であった。兄弟は紅葉の血まみれの衣裳を丁寧に脱がし、全裸にして身体全部に亘った血糊《のり》を拭き取り、綺麗な水を含んだ柔らかい布で全身を拭き清めた。掻き切られた無惨な首の切口の血糊を丹念に拭きとり、又ザックリと口を開いた肩の傷跡、突き破られた乳房の下の傷口も丁寧に拭き清めそれぞれの傷口を何度も何度も拭き清めた。行久も同様にした。そしてその切口に柔らかい白布を詰めてその上に幾重にも白布を巻いた。その長い時刻、鬼武、熊武も涙を流しながらの作業であった。清水を運び、汚水を捨てるなど兵士に命じての分担は鷲玉であり、又白布はおまんの指示で四人の側女が細々立ち働いた。

全身をきれいに拭き清め最後に紅葉愛用の香を振りかけた。真新しい白無垢死衣裳を着せ、白い腹帯を締め、又その衣裳の上から香を十二分に振りかけた。寝所は香《かぐわ》しさに包まれた。絶世の美女の寵愛を受けた兄弟の、御前に対するせめてもの謝恩の行為であった。行久にも白い衣を着せ紅葉の傍に横たえた。その間中、鬼武、熊武、荒しき髭面が涙と鼻汁でグシャグシャであった。予て家来に命じ作成していた白木祭壇を岩屋洞窟の前、広場に設置した。その祭壇の上段に紅葉御前の遺体、下段に行久の遺体を置いた。おまんの指図で紅葉御前の好物鹿肉の焼物、鶏肉の油煮等数々の料理が祭壇に供えられた。

鬼武、熊武が並び正面に跪き、両端に鷲玉、おまんが座り、その後に野武士、盗賊達が思い思いの位置に跪いていた。

それぞれの思惑で紅葉御前の遺体に対し礼を尽くして両手を合わせていた。

元摂政関白太政大臣という官位の頂点に立った偉い方の御側室という、気高い品格と、威厳さを備えた方に我々は長い年月部下として仕えてきた。我々は獣のように人を殺し続け、人の物品を盗り続けたそれが我々の生き様《ざま》であった。その畜生の如き我々が長い年月、紅葉御前のお蔭で安心、安堵な平穏なる生活が送れた。鬼武三兄弟、恐らくおまんも紅葉御前の霊前でそう回顧していた。

維茂将軍都軍の後詰め長老金剛太郎隊長、長塚次郎隊長三百の軍勢が荒倉山麓地蔵堂へ続々集合していた。維茂は、金剛太郎、成田左ヱ門、長塚次郎各隊長と最後の戦闘作戦を練った。予て各隊長に命じてあった通り全軍の兵士に弓矢を持たせていた。最後の戦闘は、敵の先制を衝き、射矢作戦しか無いと維茂は信じていた。敵の懐に飛び込めば勇猛敏速な野武士や盗賊には到底勝てる見込みが無い事は解り切っていた。しかし射矢作戦は違う。遠方より敵を倒す事が出来るのだ。予てより信濃国で大量の弓矢を作らせていた。後詰二百の兵は悉く、連日に亘り射矢の特訓に励んでいた。地蔵堂に集結した四百の兵は夕闇迫るまで、辺り一面山野に弓鳴りが響かせていた……。

再度都軍と戦った結果、勝軍とは云え五百の紅葉軍の内、既に百五十に及ぶ野武士や盗賊が死んでおりその無惨な死体を見、又多く敵味方の死体を見た野武士や盗賊達は三々五々、時には二、三十名大挙して夜逃げ同様に陣から抜け出し、その儘逃亡してしまうという事態が幾度も繰り返される中、百名に及ぶ者達が紅葉軍から消えて行った。彼らの云い分は、縁もゆかりも無い都の公卿の妃か知らぬがその女の為に何故命を張って戦を何回もせねばならぬのか、紅葉の霊前で始めはヒソヒソ声であったが、次第に各所で不満の声が大きくなり、鬼武、熊武の耳にも入って来た。又紅葉御前亡き今、何故都軍と戦う必要があろうか、一刻も早く陣を解散してそれぞれ思い思いの行き先へ旅立とうではないかという声も聞こえてきた。そうじゃそうじゃと大勢の声であった。鬼武兄弟は彼ら大方の戦意喪失を感じた。気の荒い盗賊の主領おまんは大勢を見渡して叫んだ。「皆の者静かにせい。よく聞けよ、この長い年月、紅葉御前のお陰で遊んで暮らせたのを忘れたか、今こそ御前の弔《とむらい》合戦ぞ！　我もこの手で維茂首挙げて見せるぞ！　必ず維茂の首を」と大声で吠え立てた。

一部野武士達がその声に応えるかのように「オー」と声を挙げたがそれは極く少数でしか無かった。大勢の者達は唯、声も無く下を向いて沈黙だけであった。鷲玉が鬼武に「兄じゃ、一先ず御前の遺体を埋葬してはどうじゃ」熊武は「オオそうじゃ、埋葬が先決じゃ、遺体を長くこの儘にはしておけぬ、早く腐るでのう」鬼武は「そうじゃ、おまん、熊武や鷲玉の云う通りじゃ。御前の墓を作ってから、戦うか、どうするか決めようではないか」

おまんは渋々頷いた。こうして紅葉の遺体は予て野武士達によって作られた白樺柩に入れられ、鬼武兄弟、その他彼等一の部下達に担がれて、岩屋より南方一里、裾花川と楠川合流地点、矢先八幡社近くに葬られた。

かつてこの地に、紅葉の墓が苔むして実存していたが、何時の時代か定かで無いが、その墓が塚に変わっており、その名も「鬼塚」と刻まれその姿を今に留めている。

岩屋洞窟に帰った鬼武兄弟、おまんは今は亡き紅葉の寝室で弔酒を飲み、四人は無言で盃を重ねた。唯云える事は今宵《こよい》が最後の酒盛りである事を四人共心に感じていた。

信州の夜、特に戸隠山麓は冷々とあたりは寒気に包まれていた。おまんが先に口火を切った。

「皆どうしたのじゃ、元気を出せや、戦うのか、戦わないのか、一体お主《ぬし》らどういう考えじゃ」

「紅葉御前のお陰でこの三年間、生涯忘れられん気楽で平和な楽しい生活じゃった。といって御前が死んだ今、御前の為に戦う意義は今さらあるまい」と熊武が云った。恐らく本音であろう。鷲玉も「そうじゃ、紅葉御前に忠誠を誓った我々じゃが、御前あっての事じゃ、死なれた今、何の忠誠の戦いじゃ、部下達も戦う意志は無い」鬼武は

「うん、それもそうじゃ、熊と鷲の云う通りじゃ、主君の無い我々はもうこれ以上戦って死ぬ事は御免じゃ、のうおまん」

おまんは無言であった。口唇を一文字に結び頭を垂れ深く考え込んでいた。幾ら飲んでも四人共酔いが回ってくる事はなかった。

長い時刻が経ってから、おまんは口を開いた。「三人共そう云うなら致し方あるまい、しかしじゃな、まだ二百以上野武士がおるが、それらを引き連れて無事に他国へ落ちる事が出来ようか、四つや五つに分散して明朝、出発しようぜ、落ちる途中都軍が攻めて来りゃそれまでよ、犬死には嫌じゃ、戦って逃げ切る事じゃ」「それしかあるまい」三人は大きく頷いた。

「紅葉御前の弔合戦じゃ、維茂の首を必ずこの手で取ってみせようぞ」と先に大声で叫んだ豪傑おまんも、再びその声は聞かれなかった。首領格三人の前に段々気弱になってゆくおまんであった。

第十八章　残敵掃討戦

　一方将軍、平維茂を総大将とする生き残った四百の都軍は兵一人一人全員が充分な睡眠を取った。野宿であるが各隊毎炊き出しされた朝飯を満足に食べ、各隊長は兵達を念入りに点検した。士気が全員に漲《みなぎ》っている事を確信した。早暁卯の下刻（午前六時）地蔵堂を出発した。辺りは信州高原独特の五、六尺手前しか見えぬ白い濃い霧に包まれていた。かなり道なき雑草を踏み進んだ後、二手に分かれた。金剛太郎隊長率いる一隊は、紅葉軍陣地、岩屋背後から一挙に攻める作戦であった。

　又、成田左ヱ門隊長率いる一隊は、金剛隊の後続として三方に分散し、白樺や雑木に身を隠し逃亡する紅葉軍を狙撃する戦法である。濃い霧の中、敵を見つけることは出来るのか、兵達は皆そう思いながらジリジリと岩肌に密着するように、又木々に身を隠し一歩一歩岩屋に近付いて行った。紅葉軍は、三々五々逃亡出発旅装を整えていた。この濃い霧を隠蓑《かくれみの》に悠々と逃れられると軍団一人一人が思い心が緩《ゆる》んでいた。鼻唄交じりに草鞋を履く者、握り飯をほおばりながら下袴をはく者、その他様々に旅支度を整えた百名余りの野武士、盗賊達は案外のんびりとし、そこに一片の緊張感も見られなかった。

先頭、金剛隊長は「霧の中に人影を見たらそれは敵じゃ、即刻射るのじゃ」兵達は最低に身を蹲《つくば》い、一矢必殺に敵を倒すべく出来る限り敵に近付かねばならない。音を立てずに弓に矢を番《つが》えた兵達は隊長の後に続き、ジリジリと近付いて行った。霧の流れが変化したのか敵陣方は徐々に晴れてきていた。凡そ十五、六間も近付いたであろうか、紅葉軍の姿が大勢、薄らいだ霧の中に浮かび上がっていた。隊長は今だと直感した。敵兵一人、何気なしに都軍の方に視線を向けた。霧の中、三、四人弓矢に狙いをつけている人影を見た。「何だ、あれは」と叫んだ。金剛隊長は「放て」と叫んだ。固唾を呑んで待ち構えていた兵達は満身の力を腕に込め二十余名の兵達、一斉に矢を射た。野武士、盗賊達はまさか背後左右に都軍が迫って来ているとは夢にも思っていなかった。ギァッと叫んで将棋倒しに二十名余りの紅葉軍がぶっ倒れた。都軍の矢に気付かなかった者達も周囲にギャァーと叫んで、倒れた音に気付いた逃げ腰の敵兵達に次の狙い定めた矢が霧の中から飛んで来た。又十五、六名紅葉軍兵達が倒れた。と同時に逃げ走りながら「敵襲だ、敵襲だァ」と叫んだ。その声に驚き「敵襲、敵襲」とあちこちで聞こえ、同時に岩屋周辺の模様は一変した。右往左往と逃げ惑う野武士達の狂躁と怒号の中、又、矢継ぎ早に第三の矢が一斉に放たれた。次々と倒れる盗賊達、洞窟より抜身を振りかざして都軍へ襲いかかってくる者達、それを狙い第四の矢が一斉に放たれた。

洞窟より次々に抜身刀を持つ者の何人もが上半身裸で衣類を身に付けていなかった。都軍奇襲に如何に慌てふためいたかが解る。矢に当たらず維茂に襲いかかってきた野武士を維茂はすかさず一刀のもとに斬り伏せた。野武士は三人一瞬にして倒れた。金剛隊長も抜刀して飛びかかってくる者を二人、三人と斬り倒していた。野武士、盗賊達は戦意を失い唯逃げるばかりであった。逃げ走る野武士の中に鎧を着、完全武装の者が手を挙げ「オーイ皆、此方《こちら》へ逃げろ」と叫んだ。大勢の野武士達はそれに続いて走った。彼らは何とか逃げ切り都軍の手が届かぬ所まで走りたい、唯それのみであった。何百もの者が逃げ切り、地蔵堂方向へ走った。ようやく霧も晴れつつあった。

白樺、雑木の裏側に身を隠していた長塚隊長と兵百名余りが弓に矢を番えて敵兵を一矢で射止める位置まで、息を殺して待ち受けていた。

幾十人かの野武士、盗賊達が走り近付いて来た。一矢一殺、距離は良しと見定めた長塚隊長は「放て」と叫んだと同時に兵達は一斉に何十本かの矢を放った。「ギァッ」顔面を射抜かれた者、胸を腹を、近距離からの射矢、悉くが致命傷であった。何十名かがバタバタ倒された。背後から追ってくる都軍と前方から飛んでくる矢、完全に逃亡を閉ざされた野盗達は破れかぶれの形相となり長塚隊長や兵達に襲いかかった。隊長、兵達、必死に太刀で応戦、斬り倒して行った。辺り一面血まみれの死体が累々と転がっていた。

一方主戦となった西ノ原では野盗と都軍が入り交じり、激しく斬り合い、必死の攻防を展開する修羅場であった。その中で一際目立つ鎧胴衣、凄まじい怒りの形相で荒れ狂うが如く奮戦している熊武であった。流石、歴戦強者《つわもの》、飛んでくる矢を太刀で打ち払い、都軍真っ只中に突っ込み右に左に太刀を振り回し大暴れの奮戦である。都軍兵何名かが切り倒された。野盗の死体で足の踏み場も無い地獄絵の如き惨状であった。隊長成田左ヱ門は血の滴る抜刀で、熊武を追った。足の速い熊武は太刀を左右に斬り払いながら逃げた、走った。背後まで追い迫った成田隊長は、太刀を熊武の背に目がけ、ハッシと投げた。太刀は狙い違わず背に突き刺さった。ギャァと悲鳴を上げ俯せにぶっ倒れた。成田隊長は、熊武の背を片足で押さえ、五、六寸も鎧を貫《つらぬ》いた太刀を引き抜いた。間髪入れずその太刀で熊武の首めがけて討ち下ろした。血飛沫を上げて首が飛んだ。

野武士、盗賊達は都軍の囲いを破り東へ東へと走った。戦意を失い、唯逃げるしかない、死にたくない、その思いだけだった。その背後から幾十の矢が射られ、バタバタ倒されていった。金剛隊長は逃げる敵の中に入り縦横に奮戦していた。瞬く間に五人、七人と斬り伏せていた。鷲玉も鎧姿で都軍兵の中で大暴れしていた。それを見た金剛隊長は、此奴も野盗頭目かと思い駆け走り鷲玉に体当たりした。二人共重なるように倒れ、起き上がるも同時であったが、金剛隊長は起き上がる瞬間、太刀で鷲王の足を横なぐりに討ち払った。ギャアと声を出して倒れた。鷲玉の左足は膝上、太股を石榴のように斬り裂かれ夥《おびただ》しい赤血が飛んだ。金剛隊長はすかさずその太刀を一気に喉元目がけて突き刺した。

何時洞窟から出たのか、完全武装のおまん、大薙刀を振りかざし都軍の中へ殴り込んで来た。流石三十五人力、大薙刀二、三振りで都軍兵二人が薙ぎ倒された。兵達はおまんの側から一斉に飛び散った。接近すれば薙ぎ斬りにされる。兵達は遠巻きに、おまんが左に走り大薙刀を振れば兵達は右に飛び散った。右に大薙を振れば兵達は左へ散った。暫くその戦いが続いた。それを遠くから見た成田隊長は、兵の持つ弓を取りおまん目がけて狙いを定めた。おまんは周囲の兵を一人でも斬り倒そうと凄まじい形相で大薙刀を何度も振っていた。その時唸りをあげて飛んできた矢はおまんの太股を突き刺した。おまんは一瞬よろめいて片膝を地につけ矢をヘシ折った。が、すかさず兵達が一斉におまんに飛び掛かった。太刀や昆棒等で兵一人一人が思い切りの力でおまんの背後から、鎧の上から叩きのめした。怪力おまんも太股深く食い込んだ矢傷で立ち上がる気力を失った。不意に大勢の都軍兵達に鎧の上からとは云え身体中を強烈に殴打され、鉄輪の鉢巻をしているものの、頭蓋を何十回も兵達に強打された。意識が朦朧として戦意を失い立ち上がる力もない。兵達は太い荒縄で幾重にもがんじがらめに縛り上げた。おまんにはもうどうする術もなく大地に倒れた儘、唯うん、うんと唸り続けていた。兵達はその上に両手、両足まで幾重にも縛りつけた。正しく兵達のなすが儘であった。「殺せ、殺せ」兵達は一斉に叫んだ。一人勇気ある兵が太刀を上段に振り上げ一息に掻っ切った。おまんの首は空を飛んだ。兵共は歓声を上げた。

逃げる紅葉軍残党の中、大声で叫んでいた鬼武の威厳ある鎧姿が特別目立っていた。

逃げ遅れた盗賊達を残らず打倒すべき将軍、平維茂は馬上から野盗を追っていたが、鬼武を見つけ、太刀の背で馬の腹を叩いた。瞬く間に馬は鬼武の前に立ちはだかった。

鬼武の威厳を見、一角《ひとかど》の武将と一瞬にして観察した。すかさず維茂は声高に
「汝は盗賊の頭領か？」

「そうじゃ、お前は都の将軍か、よくも紅葉御前の首を取ったな、馬から降りろ、紅葉御前の仇討ちじゃ」

鬼武は太刀を上段に構え、凄まじい形相である。鬼武には愛しい紅葉を殺されたその怨みだけであった。維茂も素早く馬から飛び降りるなり神刀を中段に構えた。鬼武は「ヤァー」と大声で頭上の太刀を構えた儘、維茂に迫っていた。と同時に一息に討ち下ろした。維茂はすかさず神刀を横に払った。鬼武も流石の強者、一瞬カチンと刃と刃が噛み合った。火花が散った。と同時に鬼武の身体は右に飛んだ。維茂の神刀は鬼武の胴を突きに入った。間一髪、鬼武は太刀を左に払ったが、維茂の神刀は鬼武の鎧の袖を切り裂いていた。鬼武の右腕から鮮血が散った。こうして二人の死闘が続けられた。都軍兵達は遠巻きにして息を呑んで見守っていた。その内に金剛隊長も成田隊長も、弓に矢を番えて鬼武を狙っていた。剣の技は維茂の方が遥かに優れていたが、山野を駆けめぐっての戦いは鬼武の方が熟練しており、その体力は維茂に勝るものがあった。維茂はかなりの疲労がその

動きに出てきているのを金剛、成田隊長には解っていた。両隊長は維茂将軍を助けるべく血みどろの戦いの中へ飛び込んで行く機会を狙っていた。鬼武は維茂に対する特別な恨みや憎悪を物凄い形相に表していた。紅葉御殿三年の間、三度鬼武は紅葉御前から寵愛を受けた。それだけに紅葉妃が殺された恨みは特別強烈なものであった。紅葉御前亡骸の血潮を拭き清めている時、涙をポロポロ流し、心の中では、女性と共に死んでも悔いは無いとその時一瞬思った。それ故維茂に対する憎しみが人一倍強かった。万一維茂を倒せても、何百もの都軍包囲網を突破して逃げ切れるとは思えなかった。だが討死《うちじに》するなら将軍維茂だけは道連れにしたいと思った。鬼武の気力は異常な程強力な戦意からであった。間断なく太刀を維茂めがけて振りおろしてきた。維茂は太刀を避けるのが精一杯な防御に変わってきた。金剛隊長、成田隊長は弓矢を捨て太刀を構えジリジリ前に進みつつあった。その時維茂は、鬼武の強靱な太刀の横払いを辛うじて受けつつ蹌踉《よろ》めき片膝を地につけた。その瞬間、鬼武太刀が維茂頭上に討ち込まれた。維茂の兜が、カチンと音を立てた。維茂の目の前に深入りしすぎた鬼武鎧の胴があった。一瞬維茂は無意識に脇差を引き抜き、胴鎧金具と金具の間を力まかせに突き上げ刺していた。ギャァと鬼武は悲鳴をあげて仁王立ちになった。維茂はすかさず脇差を捨て、神刀にて下より鬼武喉仏を突き刺した。血飛沫が飛び散った。仁王立ち鬼武の大きな鎧がドッドウと音を立て倒れた。終始その死闘を遠巻きに見守っていた兵達からワァーと歓声が挙がった。金剛・成田隊長は維茂の側に駆け寄った。維茂はフウーと大きな息をし、成田隊長に「彼奴《きやつ》の首を取れ」「ハイッ」鬼武の頭髪を鷲掴みにして持ち上げ、脇差を抜き、一息に首を掻き切った。成田隊長の鎧に多量の血飛沫が四散し、降りかかった。

野盗生き残りは、唯助かりたい、死にたくないの一念で只管《ひたすら》走った。方向はどこでも良かった。都軍のいない所。勇敢な都軍兵約二百余名が西ノ原での激戦に急遽駆けつけ、都軍に合流して戦った。河原太郎率いる一隊であった。河原隊は野盗を追跡した。逃げる野盗達に向かい次々と矢が射られた。バタバタと倒れる野盗達、その混乱した戦場に長塚隊が合流した。戦意を失い、逃げるしかない野盗達は、都軍にとり攻め易かった。あちこちで将棋の駒が倒れるようであった。

馬に鞭打ち駆けつけた維茂将軍、金剛隊長は追跡の兵達に入った。維茂は馬上で「残敵一人たりとも逃してはならぬ」と号令した。維茂は馬の速度を上げ、やがて先頭切って走った。走る野盗群の中に飛び込み、死に物狂いで逃げる野盗に近付くや神刀を横に払った。賊一人の首が飛んだ。又、次賊の一人は肩を袈裟斬りにされ倒れた。こうして維茂一振りの神刀は違わず野盗を倒していった。そして「一人も討ち漏らすな」と絶叫した。行手には長塚隊に射抜かれ背に矢を受けた儘の野盗達の死体が無数に転がっていた。隊長達も馬を駆け維茂の後に続き、最後奮迅の戦いであった。馬上から追い駆けざまに逃げまどう野盗を、横殴りに斬り捨て、又馬上より太刀を討ち下ろし、石榴のように頭を斬り裂かれてぶっ倒れる者、逃げ延びようとする野盗を駆ける馬の速さで追いかけ、悉く斬り倒した。倒れてもまだ生きている者は、兵達が止《とど》めを刺した。暫くして紅葉軍、野武士、盗賊達一人残らず殲滅する事が出来た。だが追う都軍に死に物狂いで抵抗した野盗達の手にかかり討死した兵も五十を超えた。

十月二十一日早暁、平維茂を総大将として、金剛太郎隊長、成田左ヱ門隊長率いる四百の軍勢が、紅葉軍残敵掃討戦として地蔵堂を出発してから約三刻半（七時間）、終始激戦であった。紅葉軍討伐戦は凡て終結した。

荒倉山山麓、岩屋洞窟辺り、楠川近辺、西ノ原より地蔵堂、遠々四里に亘り敵味方の死体は、累々と重なり合い、所によりあちこち転がり、何百と数え切る事の出来ぬ有様であった。維茂は隊長に命じ兵達に一刻半（三時間）の休息を与えた。負傷者には充分な傷の手当てをさせた。兵達は皆、思い思い、木の根株に身をもたせ放心したような顔つきの者、岩石に腰を下ろし焼米を食う者、竹筒の水をゴクゴク飲み、汗まみれの顔に水をかける者、草原に寝込み早や高鼾をかいている者。兵達の顔にはこれで戦いは終ったという安堵感が漂っていた。死なずに済んだという悲しいような笑顔が兵達にあった。

維茂や隊長達は仮の陣地を設けさせ、床几に腰を下ろしやっと兜を脱いだ。滴り落ちる汗も信州の爽やかな風に心地良かった。

全く苦しい戦いであった。神仏の御援助、御加護があったればこそ最後に勝たせて頂けた。維茂は熟々《つくづく》感じていた。思わず北向観音堂や戸隠大権現方向に向かい両手を合わせていた。維茂自身も暫く仮眠をとった。

申の上刻（午後三時）となった。各隊長は兵達を集合させ、兵員数を確認する為点呼を取った。負傷者五十七名を含め総員三百二十五名、残敵掃討戦においても五十五名の戦死者を出した。大きな犠牲であった。

維茂は金剛隊長、成田隊長、長塚隊長を集め、戦場の後始末を協議した。兵達を二隊に分けて敵、味方の遺骸を別々に集めさせた。又一隊には西ノ原に大きな穴を掘らせた。二ヶ所も大きな穴を掘るのに長い時刻を要した。西ノ原に早や黄昏が近付きつつあった。疲労激しい兵達の動きを見ていた維茂は本日の仕事はこれまで、と命じた。兵達は皆、焼米、焼栗で空腹を満たし、累々と並べられた遺骸を横目で見ながら野宿したのである。死人のように兵達は熟睡した。

維茂と三人の隊長は幔幕を張った陣地の中で充分な睡眠を取った。翌、早暁卯の上刻（午前五時）兵達は皆起床していた。半刻後、作業は再び開始された。多くの遺骸を埋めるには、かなり大きな穴が必要であり、多くの兵達が穴の中に入り掘り続けた。又死体を集めるのにも多く兵達が動員され、遠くまで点在するのを一体一体縄で括《くく》り、遺体六、七体を地面に引きずり、その縄を馬の胴に巻きつけ進むという輸送方法が採られた。それを何回も往復せねばならなかった。このようにして、野盗の遺体は大きな穴に投げ込まれた。

穴の中で兵達は遺体を端から順序よく穴一杯に並べると多くの兵達が土を落としていき、土で遺体が埋まると、その上に又遺体を並べ又、土を落としていくという。三百余の野盗を埋葬するには、幾つもの大きな穴が必要であった。こうして丸二日を費やし埋葬を完了した。そして岩尾観音堂寺僧に懇ろな供養の回向《えこう》をさせたのである。その間別の一隊は白樺、雑木を切り倒し、幾重にも交互に積み重ね火床を作らせた。都兵達の遺骸を火葬にする為である。下級武士と云え、皆都に妻子や縁者ある者ばかりであろう。朝廷の為、討伐軍に選ばれて、勇敢に戦い討死した者達へせめてもの維茂将軍の配慮であった。寺僧による敬虔な読経の裡に十ヶ所の火床に一斉に点火された。赤々と炎が燃え上がり、十ヶ所の聖火が天を焦がした。その火炎は何時までも燃え続けた。無名戦士達への鎮魂茶毘《だび》であった。維茂は隊長に命じ鎮火した火床跡より夥しい大量の骨を丹念に拾い蒐集させた。都の遺族達に慰霊金と共に渡す為である。最後に維茂は絶世の美女、紅葉御前の首級を首袋から取り出した。野武士達が紅葉の遺骸を埋めたという、矢先八幡社近くの新しい盛土を掘り返し首無し遺体の上にその首級を返して埋葬したのである。寺僧に敬虔なる成仏への回向読経、餞《はなむけ》とした。

後世の人が建立したのであろう、見事な五輪塔があり、「鬼塚」と書かれており、現在、志垣の里、五輪坂と呼ばれている。

四隊長命により兵達は凡ての戦場を丹念に清掃し、荒れた大地を再び自然に戻した。最後の戦いは三刻半で終ったのに敵味方遺体蒐集埋葬、荼毘、戦場の清掃に何日の日数が費やされた事であろうか……。凡てが終ったのである。維茂将軍は、四人の隊長を含め、総勢三百三十名、重軽傷三十六名は担架に乗せて隊列を整え、主戦場となった西ノ原を信州鎮守府に向かって出発した。帰路、北向観音堂に立ち寄り、維茂は金剛、成田両隊長を同席させ堂内に参入し、敬々《うやうや》しく拝礼し、戦いの模様を報告し加護を受けた御神刀を寺僧を通じて返納したのである。又、戸隠大権現に参拝、戦果を報告、深甚なる感謝の礼を尽くした。そして信濃国、鎮守府に帰府した。

府内、宿舎に入った兵達は歓声を挙げた。何十日振りであろう、屋根のある家で寝られるのである。兵達は皆、手を取り合い喜び合った。一方維茂は将軍職自室に入り早速軍装を解き、浴室で恐らく十日振りであろう水浴をし、塵垢を取り、伸び放題の髭を落とした。真新しい室衣を着用し、やっと己が座席に落ち着いた。従卒が入れてくれた緑茶の味は格別だった。維茂の頬にやっと笑顔が戻ったのである。そこへ鎮守府守護役であり、留守居役、維茂最高重臣、高年齢六十七才金剛兵衛政景が白髪しわ顔に笑顔を湛え恭しく平伏し、深甚なる犒《ねぎら》いの挨拶を言上した。そして明朝、戦記録を提出する旨を伝えた。

維茂は金剛兵衛に、過酷すぎた戦いと、その後の労役に兵達は皆疲れ切っているであろうと、兵達の身を案じ、五日間休養を取るよう、各隊長を通じ宿舎に伝達せよと命じた。

又、重ねて維茂は金剛兵衛に、今宵は久し振りに四人の隊長と共にささやかな晩餐をしようではないかと声を掛けた。

五日間休養の伝達を受けた兵達は、苦労人将軍の温情溢れる処置に感謝の気持ちを表し飛び上がって喜び合った者もいた。その夜は久し振りに味わう熱い粟米のお粥と干魚で舌鼓を打った。夕食後、三々五々連れ立って酒と女を求めて花街へ出かけて行く者も少なくなかった。この五日間に、金剛兵衛が記述した紅葉軍、野盗討伐全記録の書き不足個所等に維茂は自ら筆を加え補充した。

帰京の暁には左大臣近衛公へ挨拶の後、直ちに左大臣より院政諸公卿召集を願い上げ、任務を果した報告書と同時に院政に提出する戦況報告書も出来上がった。

兵も充分に休養したであろう、今日一日旅装を整え、明後日辰の刻（前八時）都へ向かって出発すると各隊長に布告を出した。傷病兵達の中重傷兵十六名を鎮守府に残し十一月一日己下刻（午前九時）新たに調達した白馬に乗った平維茂将軍を先頭に金剛兵衛政景が続き金剛太郎政秀が並び兵百名が三列に、その間に成田左ヱ門長国、河原太郎定国が馬上に並び、又兵百名がそれに続き、次に長塚次郎家忠が馬上に、その後を兵百五十五名が続いた。多くの村民達に見守られて鎮守府を出発したのである。

思えば長い月日であった。勅命を拝し勇躍、一千余軍勢を率って都を出発、征討に就いたのは蒸し暑い七月であった。最初の戦いで長塚隊百二十名、河原隊百名の兵を失った。

第二回戦いに金剛隊も百五十名、成田隊百十五名を失った。最後残敵掃討戦で五十六名、又、多く重傷兵の中から十何名かの死者が出た。大層な犠牲であった。犠牲と云うには余りにも多い人数であった。そこには凱旋という言葉は無かった。重々しく、悲しみで沈痛な思いを抱えた維茂将軍であった。

馬上で熟々《つくづく》、巡懐していた。

空に舞っていた小雪が次第に雪の到来を思わせるのである。

完

この小説の登場人物（登場順）

（※登場した時点での年齢を記す）

※会津の捨丸　五十三才　禁裏御所外廻警備、應天門放火犯にて八つ裂の刑となる
※会津の笹丸　二十九才　捨丸の子、大工職
※会津の菊世　二十八才　笹丸の妻
※会津の呉葉　笹丸菊世の一粒種、この小説の女主人公、二十七才にて維茂将軍に首討たれる
※影山巳之助　四十二才　禁裏御所外廻警備頭、應天門放火犯濡衣を着せられ獄死
※大伴剣持　五十才　平安京検非違使之尉
※藤枝内記　四十六才　警邏本部司令官
※鬼堂左紘木　三十七才　警邏本部取調官。後、紅葉御前に焼死させられる
※滝口徹宇　五十才　警邏本部囚獄司、後紅葉御前に焼き殺される
※越志楽堂　七十才　紅葉を琴の名手に育て上げる
※源滋子　三十七才　左大臣源基経卿妃君（妻）
※源経基卿　四十五才　六孫王左大臣、後に太政大臣関白となる。紅葉御前を側室として寵愛する

※勝尾　二十四才　紅葉の側女、側室紅葉に仕えた後、後を追い殉死する
※藤原公望　七十才　関白太政大臣、後に退位
※近衛道成　四十才　大納言右大臣、後に左大臣
※鵜方恭庵　六十五才　経基卿主治医、医学者
※後藤洪得　五十七才　医学者
※道明玄斉　六十一才　医学者
※高雄の局　四十才　経基卿館に二十数年勤務の功労者
※堀川卿　中納言
※六条卿　中納言
※権堂兵部行久　二十七才　無類剣の達人、紅葉御前の配偶者、後、紅葉と共に維茂将軍に討たれる
※梶尾三郎鬼武　五十才　権堂行久の剣友、後に維茂将軍に討たれる
※梶尾四郎熊武　四十五才　鬼武の弟、後に維茂都軍との戦いで討死す
※梶尾五郎鷲玉　四十才　熊武と同じく討死す
※黒姫まん　三十七才　盗賊軍団頭領、後都軍との戦いに首討たれる
※平朝臣和泉維茂卿　四十三才　従五位参議、紅葉軍団討伐勅命を受け、譜代の臣と千名の軍勢を引き連れ信濃に出陣、紅葉と盗賊軍団を殲滅《せんめつ》する

※陽成天皇　二十一才　皇位第五十七代
※金剛兵衛政景　六十七才　生涯維茂の側近として仕える
※金剛太郎政秀　四十一才　政景の子、父と共に生涯維茂に仕える
※成田左ヱ門長国　五十才
※河原太郎定国　三十七才
※長塚次郎家忠　四十才
（右記三人共金剛兵衛に仕えた武将）
※白髪の老人　実は維茂が夢幻に見た神の姿
※北向観音堂寺僧　五十六才
※岩屋観音堂寺僧　六十才

この小説の年代別記録（出来事）

仁寿三年（八五三）、この伝記小説主人公紅葉が誕生する。その出生時より二十七才で死するまで、平安京はどのような院政が行われていたか、又それに伴う著名人の動き、歴史を飾った消息など年代別に代表的な記録を辿ってみようと思う。平安京一側面でもある。

◎斉衡二年（八五五）　会津笹丸、菊世夫婦の間に呉葉生まれる
　この年二月　藤原良房、伴善男らにより『続日本後紀』編纂す
◎天安一年（八五七）　一月　暦を大衍暦経を廃止し五記暦経を採用す
◎天安二年（八五八）　一月　藤原良房太政大臣となる
　同月　左近衛少将坂上当直等に都中の群盗を捕獲させる
　五月　穀倉院の米穀を京の窮民に配給す
　八月　文徳天皇没す。三十二才
　十一月　清和天皇即位、藤原良房摂政となる
◎貞観二年（八六〇）　嵯峨大覚寺建立

◎貞観三年（八六一）
綴喜郡八幡に石清水八幡宮造営される
三月　奈良東大寺大仏修理落成大供養が行われる
十一月　武蔵国、郡毎に検非違使を置く
◎貞観四年（八六二）五月　山陽、南海道諸国に命じ海賊を討たせる
◎貞観五年（八六三）五月　神泉苑にて御霊会を行い崇道天皇、伊予親王、橘逸勢等を祭る
◎貞観六年（八六四）
六月　紀今守上宮により正税出挙の制を復し田税を減徴する
◎貞観八年（八六六）
四月　應天門炎上す
呉葉十二才、祖父放火の罪で八つ裂の刑、父母と共に都を追われる
比叡山延暦寺高僧最澄に伝教大師、高僧丹仁に慈覚大師の諡号が与えられる
九月　大納言伴善男、流配される
◎貞観九年（八六七）
十二月　上総国に検非違使を置く
◎貞観十年（八六八）
左大臣、源信没す。五十九才
◎貞観十四年（八七二）
紅葉十八才、左大臣源経基卿の側室となる

◎貞観十八年（八七六）
九月　藤原良房没す。六十九才
四月　大極殿炎上す
◎元慶一年（八七七）
十一月　清和天皇譲位
一月　陽成天皇即位
◎元慶二年（八七八）
この年近畿地方飢饉の為、京中に常平司を置き官米を出荷す
紅葉二十四才、都落ち
◎元慶四年（八八〇）
五月　在原業平没す。五十六才
菅原是善没す六十九才
藤原基経関白となる
◎元慶五年（八八一）
平維茂将軍に紅葉軍団討伐の勅命下る
紅葉、維茂将軍に首討たれる。二十七才
五月　瀬戸内海の海賊を追捕させる
この年在原行平、奨学院を創立する

あとがき

今から約二十八年前、京都在中で家族ぐるみの親交を持たせて頂きました林曠之氏より「紅葉伝説」なる粗筋《あらすじ》を書いたからとの文筆が送られてきました。興味深く読ませて頂き「是非小説になさったら」とお手紙致しますと「今これに凝っているんだよ」と申し、それから三年程でお亡くなりになりました。

その後私は夫の関係で四国の松山など、四年余りも札幌を離れておりました。四国周辺、山陰、九州、関西など北海道の新開地とは異なり、豊富な史実に恵まれておりました。日本の歴史に深い関心をもちまして時間がある限り、名所、旧蹟を訪ねました。札幌に戻り家業の忙しさに日々を過ごしておりましたが、夫がステージ４の肺癌になり、医者よりあと三ヶ月との診断を受けました。本人の希望もあり、何とか寿命を延ばせぬものかと出来得る限り養護し、三年目には登山にも行けるようになりましたが、養生を怠り、四年目に亡くなりました。

悲しむ暇も無く、後始末に追われ、沢山の品物を断捨離しました。その中に懐かしい林曠之氏の「紅葉記」なるペン書きの筋書きを見つけ、心をひかれ、これを私なりに小説風に書いてみようと思い立ちました。その頃林氏の奥様も亡き人となっておりましたので、色々確かめ教えを乞う事も出来ず、京都、特に平安時代の事など私なりに調べ、二度程訪れ、そして長野県戸隠神社等にも参りました……。

なかなか構想が一致せず他の趣味的な事に追われ日々が過ぎ去って行きました。

コロナでどこへも出かける事が容易ではなくなった時、丁度年齢が晩年を迎える時期に差しかかり、思いのたけを一息に書き上げた娯楽小説的物語です。林氏が存命していらしたら何とおっしゃった事でしょうか。

出版に際し、御助言を頂きました文芸社の砂川正臣様、編集者の方々に御礼申し上げます。

参考文献

『日本史年表・地図』児玉幸多編（吉川弘文館　1955）
『角川日本地名大辞典　京都府』「角川日本地名大辞典」編纂委員会（角川書店　1982）
『角川日本地名大辞典　長野県』「角川日本地名大辞典」編纂委員会（角川書店　1990）
『歴史人別冊　天皇の謎と秘史』（KKベストセラーズ　2011）
『図説　歴代の天皇』不二龍彦（学研プラス　2007）
『サライ　特大号特集「日本史の要衝　京都へ」』（小学館　2007）
『別冊旅の手帖　京都』（交通新聞社）
『別冊歴史読本　天皇家と日本の名族』牧野洋編（新人物往来社　1993）
『旅に出たくなる地図　日本』（帝国書院　2008）
『地図で訪ねる歴史の舞台　日本』（帝国書院　1999）
『新編日本随筆紀行　心にふるさとがある9　民話は生きている』荒巻義雄（作品社　1998）
『応天門の変』南条範夫（光文社　2003）
『源氏の意匠』秋山虔ほか（小学館　1998）
その他、『歴史読本』より「首斬り役人」「火附盗賊」「牢屋役人」「台所役人」「輿医者」「天皇家と日本の名家名門」、長谷川伸『股旅新八景』、藤沢周平短編集など。

著者プロフィール
宮越　葉子（みやこし　ようこ）

1942年生まれ　札幌市出身
道立札幌西高等学校卒業
早稲田大学文学部聴講生
杉野女子短期大学卒業
北海道放送HBC婦人教室担当

戸隠紅葉妖伝

2023年12月15日　初版第1刷発行

著　者　宮越 葉子
発行者　瓜谷 綱延
発行所　株式会社文芸社
〒160-0022　東京都新宿区新宿1－10－1
電話　03-5369-3060（代表）
03-5369-2299（販売）

印刷所　株式会社晃陽社

ISBN978-4-286-24521-8

郵 便 は が き

料金受取人払郵便

新宿局承認

2524

差出有効期間
2025年3月
31日まで
(切手不要)

160-8791

141

東京都新宿区新宿1－10－1

(株)文芸社

愛読者カード係 行

ふりがな お名前			明治 大正 昭和 平成 年生 歳	
ふりがな ご住所	□□□-□□□□			性別 男・女
お電話 番 号	(書籍ご注文の際に必要です)	ご職業		
E-mail				
ご購読雑誌(複数可)		ご購読新聞 新聞		

最近読んでおもしろかった本や今後、とりあげてほしいテーマをお教えください。

ご自分の研究成果や経験、お考え等を出版してみたいというお気持ちはありますか。

ある　　ない　　内容・テーマ(　　　　　　　　　　)

現在完成した作品をお持ちですか。

ある　　ない　　ジャンル・原稿量(　　　　　　　　　　)

書　名					
お買上 書　店	都道 府県	市区 郡	書店名		書店
			ご購入日	年　　月　　日	

本書をどこでお知りになりましたか?
1.書店店頭　2.知人にすすめられて　3.インターネット(サイト名　　　　　　)
4.DMハガキ　5.広告、記事を見て(新聞、雑誌名　　　　　　)

上の質問に関連して、ご購入の決め手となったのは?
1.タイトル　2.著者　3.内容　4.カバーデザイン　5.帯
その他ご自由にお書きください。
(　　　　　　　　　　　　　　　　　　　　　　　　)

本書についてのご意見、ご感想をお聞かせください。
①内容について

②カバー、タイトル、帯について

弊社Webサイトからもご意見、ご感想をお寄せいただけます。

ご協力ありがとうございました。
※お寄せいただいたご意見、ご感想は新聞広告等で匿名にて使わせていただくことがあります。
※お客様の個人情報は、小社からの連絡のみに使用します。社外に提供することは一切ありません。

■書籍のご注文は、お近くの書店または、ブックサービス(0120-29-9625)、セブンネットショッピング(http://7net.omni7.jp/)にお申し込み下さい。